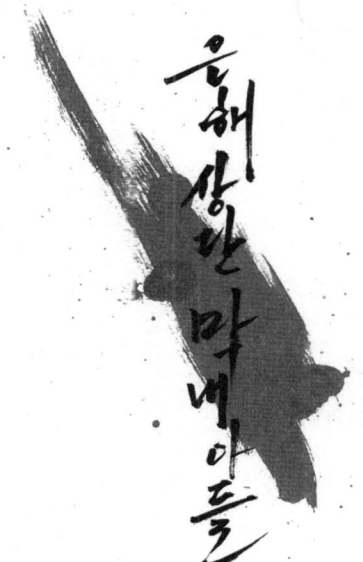

은해상단 막내아들 23

초판 1쇄 발행 2025년 4월 21일

지은이 ı 향란
발행인 ı 최원영
편집장 ı 이호준
편집디자인 ı 박민솔
영업 ı 김민원 조은걸

펴낸곳 ı ㈜ 디앤씨미디어
등록 ı 2002년 4월 25일 제20-260호
주소 ı 서울시 구로구 디지털로32길 30 코오롱디지털타워빌란트 1301-1308호
전화 ı 02-333-2513(대표)
팩시밀리 ı 02-333-2514
E-mail ı papy_dnc@dncmedia.co.kr
블로그 ı blog.naver.com/gnpdl7

ISBN 979-11-364-6117-9 04810
ISBN 979-11-364-4602-2 (SET)

※ 저자와 협의하여 인지는 붙이지 않습니다.
※ 이 책은 ㈜ 디앤씨미디어(파피루스)가 저작권자와의 계약에 따라 발행한 것으로 본사와 저자의 허락 없이는 어떠한 형태나 수단으로도 내용을 이용할 수 없습니다.

23

향란 신무협 장편소설

은혜상단 막내아들

115장. 후계자 ········· 7

116장. 얼음과 불 ········· 97

117장. 또다시 마주하다 ········· 201

118장. 두 번째 출항 ········· 289

115장. 흑계자

후계자

북경지부의 접빈실.

내 맞은편에는 송록 시인이 앉아 있었다.

아까 경연장에서 알아낸 것이 있다고 해서 내가 이렇게 자리를 만든 것이다.

"하루 종일 심사하느라 배고프실 텐데, 죄송합니다."

"괜찮습니다. 이건 그보다 훨씬 중한 일이지 않습니까? 그리고 이런 이야기를 외부에서 할 수도 없죠."

"이해해 주셔서 감사합니다."

송록 시인이 품에서 종이 한 장을 꺼내 내밀었다.

"오늘 참가자들이 제출한 시 중에 벽에 쓰여 있던 그 시와 비슷한 표식을 지닌 시를 발견했습니다. 이게 그 시문입니다."

나는 그 시문을 읽어 보았다. 하지만 내가 보기에는 별

공통점이 보이지 않았다.

"저는 잘 모르겠습니다."

내 솔직한 대답에 그가 설명해 주었다.

"그 벽에 쓰여 있던 시문은, 본인의 정체를 숨기려고 일부러 낯설게 썼을 겁니다. 그 정도 머리는 있으니까 이런 일을 계획한 것이겠죠."

그는 말을 이었다.

"하지만 저는 시문이라는 건 그 사람의 일부를 옮겨 놓은 것이라 봅니다. 그 증거가 바로 버릇입니다."

"버릇이요?"

"네. 아무리 낯설게 쓰려고 해도 버릇은 어쩔 수 없이 나오게 됩니다. 특히 시문 경연처럼 즉석에서 시를 지을 때면 그 버릇이 더더욱 두드러집니다."

"그렇군요. 자세한 설명을 부탁드려도 되겠습니까?"

"물론입니다."

그는 두 개의 시문을 놓고 하나하나 손으로 짚어 가며 나에게 설명했다.

그 설명을 들으니, 그제야 두 시문의 공통점이 보였다.

"그렇군요! 이 시문을 지은 자의 이름은 어찌 됩니까?"

"안휘성에서 온 조생이라 합니다."

"안휘성이라······."

"하지만, 아직 예선이 전부 끝난 건 아니니 조금 더 살펴봐야 합니다. 이와 비슷한 시문을 지은 자가 또 나올 수도 있습니다."

오늘이 사흘째.

예선은 앞으로 이틀은 더 있어야 끝난다.

"알겠습니다. 그럼 그때까지 잘 부탁드립니다. 이만 식사하러 가시죠."

나는 그를 데리고 인근의 주루로 향했다.

북경의 거리는 사람들로 북적였고, 주루와 기루에도 자리가 없을 정도였다.

황제가 보시면 좋아하시겠네.

이번에 시문 경연을 연 이유가 바로 이것 때문이다.

손님이 있어야 돈이 돌고, 그래야 세금을 낼 테니까.

그런 말이 있다.

공포는 권력을 세우지만, 그 권력을 유지하는 건 식량이라고.

나 역시 그 말에 동의하는 바이다.

아무리 막강한 권력이라고 해도 배고픈 이들 앞에서는 언젠가 처참히 밟힐 뿐이다.

그리고 황제는 그걸 너무나도 잘 알고 계시는 분이지.

.
.
.

식사를 마치고 돌아가는 길.

송록 시인을 북경지부로 먼저 돌려보내고 나는 오통가로 향했다.

이번 사건에 대해 처음부터 되짚어 보기 위해서다.

남궁세가의 무공으로 청부살인을 하는 자······.

마땅히 떠오르는 게 없다. 이전 삶에서도 그런 일은 없었으니까.

있었더라도 내 귀에 들어오기 전에 남궁세가에서 처리했을 수도 있지.

그렇다면 그를 어찌 잡아야 할까?

진영 대협은 남궁세가에게 책임감을 가지고 그자를 잡을 것을 요구했다.

그러나 나는 그들만을 믿고 있을 생각은 없었다.

잡지 못할 것 같으면 애꿎은 누군가를 범인으로 몰아 처단할 자들이니까.

그들은 그러고도 남을 자들이지.

자신들의 명예와 이익을 위해서는 남들의 희생을 아랑곳하지 않는 자들.

그런 애꿎은 희생을 막기 위해서라도 진범을 잡아야 했다.

곧 나정수 시인이 죽은 장소에 도착했다.

여전히 주변에는 금줄이 쳐져 있고, 금군들이 그곳을 지키고 있었다.

아직 사건이 해결되지 않았으니까.

나를 알아본 금군 한 명이 내게 예를 갖추었다.

"고생이 많으십니다."

"별 말씀을 다하십니다. 저희는 해야 할 일을 하고 있을 뿐입니다."

기강이 잘 잡힌 모습이다.
역시 제국의 정예인 금군다웠다.
나는 다시금 주변을 자세히 살피기 시작했다.
핏자국이 많이 지워져 있군.
그러고 보니 며칠 전에 비가 왔었지.
음?
나는 문득 이상한 것을 느꼈다.
지난번에 이곳에 왔을 때는 혈향이 진동해서 몰랐는데…….
그때 느끼지 못했던 기운이 느껴졌다.
아! 저기서 나는 기운이군.
나는 금줄을 넘어갔고, 눈에 기운을 집중해 벽에 그어진 검흔을 자세히 살폈다.
이건 분명…… 흑도의 기운이다.
뭔가 이상한데?
남궁세가의 무공을 사용한 흔적이 분명한데, 왜 흑도의 기운이 묻어 있는 거지?
어쨌거나 이것 역시 하나의 증거다.
아마 그 이전에는 혈향이 짙은 데다가 수많은 사람들이 왔다 갔다 한 탓에 느끼지 못했던 것 같다.
하지만 지금은 금군들 소수만이 지키고 있어서 미약한 기운조차도 느껴진 것이다.
벽에 남은 흔적은 나정수 시인을 벽에 누른 채 그 몸을 검으로 꽂으면서 생긴 검흔이다.

검을 쓰면서 무의식적으로, 본인도 모르게 그 기운이 강하게 묻은 모양이다.

오늘 이곳에 오길 잘했군.

다음 날.
북경지부에 방문한 진영 대협은 나에게 한 권의 서책을 주었다.
"이건 웬 서책입니까?"
"일전에 자네가 나에게 요청하지 않았나? 나정수 시인이 비평시로 모욕을 준 이들의 명단을 달라고."
"아, 그랬었죠. 맞습니다."
"그들의 명단이네. 보다시피 서책으로 만들어야 할 정도로 많아서 시간이 좀 걸렸다네."
"감사합니다."
나는 그 명단을 받아 펼쳐 보았다.
나정수 시인이 안휘성 출신이다 보니 명단에 적힌 시인 대부분도 안휘성 출신이었다.
그때 진영 대협이 말했다.
"아, 남궁양 공자도 그 명단에 있네."
이 사람, 진짜 간이 배 밖으로 나온 사람인가?
안휘성에서 살면서 남궁세가주의 아들의 시를 비난하다니.
"하지만 남궁양 공자의 경우에는 가문에서 나서서 그에게 경고를 했던 모양이야."

"역시 그랬군요. 그런데 죽은 피해자는 그 경고를 받아들였습니까?"

"기세는 좋았다만, 안휘성에서 남궁세가의 눈 밖에 나면 살기 힘들어지지."

"그렇긴 하죠."

남궁양 공자가 서자인 데다가 열일곱 번째 부인의 아들이라 하찮게 본 것 같지만, 그가 몰랐던 게 있었다.

남궁양 공자가 가주의 총애를 받는 아들이라는 것.

나는 그 명단에서 송록 시인이 말했던 자의 이름을 찾았다.

안휘성의 조생.

역시 있군.

그 아래에는 어떤 시문 때문에 망신을 어떻게 당했는지도 적혀 있었다.

나는 우선 그의 이름을 기억해 둔 후 진영 대협에게 포권했다.

"자료 감사드립니다."

"뭘, 나야말로 도움을 줄 수 있으니 다행이지. 자네가 열심히 일해야 나 역시도 그 덕을 볼 것 아닌가?"

맞는 말이긴 하지만, 부담스럽네.

그 말은 즉, 내가 삐끗하면 진영 대협 역시 그 타격을 입게 된다는 의미니까.

"하하하. 열심히 하겠습니다."

상황을 간략히 이야기한 후, 진영 대협은 돌아갔다.
나는 집무실로 들어가 그 서책을 자세히 읽어 나갔다.
읽으면 읽을수록 탄식과 헛웃음이 흘러나왔다.
와…… 나정수, 이 인간 진짜 쓰레기였네.
나는 이런 자에 대해 잘 안다.
상인으로 살다 보면 이런 자들을 만나게 되기 마련이니까.
자신의 명성과 자기만족만을 추구하는 인물이지.
하지만 그 와중에 주변 사람들이 피눈물을 흘리는 건 안중에도 없다.
주변 사람들은 오직 자신의 명성과 만족을 위한 도구일 뿐이니까.
주변에 피해만 주던 자가 죽은 것이니, 잘 죽었다고 해야 하나?
하지만 그 가족들에게도 그럴지는 잘 모르겠다. 이런 사람도 가족들에게는 소중한 아들이자, 남편이고, 아버지일 수도 있으니까.
그럴 경우는 거의 없지만.
"곽 부관님."
"네."
"답답하셔도 조금만 더 참아 주십시오."
"네?"
잠시 고개를 갸웃하던 그녀는 내 말뜻을 알아차리고 웃으며 대답했다.

"저는 괜찮아요. 그러니 괘념치 않으셔도 돼요."
"제가 미안해서 그렇습니다."
 귀주성 포정사 대인 일행은 아직 귀주성으로 돌아가지 않고 있었다.
 이유인즉슨, 북경에 온 김에 쌓였던 일도 처리하고 시문 경연도 구경하겠다는 것.
 앞으로도 보름 정도는 더 머무르겠다는 뜻이다.
 하지만 나는 그 진짜 이유를 알고 있다.
 바로 서향 소저를 한 번 더 만나고 돌아가기 위함이다.
 하지만 옆에 붙어 알짱거리는 동혁수 대협 때문에 기회를 얻지 못하고 계셨다.
 정 안 되면 내가 어떻게든 기회를 만들어야겠군.
 그때 팔갑이 집무실 안으로 들어왔다.
"도련님."
"무슨 일이야?"
"남궁건지 장로님께서 사람을 보내셨습니다요. 내일 저녁에 시간이 괜찮으시면 식사를 하자고 하십니다요."
"같이 식사를?"
"예. 남궁양 공자를 잘 살펴 준 것에 대한 감사 인사를 하고 싶다고 합니다요."
 그건 명목상의 이유일 테고…….
 남궁건지 장로의 생각과 행동이 빤히 보였다.
 나를 므시했던 게 찜찜해서겠군.
 남궁서가의 전대 가주인 무림맹주가 내게 선협미랑이

라는 명호를 주었는데, 그런 나를 무시했으니 자칫 맹주를 무시한 것처럼 여겨질까 두려운 것이다.

그래서 미리 나를 잘 달래서 무마시키려는 거겠지.

남궁세가의 이들은 세상 무서운 것 없이 오만하게 행동하면서도 맹주의 눈치는 엄청 보거든.

"어떻게 하시겠습니까요?"

"만나겠다고 해."

"알겠습니다요."

팔갑이 집무실에서 나갔다. 그때 서향 소저가 조심스레 물었다.

"괜찮으시겠어요?"

"안 괜찮을 건 또 뭡니까? 그냥 가서 이야기 들어 주고 밥 얻어먹고 오면 되는 거 아닙니까?"

어차피 처음부터 이에 대해 맹주에게 말할 생각은 없었다.

내가 맹주를 만날 일도 없고 말이지.

그땐 그냥 남궁건지 장로의 콧대를 눌러 줘야 일이 수월하게 진행되니 그리했던 것이지만.

"그게……."

서향 소저가 머뭇거리다가 나에게 말했다.

"소단주님께서는, 남궁세가를 무척이나 껄끄럽게 생각하시는 것 같아서요."

"……그렇게 보였습니까?"

"네. 마치 전생의 원수라도 보시는 듯한 느낌이에요."

"……!"

서향 스저의 말에 나는 움찔했다.

그녀의 말이 너무 정확했기 때문이다.

아니, 그걸 대체 어떻게 안 거지? 혹시 빙정안에 전생을 읽는 능력이라도 있나?

나는 당혹스러운 마음을 가라앉히고 그녀에게 되물었다.

"왜 그렇게 생각하십니까?"

"그야…… 남궁세가에 관련된 서류를 보실 때나 관련된 이야기를 들으실 때면 늘 의자의 팔걸이를 잡은 손에 힘이 들어가시니까요."

"……."

다행이네. 빙정안이 전생까지 보는 건 아니라서.

"무슨 사정이 있는지는 잘 모르겠지만, 너무 조급해하지는 마세요."

그녀의 말에 나도 모르게 마음이 풀어지는 건 왜일까?

"알겠습니다."

다음 날.

시문 경연의 나흘째다.

내일이면 일차 시문 경연이 끝나겠군.

오늘은 남궁양 공자가 참가하는 날이다.

그러니 저녁의 만남을 위해서라도 얼굴을 비추는 편이 좋겠지.

"팔갑아."

"네, 도련님."
"오늘은 경연장으로 갈 거야."

 잠시 후, 나는 경연장에 도착했다. 그리고 시문 경연의 예선을 지켜보았다.
 그렇게 점심이 좀 지났을 때였다.
 어라?
 지금 내 귀에 들리는 시문…….
 송록 시인의 설명 덕분에 알 수 있었다.
 이거 벽에 쓰여 있던 시문과 비슷한 버릇이 있는 시문이었다.
 조생이라는 자 말고도, 그 시문과 흡사한 표식을 가진 시문을 지을 수 있는 자가 또 있다고?
 나는 송록 시인을 보았다.
 그 역시 이를 알아차린 듯 표정이 심각해 보였다.
 이렇게 되면 범인 후보가 두 명인가?
 아니다. 셋이다.
 점심을 먹은 후.
 재개된 예선에서 지어진 또 다른 누군가의 시문.
 그것 역시 벽에 쓰여 있던 시문과 비슷한 버릇이 있는 시문이었으니까.

．

．

．

오늘의 경연이 끝났다.

나는 터덜터덜 걷고 있는 남궁양 공자에게 다가갔다.

"고생 많으셨습니다."

"아! 선협미랑 대협!"

춘일의 말대로. 남궁양 공자의 시문은 형편없었다. 그러니 당연히 예선 탈락이다.

"역시 다른 분들에 비하면 제 시문은……."

"잘하고 못함이 중요하겠습니까? 얼마나 진정성 있는 시문을 지었느냐가 중요한 것 아니겠습니까?"

나는 남궁양 공자를 위로하며 그에게 전음을 보냈다.

- 생각보다 연기를 잘하시는군요.

- 정말 아쉬워하는 얼굴로 보입니까?

- 네.

- 저도 제가 연기에 소질이 있는지 몰랐습니다.

그렇다. 지금 남궁양 공자는 연기를 한 것이다.

남궁세가의 다른 이들이 곁에 있는 상황이니만큼, 아쉬워하는 모습을 보여야 시문 경연을 위해 북경에 왔다는 설명이 되었기 때문이다.

그래야 의심하지 않을 터이고.

"오늘 저녁에 숙부님께서 대협을 저녁 식사에 초대하셨다고 들었습니다. 같이 가시겠습니까?"

"아닙니다."

나는 부드럽게 거절했다.

"제가 나름 이번 경연의 주최자라서, 정리해야 할 것이 좀 있습니다."

"그럼 이따가 뵙겠습니다."

"네."

나는 그 뒷모습을 일별한 후 몸을 돌려 세빈상단의 인계성 공자에게 다가갔다.

오늘 일을 정리하기 위함이다.

그리고 북경지부로 돌아가 송록 시인과 만나 아까 들었던 시문에 대해 이야기를 나누었다.

"정말 놀랐습니다. 그런 비슷한 버릇이 있는 시인이 또 있다니 말입니다. 그것도 두 명씩이나 더 있다니요."

"그럼 이제 범인 후보는 모두 세 명인 것입니까?"

"네. 그렇습니다."

"혹시 모르니 내일까지 잘 부탁드립니다."

"알겠습니다."

나는 한숨을 내쉬었다.

정말 알다가도 모를 일이군.

이제 슬슬 약속 장소로 가야 할 시간이니, 일단 이건 나중에 생각하자.

.
.
.

잠시 후.

나는 한 기루 앞에 도착했다.

그럼 그렇지.

애초부터 주루에서 만날 것은 기대하지도 않았다. 여자를 좋아하는 사람이니 당연히 기루겠지.
그런데 기녀들을 통해 정보가 새어 나가는 것은 걱정되지도 않나?
"이쪽으로 오십시오."
점소이의 안내를 받아 최상층으로 올라간 나는 순간 발을 멈추었다.
음?
지금 느껴지는 이 기운…….
나는 그 기운에 긴장할 수밖에 없었다.
이건, 나정수 시인이 살해당한 장소에서 느꼈던 그 기운이었기 때문이다.
그 말은 즉, 이곳에 범인이 있다는 의미.
내가 들어서자 남궁건지 장로가 나를 맞아 주었다.
"어서 오시게."
나도 얼른 포권하여 인사했다.
"소상 은서호, 장로님을 뵙습니다. 이리 초대해 주시니 감사합니다."
"허허허! 이렇게 무림의 영웅인 선협미랑 대협을 만났는데, 어찌 그냥 지나가겠나?"
"과분한 명호입니다."
"아닐세. 맹주님께서 괜히 명호를 주셨겠나. 자, 편히 앉으시게."
"감사합니다."

나는 그가 권하는 자리에 앉았다. 내 앞에는 남궁양 공자가 앉아 있었다.

하지만 다른 이들은 모두 주변에 서 있었다.

모두의 시선을 받으며 먹는 밥이라…….

이런데도 소화가 된다는 것이 용하네.

나는 속으로 그리 중얼거리며 남궁양 공자와 인사를 했다.

"오늘 시문은 잘 들었습니다. 하지만 예선 탈락은 안타깝게 되었습니다."

내 말에 남궁양 공자가 쓴웃음을 지으며 고개를 저었다.

"어쩔 수 없는 일이죠. 제 상대가 저보다 더 시문을 잘 지으시는 분이었으니까요."

"그래도 포기하지 말고 다음에도 다시 도전해 보십시오."

"그럴 생각입니다. 사내가 되어서 그리 쉽게 포기해서야 되겠습니까?"

"좋은 자세입니다."

내 칭찬에 남궁건지 장로가 고개를 주억였다.

"그래, 남궁세가의 자제로 태어났으면 그 정도 패기와 끈기는 있어야지."

그러는 사이 점소이들이 음식을 가져다 놓기 시작했다.

그 음식 구성을 보며 나는 놀란 표정을 지어 보였다.

"혹시 지금 나오는 요리들, 이 기루의 정찬 요리 중 최고라는 호접몽입니까?"

"오! 잘 아는군."

호접몽은 춘몽루의 정찬 요리다.

음식을 고르기 힘든 이들을 위해서 여러 요리를 조화롭게 구성한 것.

당연히 가격대별로 그 구성도 달랐다.

이곳 춘몽루의 정찬 요리 중 최고는 호접몽.

고급 식재료로 간든 각종 음식들로 식탁을 가득 채우는 것이다.

"하하하하!"

남궁건지 장로는 호탕하게 웃어 보였다.

"우리 남궁세가는 그리 쪼잔한 곳이 아니네! 무림의 영웅을 만났는데 당연히 이런 대접을 해야 마땅하지."

"과분한 대접에 감사할 따름입니다."

포권하여 고개를 숙이며 조용히 한숨을 내쉬었다.

후, 음식이 아깝네.

고작 세 명이 먹을 건데, 열 명이 먹고도 남을 만큼 음식을 시키다니 말이지.

아직 흉년이 끝나지도 않았는데…….

역시 남궁세가에게 흉년은 딴 나라 이야기구나.

물론 황제의 수라상도 무척이나 화려하긴 하다. 하지만 그건 독살을 막기 위함이라는 목적이 있다.

그리고 황제가 먹고 남은 음식은 내관과 궁녀들이 나누어 먹는다.

그러니 낭비가 아니지.

하지만 내가 알기로 남궁세가의 이들이 먹고 남은 음식은, 다른 이들이 먹지 못하게 한다고 들었다.

허드렛일을 하는 이들이 자신들과 같은 것을 먹는 것이 마음에 들지 않는다는 이유 때문이다.

그만큼 오만한 이들이지.

또한, 남궁세가는 보이는 것을 아주 중요하게 생각하지.

아마도 오늘이 지나면 남궁건지 장로가 선협미랑을 대접했다는 소문이 북경에 파다하게 퍼질 거다.

"모든 음식이 다 나왔습니다. 혹시 더 필요하신 것이 있다면 언제든지 말씀하십시오."

춘몽루의 루주가 직접 와서 우리를 응대했다.

이에 남궁건지 장로가 말했다.

"꽃밭에 왔으면 꽃을 봐야 마땅하지. 아니 그러냐?"

"호호호, 아무렴요. 여부가 있겠습니까?"

그녀는 손뼉을 쳤다.

짝짝!

그 신호에 아리따운 기녀들 셋이 올라와 나와 남궁건지 장로와 남궁양 공자 옆에 자리했다.

내 이럴 줄 알았지.

나는 속으로 혀를 찼다.

"내 춘몽루의 기녀들의 수준이 높다는 말은 들었는데, 역시 기대를 저버리지 않는구나. 하하하하!"

"아잉, 부끄럽사옵니다."

"고년, 참 교태가 잘잘 흐르는구나. 하하하하!"

남궁건지 장로는 익숙한 듯 기녀와 즐겁게 이야기를 나누는 반면, 남궁양 공자는 어쩔 줄 몰라 하고 있었다.

그도 그럴 게, 기녀들의 옷차림이 작심한 듯했기 때문이다.

남궁양 공자가 나에게 전음을 보냈다.

- 저, 저기, 어떻게 해야 합니까?

후, 거래하기로 한 상대가 곤란해하는 것을 모른 척할 수는 없지.

- 제가 일전에 알려 드린 말 기억하십니까? 기루에 데리고 가면 뭐라고 하라고 했는지 말입니다.

- 예, 기억하고 있습니다.

- 지금이 그 말을 써 먹을 때입니다.

나는 조심스레 말했다.

"저, 장로님. 아직 남궁양 공자께서는 여자가 익숙하지 않은 듯합니다."

남궁건지 장로가 너털웃음을 지으며 말했다.

"허허혀, 왜 그러느냐? 사내라면 아리따운 여인을 품을 줄도 알아야 하는 법이다. 그래서 기루에 찾아갔던 것 아니더냐?"

"그건 그냥 호기심이었습니다. 그리고 저는 그때 결심했습니다. 화경이라는 경지에 오르기 전에는 여자를 가까이하지 않기로 말입니다."

내가 알려 준 말, 그대로 잘 써먹네.
"그러니 저는 기녀를 물리겠습니다."
"그래, 무인이 그 정도 결심을 했다는데 내가 어찌 말리겠느냐. 그렇게 하거라."
"감사합니다."
남궁건지 장로의 눈짓에, 남궁양 공자 옆에 있던 기녀가 자리에서 일어났다.
하지만 나는 내 옆의 기녀를 물리지 않았다..
그녀가 내 옆에 앉으면서 몰래 허벅지에 글자를 썼기 때문이다.
숨긴다는 의미의 은(隱)과 은해상단의 상징인 물결 모양.
그것이 바로 은해상단 정보대의 표식이다.
그녀를 보면서 뿌듯함이 느껴졌다.
북경 유명 기루의 기녀까지 정보대로 삼을 정도라니.
은해상단의 정보대가 진짜 많이 성장했구나 싶었기 때문이다.
그나저나 내가 기녀를 좋아해서 옆에 두고 있는 게 아닌데도 왜 서향 소저에게 미안한 마음이 들지?
"그래서 말이지, 내가……."
"그러셨습니까?"
나는 그런 상념을 지우고는 남궁건지 장로의 말에 맞장구를 쳐 주었다.
어차피 남궁건지 장로의 개소리를 들어 주러 온 것이

니, 밥이라도 맛있게 먹고 가야지.

게다가 생각지도 못한 수확을 얻었기도 하고.

이곳에 온 덕분이 나정수 시인을 죽인 자를 찾을 수 있게 되었으니까.

시간을 두고 천천히 살핀 덕분에 그 기운이 남궁양 공자의 뒤쪽에서 느껴진다는 것을 알 수 있었다.

물론 남궁양 공자에게서 느껴지는 기운은 아니다.

그의 기운은 무척이나 맑으니까.

그의 뒤쪽에서 우리 주변을 호위하고 있는 무사에게서 느껴지는 기운이었다.

그의 경지 역시 딱 일류다.

입은 옷이나 행동하는 것을 보면 남궁양 공자의 호위무사인 듯한데…… 어째서 일전에 객잔으로 남궁양 공자를 데리러 왔을 때는 못 본 거지?

아…… 남궁양 공자가 추포되었다는 소식을 전하기 위해 남궁서가에 갔었나 보군.

그렇다면 아귀가 맞아떨어진다.

저녁 식사는 거의 세 시진(6시간)이나 이어졌다.

덕분에 주변은 완전히 깜깜해진 상태였다.

도대체 뭔 저녁 식사를 이렇게 오래 하는지 모르겠지만.

그래도 금주령이 유지된 덕분에 이 정도에서 끝난 거겠지.

금주령이 내려진 상태가 아니었다면 아마도 떠오르는 해를 봐야 했을 수도 있고, 눈살 찌푸리는 일을 봤을 수도 있다.

"그럼 조심해서 가게나."

"네. 살펴 가십시오."

나는 그리 인사를 하면서 생각났다는 듯이 말을 했다.

"아, 하나 말씀드린다는 것을 깜빡했습니다."

"그게 뭔가?"

"사실, 이번에 피해자를 죽인 범인의 정체를 알아낼 수 있을 것 같습니다."

남궁건지 장로의 눈이 커졌다.

"뭐라고?"

"사실, 다른 이들에게는 아직 말하지 않았습니다만, 남궁세가 가주님을 대표하여 오신 분이니 미리 말씀드리는 게 맞을 듯합니다."

"어떻게 찾은 것인가?"

"범인은 그 현장에 사소하다면 사소할 수 있는 증거를 흘렸는데, 저희는 이를 놓치지 않고 찾았습니다. 그리고 이를 통해 범인을 특정할 수 있었습니다."

나는 말을 이었다.

"그러니 범인이 확실해지면, 그땐 협조 부탁드립니다."

"물론이네."

나는 그 확답을 들으며, 아까 기운이 느껴졌던 호위무사에게 슬쩍 전음을 보냈다.

- 그러니까, 범인인 거 들키고 싶지 않으면 적당히 챙겨 오십시오.

그리고 일부러 약간의 시간을 두고 다시 전음을 보냈다.

- 금자 열 냥 정도는 되어야 내 입을 막을 수 있을 겁니다.

남궁건지 장로와 남궁양 공자에게 인사를 하고, 내 옆에 붙어 있던 기녀의 어깨를 잡으며 루주에게 말했다.

"오늘은 이곳에서 머물까 합니다. 별채가 있습니까?"

"물론입니다. 대협께서 불편함 없도록 정성껏 모시겠습니다."

나는 팔갑과 호위무사에게 말했다.

"내 성격 알지? 다들 알아서 멀리 떨어져 있어."

"그, 그래도, 호위무사를 멀리 하시면 안 됩니다요!"

"괜찮아. 괜찮아. 이 북경에서 나를 해할 수 있는 자가 있다고 생각해?"

일부러 크게 말하며 뒤를 흘깃 보았다.

이 정도면 미끼도 충분하겠지.

내가 그에게 대놓고 뇌물을 요구한 것이 진심일 리가 없잖아.

내가 금자 열 냥을 제시한 건 그가 나에게 손을 쓰고자 결심하도록 하기 위함이다.

그리고 방금은 그 결심을 더욱 확고하게 만들어 주기 위해 연기한 거고.

그의 눈빛을 보니, 내 작전이 통했음을 알 수 있었다.

.
.
.
 잠시 후, 나는 춘몽루의 별채로 향했다.
 다른 이들을 신경 쓰지 않고 조용히 기녀를 품을 때 사용되는 곳이지.
 때로는 기밀이 오가기도 하고, 불법적인 일이 자행되기도 한다.
 그래서 외부에서 잘 보이지 않는 깊숙하고 한적한 곳에 위치해 있었다.
 "이곳입니다."
 안내를 받아 들어간 방 안에는 화려한 침상이 마련되어 있었고, 식탁과 의자도 깔끔하게 놓여 있었다.
 곧 점소이들이 다가오는 기운이 느껴졌다.
 "주안상을 올리겠습니다."
 그리고 식탁에 고급스러운 다과가 차려졌다.
 나는 탐욕스러운 눈빛을 보내며 점소이들에게 말했다.
 "내가 부르기 전에는 오지 마십시오."
 "물론입니다."
 탁.
 문이 닫혔고, 나는 주변을 살폈다.
 음, 아무도 없군.
 나는 탁자 앞에 앉으며 기녀에게 물었다.
 "이곳에서 활동하고 계시는 겁니까?"

내 물음에 기녀는 얼른 내 앞에 부복하며 말했다.
"예. 소간주님을 뵙습니다. 정보대 소속, 오십팔 호입니다."
내가 알기로 정브대원의 수는 백 명이 넘는다.
즉, 이 기녀도 중간 정도의 위치는 된다는 거지.
그나저나 이 정드까지 정보대가 성장했으면, 이름도 짓고 체계를 개편하긴 해야 할 것 같은데.
일단 그건 나중어 생각하고 당면한 일부터 처리해야지.
"오해할까 봐 미리 말하는데, 저는 기녀랑 뒹구는 취미 같은 건 없습니다."
"잘 알고 있습니다. 정보대의 대원으로서 그런 것도 모른다면 자격 미달이지요."
"자, 그렇다면 내가 왜 이곳으로 왔을 것 같습니까?"
내 물음에 그녀는 잠시 고민하다가 입을 열었다.
"혹시 이 음식들에, 약이 들어 있는 건가요?"
"……!"
그녀의 말에 나는 감탄했다.
그 말은 즉, 이 짧은 시간에 거기까지 결론이 다다랐다는 의미니까.
"왜 그렇다고 생각하십니까?"
"아까 연회를 파하고 나오실 때 하셨던 이야기와 호위를 물리고 저와 함께 인적이 드문 별당에서 밤을 보내시겠다는 말을 미루어 짐작해 보면……."
그녀는 조심스럽게 말을 이었다.

"이번에 북경을 떠들썩하게 만든 살인사건의 진범을 유인하기 위함이시라고 판단했습니다."

나는 미소가 나오려는 것을 참으며 고개를 주억거렸다.

"계속해 보십시오."

"소단주님의 입을 막아야 할 이유가 생겼으니, 손을 쓰고 싶지만 문제는 소단주님의 실력이지요. 이미 절정의 무인으로 알려져 있습니다. 그러니 제 실력을 발휘하지 못하게 해야 합니다. 하여 선택한 방법이 바로……."

그녀는 손으로 식탁을 가리키며 말했다.

"이 음식들에 약을 타는 것이지요. 예를 들면 수면제라든가."

그 말에 옆에 있던 팔갑이 깜짝 놀라 물었다.

"그게 무슨 말입니까요? 그럼 이 음식에 수면제가 들어있다는 겁니까요?"

나는 고개를 끄덕였다.

"응."

그리고 그 기녀에게 말했다.

"정답입니다. 이거 실력이 대단하시군요."

나는 그녀를 높게 평가했다.

통찰력도 뛰어나고, 순간적인 판단력도 좋아 보이고.

그녀는 거기서 멈추지 않고 한마디 덧붙였다.

"그리고…… 아마도 소단주님께서 그자를 따로 자극하시지 않았나 생각합니다."

"그건 왜 그리 생각하십니까?"

"썩어도 준치라고, 아무리 그래도 남궁세가의 정예입니다. 그런 자가 이리 나온다는 건 이성을 잃고 제대로 판단하지 못하도록 하신 게 아닌가 싶습니다."

맞다.

뇌물을 가지고 오라는 말에는 그런 의미도 담겨 있었다.

나는 눈을 반짝였다.

이 기녀, 인재인데?

이렇게 일개 대원으로 썩힐 실력이 아니다.

"이름이 어찌 됩니까?"

"네?"

"소속과 번호 말고, 기명 말고, 진짜 이름이요."

"제 이름은…… 하화입니다."

하화(夏花). 여름꽃이라…….

정보대의 대주에게 이 대원을 제대로 키워 보라고 해야겠군.

현장의 대원으로 썩히기보다는 간부급 인재로 양성할 필요가 있다.

이런 능력 있는 자들이 위로 올라가야 현장의 대원들이 덜 고생하는 법이다.

덤으로 정보대의 수준도 빨리 높아지고.

나는 하화 대원에게 자리를 피해 있으라고 했다.

그리고 팔갑과 호위무사들에게도 멀찍이 있으라고 지시했다.

호위무사들이 멀찍이 있는 모습을 봐야 겁대가리 없이 나에게 올 테니까.
　그나저나 아직은 시간이 좀 이른데…….
　그 사이 정보대의 이름을 생각해 볼까?
　문득 좋은 생각이 떠올랐다.
　금령이가 돈이 되는 건 기가 막히게 잘 아니까, 좋은 이름도 잘 알지 않을까?
　나는 금령을 탁자 위에 올려놓았다.
　"금령아 내가 정보대의 이름을 지으려고 하거든."
　"꾸이?"
　"어떤 이름이 좋을까?"
　"꾸이."
　금령은 어서 말하라는 듯 고개를 끄덕였고, 나는 생각나는 이름들을 말했다.
　하지만, 내가 말하는 이름마다 금령의 반응은 영 시원찮았다.
　"꾸…….".
　그러더니 결국 내 소매 안으로 쏙 들어가 버렸다.
　야…… 너 진짜 그러기야?
　그때 느껴지는 기운.
　"……!"
　나는 회심의 미소를 지었다.
　드디어 움직였군.

* * *

　남궁이인은 검을 들었다.
　검에 재를 발라 찬사광을 죽인 검이다.
　저 멀리 보이는 건물에 오늘의 실행 대상이 있었다.
　그는 심호흡을 하며 긴장을 추슬렀다.
　'오늘도 평소와 다름이 없는 날이다. 평소와 다름이 없는 취미 생활을 하는 날이다.'
　그는 그렇게 속으로 되뇌며 마음을 가라앉혔다.
　하지만 도무지 떨림이 멈추지 않았다.
　마치 처음 살인청부업자라는 취미를 시작했던 날처럼.

　그는 방계 중에서도 먼 방계일 뿐이었다.
　그래도 남궁이라는 성을 가진 덕분에 많은 혜택을 누렸지만 말이다.
　그럭저럭 괜찮은 실력과 인간관계.
　적당히 만족할 만한 삶이었다.
　하지만 그의 마음속을 잠식해 가는 감정이 있었으니, 바로 무료함이었다.
　그 무료함이 점점 커지며, 그의 눈동자에서는 생기가 사라져 갔다.
　그러던 어느 날.
　그는 남궁세가의 가주를 습격한 흑도들을 상대하게 되었다.

그 와중에 자신의 검에 의해 죽어 가는 이들을 보며 알 수 없는 희열을 느꼈다.
그는 가주의 가족을 지키는 호위대인 휘벽대 대원.
솔직히 칼밥을 먹고는 있지만, 생각보다 직접 사람을 죽일 일은 많지 않았다.
감히 남궁세가의 가족을 노리고 달려드는 불나방 같은 자들은 그리 많지 않았으니까.
그는 자신이 맛보았던 희열을 잊지 못했지만, 마음껏 누군가를 죽일 수는 없는 상황이었다.
남궁세가의 이름을 더럽히는 짓을 남궁세가에서 용납할 리 없으니까.
결국, 한 가지 방법을 생각해 냈다.
그건 바로 이중생활.
그때부터 살인청부업자 '암객'으로서의 삶이 시작되었다.
덕분에 무료함이 사라졌고, 그의 눈동자에도 생기가 돌기 시작했다.
때때로 이래도 되나 싶은 생각이 들기도 했지만, 이미 그 희열에 중독되어 멈출 수가 없었다.
하지만 어느 날.
그는 문득, 세수를 하기 위해 세숫대야에 받아 놓은 물에 비친 얼굴을 보게 되었다.
피에 굶주린 광인의 눈빛.
그는 그제야 흠칫하며 암객으로서의 활동을 그만두었다.

그러나 이미 그 희열에 중독된 그에게 밤의 취미 생활은 끊을 수 없는 것이 된 지 오래.

그는 결국 다시 암객의 활동을 재개할 수밖에 없었다. 그리고 그는 자신을 정당화했다.

'다른 남궁세가의 이들도 겉으로는 공명정대하면서 뒤에서는 온갖 비리는 다 저지르잖아.'

'그러니 나도 좀 그러면 어때? 원래 사람은 깨끗하게만 살 수 없는 거야.'

라는 식으로.

그렇게. 그건 그의 취미가 되어 버렸다.

덤으로 용돈도 벌 수 있는 취미 말이다.

시간이 좀 지났고, 최근 누군가 그에게 살인청부를 해 왔다.

"죽여 주었으면 하는 자가 있소."

"알고 있겠지만, 의뢰비는 금자 한 냥이오."

금자 한 냥이던 초가집을 한 채 정도 살 수 있는 거금이다.

"여기 있소이다."

의뢰인은 그에게 금자 한 냥을 보여 주었다.

"하지만, 이는 이번 일이 끝난 후에 줄 것이오."

"그건 상관없소. 그래서 누구를 죽이면 되는 것이오?"

"나정수. 이번에 북경에서 열리는 시문 경연에 참가하기로 한 자지."

의뢰인은 그에게 자세한 용모파기를 설명했다.
"그리고 그를 죽이는 방법에 대해 추가 의뢰가 있소."
"그렇다면 추가금이······."
짤랑.
"추가금은 지금 미리 주도록 하겠소. 계약금이라고 생각해도 좋소."

제법 까다로운 의뢰였지만, 그는 의뢰를 성공적으로 마쳤다.
하지만 문제가 생겼다.
가주의 명을 받아 그가 호위하던, 남궁양이 범인으로 몰린 것이다.
대체 언제 어떻게 나갔는지, 저택을 벗어나서 저잣거리를 걷고 있던 남궁양에 대한 누군가의 증언으로 인해 그리된 것이다.
'대체 어떻게 된 것이지?'
문제는 그뿐만이 아니었다.
그는 곧 자신이 무슨 실수를 했는지 알게 되었다.
나정수를 죽일 때 자신도 모르게 남궁세가의 무공의 특징을 남겨 버린 것.
그래도 어찌어찌 남궁양의 무죄가 밝혀지고, 일이 잘 해결되나 싶었다.
남궁양이 시문경연 예선에서 떨어졌고, 내일 안휘성으로 돌아가기로 했으니까.

그럼 자신을 잡을 방법이 없어질 터.

그런데 오늘 갑자기 은서호라는 자가 남궁세가의 장로에게 의미심장한 말을 건넸다.

"사실, 이번에 피해자를 죽인 범인의 정체를 알아낼 수 있을 것 같습니다."

그 말에 그는 설마 했다.
그리고 증거를 흘렸다는 말에 그는 초조해졌다. 자신이 대체 무엇을 흘렸는지 알 수 없었으니까.
그때 들려오는 전음.

- 그러니까, 범인인 거 들키고 싶지 않으면 적당히 챙겨 오십시오.

이에 그는 깨달았다.
자신이 범인이라는 것을 이미 알아냈음을 말이다.
그리고 은서호는 입막음 비용으로 금자 열 냥을 요구했다.
선협미랑으로 칭송이 자자한 그가 대놓고 뇌물을 요구하는 상황에 그는 어이가 없었다.
'이런 × 같은! 저자도 겉으로만 번지르르하군!'
어쨌든 자신이 범인이라는 것이 알려지는 것은 막아야 했다.
단전이 폐해지고 남궁세가에서 쫓겨나는 것은 기본이

후계자 〈41〉

고, 최악의 경우는 사형까지 당할 수도 있으니까.

어느 쪽이든 사양이다.

평소 살인청부의 의뢰비로 금자 한 냥씩을 받았지만, 그 돈은 이미 유흥비로 써 버린 지 오래였다.

물론 금자 열 냥을 구하자면 구하지 못할 것은 없지만……. 문제는 그 다음이다.

과연 금자 열 냥으로 완전히 입이 막아질까?

결국, 그 입을 영원히 막아 버리려면 한 가지 방법밖에 없었다.

살인멸구.

그러나 상대는 절정의 고수라는 점이 그를 망설이게 했다.

그런 그에게 기회가 왔다.

"오늘은 이곳에서 머물까 합니다. 별채가 있습니까?"

그건 기회였다.

더군다나 호위를 물리기까지!

이번 기회를 놓칠 수 없었다. 하여 그는 몸이 좋지 않다는 핑계를 대고 밖으로 나왔다.

그리고 은서호가 머물고 있는 춘몽루의 별채로 온 것이다.

"후우……."

남궁이인은 검을 보며 차분히 마음을 가라앉혔다.

이내 그의 안광이 섬뜩하게 빛났고, 손의 떨림 역시 멈추었다.

그는 기척을 숨기며 별채로 다가갔다.

별채 주변에는 호위무사가 보이지 않았고, 오로지 하나의 소리만 들려왔다.

"드르렁. 쿠…… 음냐……."

그 소리에 남궁이인은 조용히 미소를 지었다.

은서호가 있는 별채로 가는 음식에 뿌린 수면제가 제대로 효과를 발휘한 것이다.

제아무리 절정무사라고 해도 견딜 수 없을 정도로 강력한 수면제.

그는 복면을 꺼내 얼굴을 가렸다.

그리고 재빨리 별당으로 몸을 날렸다.

드르륵.

문을 열고 별채 방 안으로 들어가는 순간.

"……!"

그는 순간적으로 느껴지는 오싹함에 본능적으로 검을 휘둘렀다.

챙!

무언가 금속과 부딪히는 소리가 들렸고, 곧바로 그를 노리는 무언가가 느껴졌다.

하지만 그가 반응하기도 전에 어깨에서 고통이 느껴졌다.

퍽!

"으악!"

그리고 들리는 목소리.

"팔갑아, 불 켜."

"알겠습니다요."

곧 촛불이 켜지고, 그제야 남궁이인은 별당 안을 볼 수 있었다.

손댄 흔적이 없는 주안상.

그리고 옷자락 하나 흐트러지지 않은 은서호의 모습에 상황을 깨달았다.

'함정이었군!'

그렇다면 이후의 일은 불 보듯 뻔했다.

그는 품에서 비수를 꺼내었고, 자신의 목을 향해 찔렀다.

탁!

하지만 은서호가 그의 손을 발로 찼고, 동시에 주먹을 그의 배를 향해 내질렀다.

퍼억!

"커억!"

* * *

후, 어딜 도망가려고!

방금 나를 노리고 온 범인은 자신의 목을 찔러 자결하

려고 했었다.

 이후의 상황을 감당할 자신이 없으니 저승으로 도망가려고 한 것이지.

 감당할 자신이 없는데 왜 그따위 짓을 했는지…….

 나는 혀를 차며 기절해 버린 자의 복면을 벗겼다.

 역시 내가 전음을 보냈던 그자로군.

 사실 흑도의 기운이라는 것이 다 똑같은 건 아니다. 사람마다 조금씩 달랐다.

 그렇기에 이자가 범인이라는 것을 알아차린 것이다.

 그런데 아까보다 흑도의 기운이 더 진하게 느껴졌다. 분명 남궁세가의 무공을 익혔는데 말이지.

 왜일까?

 살짝 고민하니 금세 답이 나왔다.

 흑도의 기운이라는 건 특별히 정해진 느낌이라기보다는 바르지 않은 기운을 의미한다.

 바르지 않다는 건, 세상의 순리에 맞지 않는다는 의미.

 태음빙해신공을 익히고 초절정의 경지에까지 올라보니 사실, 순리라는 건 그리 거창한 게 아님을 알 수 있었다.

 생명을 소중하게 여기는 것.

 그것이 순리를 따르는 시작이며 끝이다.

 하지만 흑도의 이들은 생명을 소중하게 여기지 않으니, 자연히 세상의 순리에 역행하게 되는 행동을 하게 되는 것.

 그건 스스로의 내공이 가장 잘 알고 있으니, 결국 그

성질이 변하게 되는 거다.

당연히 무림인인 이상, 정파인이라고 해서 누군가를 죽이지 않는 건 아니다.

살수나 녹림 등 흑도의 습격을 받으면 그들을 죽일 수밖에 없으니까.

하지만 그들에게서는 흑도의 기운이 느껴지지 않는다.

아마 그들이 나름의 역할을 하기 때문이겠지.

농작물을 가꾸기 위해서는 벌레를 잡는 역할도 필요하고, 그들의 역할이 바로 그런 것이니까.

그 마음에 그들을 베어서라도 다른 생명을 지키려는 의지가 있다면 흑도가 되지 않는 것이다.

그것이 바로 협이라는 것이지.

나는 내 발 아래 쓰러져 있는 범인을 바라보았다.

이자에게서 흑도의 기운이 진하게 느껴지는 건, 그간 순리에 역행하는 행동을 오래 해 왔다는 거다.

아무리 정파의 무공을 익혔어도 협을 행하지 않고, 흑도처럼 행동하면 그 기운이 흑도나 다름없어진다는 것이 증명되는구나.

그리고 아까보다 지금 흑도의 기운이 더 강하게 느껴지는 건 아마도 나를 해하려는 마음을 먹었기 때문일 것이다.

나는 차가운 눈으로 다시 그를 일별하며 말했다.

"깨우십시오."

"네."

그때 흐위무사코 와 있던 서우 무사가 물었다.

"그 전에, 손발을 좀 묶어 놓는 것이 좋겠습니다. 다시 자진을 시도하면 골치 아프지 않습니까?"

"좋은 생각입니다. 하지만 그러면 번거로우니까……."

나는 씩 웃었다.

"그냥 손목을 부러트리죠."

"알겠습니다."

"혹시 독환이 없는지도 살펴봐 주시고요."

콰직!

서우 므사는 망설임 없이 그자의 두 손목을 부서트렸고, 입 안에 자결용 독환이 있는지를 살폈다.

"깨우시죠."

찰싹!

창운 두사가 뺨을 몇 번 치자, 그는 정신을 차렸다.

"헉!"

깜짝 놀라 몸을 일으키기 위해 손으로 바닥을 짚은 그는 비명을 질렀다.

"으윽!"

손목이 부서졌는데 당연히 아프지.

다시 바닥에 쓰러진 그에게 나는 빙긋 웃으며 말했다.

"제가 궁금한 것이 있어서 그런데, 협조 좀 부탁드립니다."

"꿀꺽!"

그의 목울대가 크게 출렁거렸다.

그도 느낀 거겠지.
지금, 이 상황이 결코 장난이 아님을.
.
.
.
잠시 후.
나는 만신창이가 된 남궁이인을 발로 툭 찼다.
"이봐요."
하지만 대답이 없는 것을 보니, 그새 또 기절해 버렸구나.
방금 심문을 통해 그의 신분과 몇 가지 정보를 알 수 있었다.
솔직히 남궁세가에 대해서도 묻고 싶었지만, 그러지는 않았다.
살인청부에 대해 심문을 해야 하는데, 그런 것을 물어보면 수상하게 여길 것이 분명하니까.
그게 아닌 이상 이자가 내가 물은 것에 대해 남궁건지 장로에게 말할 수도 있고.
여기서 남궁이인을 죽여도 상관은 없지만…….
그를 심문했지만, 그는 자신에게 살인을 청부한 자를 잘 알지 못한다고 했다.
"목소리! 목소리와 손을 보면 알 수 있을 것 같기도 합니다."
그에게 살인을 청부한 자를 찾기 위해서는 이자를 살려

돼야 한다는 거다.

"에휴."

나는 한숨을 내쉬며 의자에 앉았다. 그리고 팔갑에게 말했다.

"팔갑아, 그거 가지고 있지?"

"뭘 말입니까요?"

"금려…… 아니, 정안수. 내가 준 거."

"네. 여기 있습니다요."

"그걸로 이자를 치료해 줘."

"네에?"

팔갑이 말도 안 된다는 표정으로 말했다.

"이자를 왜 치료해야 하는 겁니까요? 그렇게 많은 이들을 죽인 파렴치한 자입니다요."

방금 심문을 통해 팔갑도 들었으니까.

이자가 얼마나 많은 사람을 죽였는지.

꽤 준수한 실력을 가진 데다가, 남궁세가의 무공을 드러내지 않았기 때문에 그간 들키지 않았다.

하지만 이번에는 그 상대가 나빴을 뿐이다.

나는 팔갑에게 말했다.

"나도 그러고 싶지 않은데, 솔직히 우리가 좀 많이 심하게 다투긴 했잖다."

"……."

생각보다 남궁이인이 시원하게 답하지 않아서 할 수 없이 손을 좀 과하게 쓴 것이 없지 않았다.

뼈가 보일 정도로 생살이 패인 곳도 몇 군데 있고.
몇 번이나 기절했다가 깨기를 반복했을 정도니까.
생각보다 강단이 있는 자였다.
후, 역시 남궁세가는 남궁세가라는 건가?
그런데 창운 무사의 표정이 묘했다.
"왜 그러십니까?"
내 물음에 창운 무사는 뺨을 긁적이며 대답했다.
"그게…… 이러니까 저희가 악당처럼 느껴져서 그렇습니다."
나는 피식 웃었다.
"원래 선악은 상대적입니다. 다만 중요한 건 그 정도를 벗어나지 않는 것이죠."
"그렇…… 군요."
나는 팔갑에게 말했다.
"빨리 치료해. 저거 남궁세가에서 보면 입에 게거품 물고 난리 친다."
남궁세가의 무사를 단순히 심문한 것도 아니고 고문을 한 상황이다.
저들은 아무리 방계라도 해도 남궁이라는 성을 가진 자들을 아낀다.
저걸 보면 발작을 하겠지.
그리고 내가 저렇게까지 심하게 고문한 건 금령의 침이라는 믿을 구석이 있기 때문이었다.
제법 오래되긴 했어도 효과는 그대로니까.

그리고 저자에게 신선한 금령이의 침을 쓰고 싶지도 않고 말이지.

아무튼, 저자가 오늘의 일을 고자질하려고 해도 아무런 증거가 없으면 모함이 될 뿐이다.

심지어 지금 이곳 남궁세가에서 가장 높은 남궁건지 장로는 내게 호의를 보이고 있는 상황이다.

자칫했다가는 역으로 그의 행적이 드러나서 무시무시한 벌을 받겠지.

그러니까 좀 머리가 돌아가면 오늘 일은 말할 수 없다는 거다.

하아, 이러니까 내가 진짜 악당이 된 것 같잖아.

- 꾸이!

금령아, 너는 왜 동의하는 거니?

.

.

.

나는 창운 무사를 보내 진영 대협에게 이 사실을 알리게 했다.

그사이 팔갑은 금령의 침을 이용해 남궁이인을 치료했다.

효과가 무척 좋아서 남궁이인의 상처는 흔적도 남지 않았다.

그리고 벗겨 놓았던 옷도 다시 제대로 입혀 침상에 눕힌 후 핏자국을 깨끗이 닦아 냈다.

혈향은 문을 열어 환기를 시키고, 향로의 향으로 남은 냄새를 덮었다.

하화 대원이 가져다준 향인데, 이런 곳에 쓰기 위해서인지 냄새를 지우는 데 효과가 좋은 향이었다.

하지만 어깨의 상처는 치료하지 않았다.

그 상처가 있어야 나를 습격해서 내가 반격했다는 말에 신빙성이 생기니까.

잠시 후.

다다다다!

한 무리의 이들이 달려오는 소리가 들렸다. 그리고,

벌컥!

별채의 문이 열리고 진영 대협이 다급하게 들어오며 외쳤다.

"은서호 소단주!"

"네, 저 여기 있습니다."

그는 나에게 달려와 이곳저곳을 살폈다.

"괜찮은가? 어디 다친 곳은 없고?"

"제가 고작 일류 무사 수준의 살수에게 다칠 리가 없지 않습니까?"

"하긴, 그렇긴 하지."

진영 대협은 가슴을 쓸어내렸다.

"나정수 시인을 죽인 살수가 자네를 습격했다고 들었네."

"그건 맞습니다."

나는 손으로 침상을 가리켰다.

"기절시켜서 저기 눕혀 놨습니다."

그곳을 본 진영 대협이 혀를 내둘렀다.

"참 성격도 좋군. 나 같으면 묶어서 천장에 거꾸로 매달아 놨을 텐데 말이야."

그 말에 나는 말없이 웃었다.

사실, 그것보다 더 심한 짓을 했습니다만.

진영 대협이 같이 온 부하에게 명령했다.

"현청으로 끌고 가라!"

"네!"

"아! 혹시 자진할 수도 있으니 사지를 결박해 놓는 편이 좋을 듯합니다."

부서진 팔목까지 싹 다 고쳐놨으니까.

내 말에 진영 대협이 고개를 끄덕였다.

"그렇게 하도록 하지."

"아! 그리고 황제 폐하께 말씀드리십시오. 아마 폐하께서 꽤 좋아하실 겁니다."

* * *

남궁이인은 무언가 몸이 흔들리는 느낌에 눈을 떴다.

절그럭.

귀에 들리는 이질적인 소리와 뭔가 불편한 자세.

그리고 쿰쿰한 냄새 등이 자신이 어디에 있는지를 알려주었다.

뇌옥이다.

"허억!"

그리고 동시에 떠오르는 기억이 있었다.

은서호를 죽여 입을 막기 위해 춘몽루의 별채를 습격했다가 함정임을 알게 되었다.

그래서 자진하려 했지만, 방해를 받아 정신을 잃었는데…….

깨어나 보니 은서호가 그 잘생긴 얼굴에 웃음을 띠며 말했다.

"제가 궁금한 것이 있어서 그런데, 협조 좀 부탁드립니다."

자신의 두 손목이 부러져 있던 것은 애교였다.

그때부터 시작된 심문을 빙자한 고문은 그의 예민한 부분까지 파고들었다.

"또 있을 것 같은데 말이죠."

"더는 없습니다! 없다고요!"

"아닌데…….."

은서호가 눈짓하자, 옆의 호위무사는 자신의 허벅지에 꽂은 검을 비틀었다.

"끄아아아악!"

자신이 숨기고 있는 게 있다는 것을 어떻게 안 것인지, 도저히 달하지 않을 도리가 없었다.

그렇게 고통을 못 이겨 기절했다가 깨어나기를 몇 번이나 반복했다.

그는 몇 번이고 다짐했다.

이를 결대 그냥 넘기지 않겠다고.

자신이 남궁세가의 이름에 먹칠할 행동을 했다고 하지만, 그래도 자신은 남궁세가의 일원이다.

자신을 심문하는 것은 남궁세가여야 한다.

천한 상인이 아니라.

'감히 천한 상인이 내 몸에 손을 대?'

자신이 처벌을 받는 것과 별개로, 이를 남궁건지 장로에게 알려서 은서호 역시 처벌을 받게 할 생각이었다.

그런데…….

뭔가 이상하다는 생각이 들었다.

'왜 아프지 않지?'

분명히 몇 번이나 기절했다가 깨어날 정드로 고통스러웠는데, 지금은 그런 고통이 전혀 느껴지지 않았으니까.

자신이 습격할 때 반격을 당한 곳은 욱신거렸지만.

그는 자신의 몸을 살피고는 눈을 부릅뜰 수밖에 없었다.

'이, 이럴 수가! 말도 안 돼!'

자신의 몸에는 고문의 흔적이 하나도 남아 있지 않았기 때문이다.

이렇게 되면 남궁건지 장로에게 자신이 고문당했다고 주장할 수가 없게 된다.
 그리 경악하고 있을 때 누군가의 발소리가 들렸다.
 그리고 곧 자신 앞에 모습을 드러낸 자들은 남궁건지 장로와 남궁양 공자.
 그리고 그 뒤에 은서호 소단주가 있었다.
 그는 자신을 향해 빙긋 웃었고, 그 미소에 남궁이인은 입술을 깨물었다.

　　　　　　　＊　＊　＊

 나는 뇌옥에서 남궁이인을 보았다.
 나를 보자마자 두 눈이 부릅떠지고, 몸이 부르르 떨리는 것이 성질깨나 났다는 것을 보여 주고 있었다.
 그런데 이를 어쩌나?
 나를 엿 먹일 생각이었는데 그 엿을 본인이 먹게 되었네?
 "남궁이인!"
 남궁건지 장로는 그를 향해 일갈했다.
 "어떻게 감히 이런 짓을!"
 "……."
 그는 남궁이인에게 다가가 그대로 뺨을 후려갈겼다.
 퍼억!
 "게다가 너 때문에…… 너의 멍청한 행동 때문에 본가

가 얼마나 곤란해졌는지 알고 있느냐?"

남궁건지 장로의 손은 부들부들 떨리고 있었다.

그도 그럴 수밖이 없는 것이, 우리는 이곳으로 오기 전에 진영 대협을 만났다.

그리고 진영 대협은 남궁건지 장로에게 황제의 뜻을 알렸다.

"남궁세가의 일원이 북경의 내성에서 황실에서 주최하는 시문 경연의 참가자를 잔혹하게 살해했습니다. 혹시 남궁세가에서 황실을 업신여기는 것이 아닌가 하문하셨습니다."

"아, 아닙니다! 저희는 추호도 그런 마음이 없습니다."

"정말입니까?"

그 추궁에 남궁건지 장로는 그 자리에 엎드려 고개를 조아렸다.

"저, 정말입니다. 이는 그자 개인의 문제일 뿐! 남궁세가의 문제는 절대 아닙니다."

그토록 콧대가 높았던 남궁건지 장로였지만, 지금은 납작 엎드려야 할 때라는 것을 알아차린 것이다.

황제의 말은 즉, 반역의 의도가 있는 것 아니냐는 물음이기도 하니까.

아무리 무림에서 가장 위상이 높은 남궁세가라고 해도 황실과 적대하면 살아남을 수 없으니까.

황실에서 금군을 동원하면, 남궁세가는 흔적도 없이 사

라질 터.

남궁세가를 싫어하는 무림 세력들까지 합세한다면, 그 뒤는 불 보듯 뻔하다.

사실 지금까지는 남궁세가를 압박할 명분이 없었기에 황실에서도 그냥 두었던 것뿐이다.

하지만 이렇게 확실한 명분이 생겼는데, 이를 놓칠 리가 없다.

"그럼 황제 폐하께서 그대들을 믿을 수 있도록 뭔가를 보여야 하지 않겠소?"

"……."

하여, 남궁양 공자가 무죄로 판명되어 써먹지 못했던 방법을 이제야 써먹을 수 있게 된 것.

그렇게 수모를 당했는데, 이를 풀 수도 없는 상태였다.

그런데 상황을 이렇게 만든 장본인이 있으니 참을 수가 없는 것.

퍽! 퍼억! 퍽!

"컥! 크윽! 커헉!"

"게다가, 내가! 이 남궁건지가! 그 수모를! 그 치욕을!"

분이 풀리지 않은 건지, 본인의 손이 아픈 건지 그는 옆에 놓인 채찍을 들어 직접 남궁이인을 치기 시작했다.

촤악! 촤악!

"커헉! 흐윽!"

재갈이 물린 남궁이인은 제대로 항변도 하지 못하고 속수무책으로 맞고만 있어야 했다.

그가 간간이 나를 향해 분노 섞인 눈빛을 보냈지만, 그래 봤자 그가 할 수 있는 건 아무것도 없다.
그러니까 왜 그런 짓을 한 거냐고.
그나저나…… 이러다가 저자가 죽으면 좀 곤란한데.
"장로님, 분을 거두시지요. 남궁이인 대협은……."
"대협은 무슨, 그냥 이름으로 부르게!"
"네, 그러면……."
처음부터 그러고 싶지만, 허락을 받은 것과 안 받은 것은 다르니까.
"남궁이인은 현청에서도 소중한 증인입니다. 그가 있어야 이번 살인 청부 의뢰를 한 자를 찾을 수 있습니다."
"후……."
남궁건지 장로는 분노를 억누르며 소리쳤다.
"그래서, 누구냐? 누가 너에게 의뢰를 한 것이냐?"
"아직 재갈이 물려 있습니다."
나는 그를 잠시 만류하고는 간수에게 눈짓했다.
간수가 재빨리 다가가 그의 재갈을 풀어 주었다.
"그래서, 누구냐?"
"저, 저도 잘은 모르…… 겠습니다. 하지만 그 손을 보고 목소리를 들으면 알 것 같기도 합니다."
"반드시 찾아내야 할 것이다!"
"네."
그건 그렇지.
그 범인을 찾아야, 자신들이 황실에 반역할 의도가 없

다는 것을 조금이라도 증명할 수 있으니까.

그러면 남궁세가 측에서 양보해야 할 것도 줄어들 터.

사실 황제는 남궁양 공자의 살인 혐의를 가지고 황궁에 얼쩡거리지 말라는 요구를 하려고 했다.

하지만 남궁양 공자를 풀어 주게 되었고, 그 기회를 포기해야 했다.

그런데 내가 이렇게 용의자를 잡아 주면서 남궁세가 측을 더 압박할 수 있게 되었다.

황제가 좋아하실 건 당연한 일이지.

.

.

.

이틀이 지났다.

일차 예선을 거쳤음에도 남은 시인들의 수는 상당히 많았다.

그도 그럴 것이, 이번에는 제국 전역을 대상으로 하는 시문 경연이었으니까.

그리고 남궁건지 장로는 사실 남궁양 공자가 예선에서 떨어지면 안휘성으로 돌아갈 생각이었지만, 그러지 못하고 있었다.

남궁이인 때문이지.

그런데 남궁건지에게 잘못 맞은 탓에 그의 시력에 문제가 생겼다.

그로 인해 목소리만으로 범인을 판명해야 하는데, 그게

쉬운 일은 아니지.

 그가 일류 무사라 다른 이들에 비해 청각이 민감하다고 해도 말이야.

 후…….

 하여간 도움이 안 된다니까.

 북경지부로 돌아와 집무실에서 업무를 보던 내게 송록 시인이 찾아왔다.

 "오셨습니까?"

 "네."

 "앉으십시오."

 나는 자리에 앉은 송록 시인에게 종이 한 장을 내밀었다.

 "이렇게 범인 후보는 다섯 명이군요."

 그렇다.

 벽에 쓰여 있던 시문의 특징과 비슷한 특징이 담긴 시문을 지은 자는 총 다섯 명.

 "이것 참…… 묘하군요."

 "그러게 말입니다."

 나는 한숨을 내쉬며 천장을 바라보았다.

 그래도 그 수많은 이들 중에 다섯 명으로 추린 게 어디인가.

 그래, 긍정적으로 생각하자.

밤이 되었다.
나는 속이 답답해져 고개를 돌려 서향 소저를 보았다.
그녀 역시 퇴근하지 않고 일하고 있었으니까.
"곽 부관님."
"네."
"잠시 머리를 식힐 겸 후원을 산책하는 게 어떻습니까?"
"좋아요."
나는 그녀와 함께 후원으로 나왔고, 천천히 걸었다.
이제 삼월도 중순으로 접어들었다.
그런 만큼 바람도 서늘한 편이었지만, 내게는 그저 시원할 뿐이었다.
"심란하신 모양이네요."
"네. 그렇습니다."
그때 그녀가 빙긋 웃으며 시문을 읊었다.

내일의 고민을 흘려보내니
오늘의 고민이 떠내려오는구나.
내일도, 그 내일도
고민은 끊이지 않고 떠내려오니
아, 이것이 인세에 갇힌 삶이구나.

그 시문에 나는 미소 지었다.
"윤악의 시문이군요."
"맞아요. 제가 어릴 때 배웠던 시문이기도 하죠."

그녀는 말을 이었다.
"이 시문은 고민이 끊이지 않는 삶에 대해서 이야기하고 있죠. 이렇게 고민은 끝이 없는 거구나 하고 생각을 하게 되네요."
"하하하. 맞습니다."
"그러니까 이렇게 산책을 하는 동안만큼은 고민을 잊도록 해요."
"네?"
"고민을 하면서 걷는 것은, 제대로 된 산책이라고 할 수 없으니까요."
그녀의 말에 나는 선선히 고개를 끄덕였다.
"맞습니다. 그런데 곽 부관님은 글을 누구에게 배우셨습니까?"
"저는 저 오라버니들에게 배웠어요. 오라버니들은 가문에서 초빙한 스승님께 배웠지만요."
그녀처럼 대단한 가문에서는 따로 스승을 초빙하여 아이들을 가르친다.
하지만 이는 대부분 아들에 국한된 경우고, 딸들은 어머니나 가족들에게 가르침을 받는다.
외간 남자에게 얼굴을 보이지 않기 위해서지.
어…… 잠깐.
문득 떠오른 생각.
다섯 명이 모두 안휘성에 살고 있다는 것, 동향 출신이라는 것을 생각하면 답은 하나뿐이다.

그리고 그 동기도 알 것 같았다.
"곽 부관님, 죄송하지만 산책은 여기서 마치죠."

내 집무실로 돌아온 나는 일필휘지로 서신을 적었고, 그걸 금령에게 맡겼다.
"금령아, 이거 아버지에게 보내는 서신이야."
"꾸이!"
"부탁할게. 그러니까 빨리 답장을 가지고 오도록 해."
금령은 서신을 꼬리에 매달고 쏜살같이 달려갔다. 내가 북경에 있는 정보대가 아닌 아버지에게 서신을 보낸 이유는 호북이 북경보다 안휘성과 더 가깝기 때문이다.
그리고 며칠 후.
새벽에 눈을 뜨니 금령이 내 가슴 위에 올라와 있었다.
"아! 금령이 왔구나?"
나는 몸을 일으켜 금령이를 쓰다듬어 주고는, 그 꼬리에 매달려 있는 서신을 풀었다.
그 내용을 읽는 내 입가에는 미소가 떠올랐다.
역시, 그렇구나.

.
.
.

그날 아침.
나는 진영 대협에게 서신을 보냈다.
아침을 먹은 후 일과를 처리하고 있을 때 진영 대협이

북경지부로 오셨다.
"황제 폐하께서 부르시네."
"대협, 그 전에 긴히 드릴 말씀이 있습니다."
나는 그에게 이번 일에 대해 자초지종을 말했다. 황제에게 말하기 전에 책임자인 진영 대협이 알고 있어야 하니까.
내 설명에 진영 대협은 놀라움을 감추지 못했다.
"그래서 자네가 황제 폐하를 뵙고 싶다고 한 것이군."
"네. 그렇습니다."
"미리 언질해 줘서 고맙군. 이만 가도록 하지."
"네."
나는 그를 따라 황궁으로 향했다.
극상의 예를 취한 나에게 황제는 고개를 들라 명했다.
"성은이 망극하옵니다."
"그래, 무슨 일로 나를 보자고 했느냐?"
"실은 이번 살인사건에 대해 말씀드릴 것이 있기 때문입니다. 그리고 저는 범인들에 대해 자비를 베풀어 주실 것을 청하기 위해 이렇게 왔습니다."
내 말에 황제는 잠시 생각하다가 대답하셨다.
"네가 그리 말한다는 건 그럴 만한 이유가 있기 때문이겠지. 그래, 한번 말해 보아라. 내 최대한 정상참작을 하도록 하마."
그 말에 나는 포권하여 고개를 숙이며 말했다.
"소상, 이번 일어 대해 말씀드리겠습니다."

나는 숨을 돌린 후 말을 이었다.

"이번 일에 있어 가장 중요한 증거는 벽에 쓰여 있던 시문이었습니다. 하여 저는 송록 시인의 협조 하에 그 시문에 드러난 버릇과 비슷한 버릇이 담긴 시문을 지은 시인들을 골라내었습니다."

"비슷한 버릇?"

나는 송록 시인의 설명을 그대로 황제에게 보고했다.

"그런데 문제가 있었습니다. 이번 시문 경연의 예선에 참가한 자 중에 비슷한 버릇을 가진 이가 다섯 명이나 나왔습니다."

"다섯 명이나?"

"네. 폐하."

나는 고개를 끄덕였다.

"그렇다면 그들 중에 범인이 있다는 뜻일 터. 하지만 네가 잡은 남궁이인이라는 자의 시력이 손상되었다고 했지?"

"맞습니다. 그래서 그의 증언과 청각에만 의존하여 범인을 골라내야 하는데, 쉽지가 않은 상황입니다."

내 말에 황제는 혀를 찼다.

"남궁건지 장로, 그 자식은 왜 화를 참지 못하고 성질을 부려서 일을 이 지경으로 만든 건지……."

그거, 제가 하고 싶은 말입니다.

나는 쓴웃음이 나오려는 것을 참고 말을 이었다.

"하지만 그것에만 의지하지 않아도 범인을 알아낼 수

있을 듯합니다."

"어떻게 말이냐?"

"이제부터가 본론입니다."

나는 살짝 뜸을 들였다. 다들 궁금해 미치겠다는 표정이군.

"어느 날, 어느 한 고을에 저명한 학사이자 시인이 있었습니다. 하지만 나정수라는 자에게 그는 먹음직스러운 먹잇감이었습니다. 그의 명성이 높은 만큼, 그의 시문을 까 내리면 자신의 이름이 널리 알려지게 될 테니 말입니다."

나는 계속 설명을 이어 나갔다.

"하지만 그는 좀처럼 기회를 잡을 수 없었습니다. 그도 그럴 것이 그 학사는 그만큼 실력이 대단한 자였기 때문입니다. 그래도 그는 사람이었고, 그렇기에 결국은 실수를 하게 됩니다."

나는 숨을 잠시 돌리며 다시 설명을 이었다.

"당연히 나정수는 기회를 놓치지 않고, 그 실수를 지적하여 비평하는 시문을 적어 벽에 붙여 놓습니다. 그 실력만큼이나 자존심도 강했던 그 학사는 결국 자진하여 본인의 불명예를 씻는 것을 택합니다."

내 설명이 끝났지만 황제는 여전히 고개를 갸웃했다.

"그건 나도 알고 있는 사안이네. 나정수라는 자가 그런 식으로 악명을 쌓아 온 것 아닌가?"

"그런데 말입니다."

나는 피식 웃었다.

"그 학사는 훌륭했던 인격만큼, 후학 양성에도 힘을 썼던 겁니다."

"후학……?"

"네."

황제는 그제야 알 것 같다는 표정으로 무릎을 탁! 치셨다.

"오호라! 그거로구나!"

"네. 그 제자들은 스승의 명예가 더럽혀진 것과 스승의 죽음에 분노하며 복수하기로 결심한 것입니다."

"하지만 단지 그것만으로 범인을 확신할 수는 없지 않은가?"

진영 대협의 말에 나는 고개를 끄덕였다.

"물론 아직은 제 추측일 뿐입니다. 하지만…… 벽에 쓰인 시문에서 계속 마음에 걸리던 게 있었습니다."

"그게 무엇인가?"

나는 그 시문을 외웠다. 몇 번이나 봤으니 그 시문쯤은 기억하고 있다.

"그대의 시문은 땅을 찢고
하늘마저 갈가리 찢었네.
남을 비난하는 자는
본인 역시 비난받을 것을
생각해야 하고

그 비난으로 남을 죽인다면
그 본인도 죽음을 각오해야 함을
정녕 몰랐는가?
다른 자의 마음을 갈가리 찢었으니
그대 역시 갈가리 찢기리라."

"그래, 그 시문이었지."
"이 시문, 모두 열 개의 행으로 이루어져 있습니다."
내 말에 진영 대협은 손가락으로 이를 헤아려 보았고 이내 고개를 주억였다.
"자네의 말이 맞네."
"그 시문에는 원문이 있습니다."
나는 품에서 시문이 적힌 종이를 꺼내 내밀었다.
이에 진영 대협은 직접 그것을 받아 읽은 후 황제에게 전달했다.
황제 역시 이를 읽었다.

"그대의 시문은 땅을 찢고
하늘마저 갈가리 찢었네.
남을 비난하는 자는
본인 역시 비난받을 것을 생각해야 하고
그 비난으로 남을 죽인다면
그 본인도 죽음을 각오해야 함을 정녕 몰랐는가?
다른 자의 마음을 갈가리 찢었으니

그대 역시 갈가리 찢기리라."

황제의 낭독이 끝난 후 나는 차분히 물었다.
"이것과 비교하면 뭔가 좀 이상하지 않습니까?"
"무엇이 말인가?"
"내용은 같습니다만, 원문은 여덟 개의 행이고 그 시문은 열 행입니다."
"그렇군. 네 번째 행과 다섯 번째 행, 그리고 일곱 번째 행과 여덟 번째 행을 나누었군."
"맞습니다. 이건 바로, 다섯 명의 이들이 각자 두 개의 행을 나누어 쓰기 위해서였습니다."
내 말에 황제의 눈이 가늘어졌다.
"뭐라?"
"굳이 붓이 아니라, 나무뿌리를 찢은 것으로 붓을 삼아 시문을 쓴 것은 이를 들키지 않기 위함이었습니다. 하지만 자세히 살펴보면, 미묘하게 글자의 굵기가 다릅니다."
나는 그 시문을 처음 봤을 때부터 묘한 위화감을 느끼고 있었다.
그리고 얼마 전에야 그 위화감의 정체를 깨달을 수 있었다.
아무리 나무줄기를 찢어, 그것으로 글자를 써서 필체를 속인다고 해도 어쩔 수 없이 드러나는 것이 있다.
바로 그 글자를 쓴 자의 필압이다.
"그들은 하나의 시문을 다섯이서 나누어 벽에 적은 것

입니다. 그것이 바로 그 다섯 명 모두가 이번 비평가 살인사건의 범인이라는 증거입니다."

"……."

잠시 침묵이 흘렀다.

"하하하하!"

그 침묵을 깬 것은 황제의 호탕한 웃음소리였다.

"정말로 이를 해결해 버리다니! 대단하구나!"

"이는 단지 제 추측일 뿐이옵니다."

"단지 추측일 뿐이라면, 나에게 그들을 선처해 달라고 말하지는 않았겠지. 네가 이 이야기의 서두에서 말한 선처가 그 제자들을 위한 선처였을 터."

잘 아시네.

"역시 너는 뛰어난 인재다."

"황은이 망극하옵니다."

그런데 왜 황제가 뛰어난 인재라고 하면 등에서 진땀이 흐를까?

나는 공손히 읍하며 말했다.

"하나 더 말씀드릴 게 있습니다. 사실, 그 벽에 쓰인 시문은 죽은 스승이 남긴 절명시였다고 합니다."

"저런!"

나는 말을 이었다.

"처음에는 다른 누군가가 지은 시라고 생각했는데 그게 아니었던 겁니다. 하지만 그 시문과 저들의 시문에 비슷한 버릇이 드러나는 건 같은 스승 아래에서 수학했기 때문입니다. 어릴 적부터 시문을 배우게 되면 자연히 그 스승의 영향을 받기 마련 아닙니까?"

그렇기에 결과적으로 그게 다섯 명의 시인과 죽은 학사와의 관계를 보여 주는 증거가 된 것이기도 했다.

"비록 살인은 해서는 아니 되지만, 여기에 절대적인 기준이라는 건 없다고 생각합니다."

"절대적인 기준은 없다?"

"네. 예를 들어서 악당을 처단한 자는 영웅이라 불리지 않습니까? 그리고 나정수 시인은 많은 이들의 마음을 찢어 버린 악당이었습니다."

"……으음, 그렇긴 하지."

"그렇기에 그들을 선처해 주실 것을 간곡히 요청드립니다."

.
.
.

다음 날.

그 다섯 명의 시인들은 현청으로 소환되었다. 그리고 나와 진영 대협은 직접 그들을 만났다.

"우리를 왜 이곳에 부른 겁니까?"

떨리는 목소리로 나에게 물은 자는 조생이라는 자였다.

애써 담담해 보이는 척해도, 그들이 긴장하고 있다는 것을 내가 모를까.

"제가 왜 불렀는지는 여러분들이 더 잘 아시지 않을까요?"

내 말에 그들 중 하나가 한숨을 내쉬었다.

"역시…… 살인청부업자를 쓰지 말고 그냥 우리가 직접 처리할 것을 그랬군. 분명 그자가 이번 일에 대해 실토한 거겠지."

그는 이번 일에 대해 후회가 없다는 표정이었다.

그 말에 나는 고개를 저었다.

"죄송하지만 아닙니다."

"아니라고요?"

"네. 그 살인청부업자를 생포한 건 사실이지만 그자는 지금 모종의 사정으로 시력을 잃었기에 그 증언을 믿을 수가 없게 되었거든요."

"그, 그럼 어떻게?"

이내 서로를 노려보는 다섯 명.

나는 손을 내저으며 설명했다.

"아, 배신자가 있던 것도 아닙니다."

"그럼 어떻게?"

"벽에 쓰인 시문, 그것이 이번 일의 증거였습니다."

"네?"

나는 이에 대해 그들에게 설명해 주었다.

내 설명을 들은 그들은 허탈한 표정으로 중얼거렸다.

"그것이 우리의 발목을 잡다니……."

"그건 생각하지도 못했는데."

나는 그들에게 말했다.
"그건, 돌아가신 스승님의 절명시라고 들었습니다."
"맞습니다."
"제가 볼 때, 스승님께서는 마지막까지 제자인 여러분들을 생각하신 것이 아닐까 합니다."
"그게 무슨 의미입니까?"
"그러니까 그 절명시가 여러분이 이번 일의 범인이라는 것을 저에게 알려 준 것입니다. 여러분들의 마음이 썩어가지 않도록 말입니다."

내 말에 옆에서 가만히 듣고 있던 진영 대협이 말했다.
"은서호 소단주의 말이 맞네. 내 업이 무인인 만큼 수많은 이들을 죽여 왔지. 비록 그 상대가 아무리 악인이라고 해도 누군가의 생명을 해한다는 건 결코 그 마음이 좋을 리 없네."

그는 말을 이었다.
"처음에는 모르네. 하지만 점점 죄책감이 자신을 얽매여 오기 시작하면 그것이 결국 자신의 정신까지 피폐하게 만들지. 그래서 무공을 익힌 자들 중에서는 사람을 죽인 죄책감을 이기지 못하고 극단적인 선택을 하는 자도 있다네."

나는 말을 이었다.
"게다가 누군가를 몰래 죽인 일 아닙니까? 그러니 그 죄책감의 압박은 어마어마하죠. 하지만 이렇게 그 일이 밝혀졌습니다. 오히려 속이 시원하실 겁니다."

"……."

그들 중에 한 명이 무거운 표정으로 입을 열었다.

"후…… 스승님께서는 저희에게 복수하지 말라고 당부하셨지만, 저희는 복수를 하지 않고서는 도저히 견딜 수가 없었습니다."

나는 조용히 고개를 끄덕였다.

그들의 마음은 이해가 가니까.

"그럼 저희는 어떤 처벌을 받게 됩니까? 어쨌든 살인을 저질렀으니 사형은 피할 수 없을 것 같습니다만."

"글쎄요?"

나는 웃으며 말했다.

"그건 저도 잘 모르겠습니다. 그러니까 가셔서 열심히 시문을 공부하십시오."

"네?"

그들이 모두 어리둥절해했지만, 나는 더 이상 설명하지 않고 다른 말을 꺼냈다.

"마지막 시문 경연에 참가하시라는 폐하의 성지가 내려졌습니다."

.
.
.

며칠 후.

시문 경연 대회의 결승.

두 번째 경연에서 올라온 시인들만이 모여서 치르는 세

번째 경연이다.

 이 자리에서 우승자가 결정되는 만큼, 황제가 직접 나와 그들을 격려했다.

 "그대들의 시문을 읽으면서 매우 흡족했다. 하지만 한편으로는 기대가 된다. 그대들이 아직 한계에 맞닥뜨리지 않았다고 생각하기 때문이지."

 "……."

 "나는 자네들이 더더욱 생각을 쥐어 짜내길 바란다. 궁리하고 또 궁리해라. 그리하면 마지막에는 찬란한 영광을 마주하게 될 터이니!"

 "황제 폐하 만세!"

 "만세!"

 "만세!"

 그곳에 모인 이들이 만세삼창을 하며 황제에게 극진한 예를 올렸다.

 이제 황제가 단상에서 내려올 차례였지만, 그는 내려오지 않고 말을 이었다.

 "나는 이 자리를 빌려, 자네들에게 한 가지 진실을 밝히고자 한다."

 이에 모두의 이목이 황제에게 집중되었다.

 "최근, 이 시문 경연에 참가하고자 북경에 왔던 자가 내성 안에서 살해당한 일이 있었다."

 "……!"

 그 말에 모두 놀라 토끼 눈이 되어 황제를 바라보았다.

사실 그 이야기는 이 북경을 떠들썩하게 했던 이야기인 만큼, 이번 시문 경견에 참석한 이들 중에 모르는 자는 없었다.

하지만 그 이야기를 황제가 이 공개적인 장소에서 할 거라고는 생각하지 못했다.

"죽은 자의 이름은 나정수."

"……."

"그자는 이 제국의 해악이었다."

"……!"

모두 두 번째로 놀랐다.

나정수가 쓰레기 같은 자라는 것은 모두가 생각하고 있었지만, 황제가 이리 공개적으로 말할 거라고는 꿈에서도 생각하지 못했으니까.

"나는 황제로서 그런 자를 미리미리 처리하지 못한 것을 그대들에게 미안하게 생각한다."

그 말에 모든 이들이 그 자리에 엎드리며 외쳤다.

"황송하옵니다. 그 말씀을 거두어 주십시오!"

"거두어 주십시오!"

황제는 잠시 그들을 바라보고는 입을 열었다.

"이번에 나는 아주 흥미로운 이야기를 들었다."

황제의 입에서는 내가 보고했던 그것들이 간략하게 요약되어 흘러나왔다.

"나는 그 다섯 명의 제자들에게 무슨 처벌을 내려야 하는지 고민했다."

나는 그 말을 들으며 죽은 학사의 제자들을 보았다.
얼마 전에 불려왔던 그들은 지금 바짝 긴장하고 있었다.
"나는 그들의 처벌을 조건부로 하기로 결정했다."
황제는 다섯 명이 있는 쪽을 보고는 말을 이었다.
"만약 그들이 명예를 잃지 않는다면 나 역시 그들을 처벌하지 않을 것이다. 하지만 만약, 저들이 명예를 잃게 된다면 나는 그들의 목을 칠 것이다."
그것이 그들을 선처해 달라는 내 청에 대한 황제의 응답이다.
그 말에 다섯 명의 제자들은 두 눈을 깜박일 뿐이었다. 그들 역시 이 상황이 이해되지 않는 거겠지.
하지만 그들은 곧 알게 될 거다.
자신들이 목숨을 부지할 방법은 오직 명예를 드높이는 방법밖에 없음을 말이다.
그리고 황제가 그들에게 엄청난 자비를 베풀었다는 것을 말이다.
그나저나…… 내가 아는 황제라면 단순히 그들을 선처하겠다는 목적만을 가지고 그리 말씀하시지 않았을 것이다.
분명히 뭔가 다른 뜻도 내포되어 있을 터.
"나는 이곳에 모인 이들이 입신양명의 마음을 가지길 바란다. 그리고 지금부터 시문 경연의 마지막 경연을 시작한다."

입신양명.
그 말에 나도 모르게 웃음이 나왔다.
입신양명이라 함은 즉, 관직에 나서는 것.
그럼 그렇지.

．

．

．

시문 경연의 결승이 시작되었다.
나는 그 시작을 본 후 곧바로 형부로 향했다.
형부상서 대인을 만나 이번 일에 대해 전달해야 했기 때문이다.
"하하하!"
나를 보자마자 형부상서인 방 대인이 웃으며 말했다.
"들었네. 이번에 자네가 엄청난 활약을 했다면서?"
"저도 들었습니다. 일이 바쁘시다고 저에게 이번 일을 일임했다고요. 그러니 어쩌겠습니까? 진상을 밝히기 위해서 동분서주했을 뿐입니다."
내 말에 방 대인은 피식 웃었다.
"어째 말에 뼈가 있군."
"……."
"내, 이번 일을 보고 느낀 바가 있었네. 역시 자네는 자격이 있어."
"네? 무슨 자격…… 말씀입니까?"
"내 후계자가 될 자격."

그는 씨익 웃었다.
"이 방효명! 자네를 내 후계자로 정했네."
그 말에 나는 질끈 눈을 감았다.
아…… 진짜 도망갈까?
.
.
.
이번 시문경연의 우승자가 정해졌다.
우승자의 이름은 문진.
그는 이번에 살인을 의뢰했던 다섯 명의 제자 중 한 명이다.
그리고 나머지 네 명의 제자들도 우수한 성적을 거두었다.
나는 속으로 그들에게 조의를 표했다.
조만간 황제에게 끌려가 과로사로 죽기 직전까지 굴려질 것이 뻔했으니까.
황제도 참 대단하시다니까.
내가 선처를 주청한 것을 이용해서 본인의 이익을 챙기시다니 말이야.
물론 그 이득이 순전히 사익을 위한 것이 아니라, 공익을 위한 사익이긴 하다.
성실하거나 똘똘한 이들이 공직에 많아야 백성들도 편히 살 테니까.
게다가 저들은 목줄이 단단히 매여서 감히 딴마음도 먹

지 못할 터.

조금이라도 딴마음을 먹으면, 그땐 사형이다.

"그래서, 왜 후계자 자리를 거부하는 거냐?"

방효명 대인은 틈만 나면 나를 찾아와 자신의 후계자가 되라고 설득하고 계셨다.

나는 그때마다 정중하게 거절했고, 지금도 거절하는 중이다.

"저를 후계자로 생각해 주시는 건 감사합니다만, 아무리 생각해도 그 이름은 제가 가져서는 아니 될 이름이라고 생각합니다."

"그러니까 그 이유가 뭐냐니까?"

"바쁩니다."

"바빠?"

"네. 너무 바빠서 그 이름을 갈고닦아 빛낼 수 있는 시간이 없습니다. 이런저런 일을 맡고는 있지만, 아시다시피 저는 상인입니다."

나는 내 일에 대해 설명했다.

"게다가 황제 폐하께서 맡기신 일도 있죠."

"음, 그건 그렇지."

감찰어사인 데다가 계속 이런저런 일을 시키시니까.

"그런 상황에서 제가 어찌 시간을 더 낼 수 있겠습니까? 제가 몸이 하나인 상황이라서……."

"생각보다 바쁜 녀석이었구나."

"네."

나는 그에게 조심스럽게 물었다.
"그런데 어째서 대인의 자녀들에게 그 이름을 물려주지 않으시는 겁니까?"
"아아…… 그 녀석들?"
방효명 대인은 대수롭지 않다는 듯 설명해 주었다.
"우선 그럴 인물이 아니다."
"일전에 뵈었을 때에는 제법 총명해 보였습니다만."
"너만큼은 아니지."
"그래도 자손들이 이어받는 게 좋아 보입니다만."
"나 역시 혈육의 정이 있어서 직접적으로 물어본 적이 있었지. 내 이름을 물려받겠느냐고. 그랬더니 싫다고 하더라."
"왜 싫다고 합니까?"
"부담스럽다고."
"……."
나는 어처구니가 없었다.
"저는 왜 부담스럽지 않을 거라고 생각하십니까?"
"그야 넌 뻔뻔한 놈이니까."
어처구니가 없는 걸 넘어 황당할 정도였다.
그때 내 소매 속에 있던 금령이가 전음을 보냈다.
- 꾸이!
금령아. 조용히 해라.
나는 금령의 등을 쓰다듬었고, 이에 금령은 부르르 떨었다.

그래, 이제야 조용히 하는군.

"저도 부담스럽습니다만?"

"부담스러운 것이 아니라 귀찮은 거겠지."

컥!

어떻게 아셨지?

"아무튼, 너라면 내 이름을 이어받아도 그 이름을 더럽히지 않을 거라고 본다."

"아닙니다."

나는 고개를 저었다.

"제가 그 이름을 받으면 그거 닳고 마를 때까지 마음껏 이용할 겁니다. 제가 많이 뻔뻔하잖습니까?"

"뒤끝 있구나."

"모르셨습니까?"

"아니, 잘 알고 있지. 그래도 뒤끝 있다고 하는 놈 치고 뒤통수 치는 놈은 못 봤다."

하긴 그렇지.

감정이라는 것이 있는 사람이라면, 뒤끝이 없을 리가 없었다.

그런데 본인이 본인 입으로 뒤끝이 없다고 말한다?

그건 거짓말이지.

"할 말이 없네요. 계속 거부하면요?"

"……."

방 대인은 난감한 듯 머뭇거렸다.

그도 그럴 게, 납치나 감금, 협박 같은 방법은 내게 쓸 수 없으니까.

"방법이 없으시죠?"

"있긴 있다."

"그런데 왜 머뭇거리십니까?"

방 대인은 가볍게 한숨을 내쉬며 말했다.

"은서호 소단주의 능력이 아주 뛰어나니 지금처럼 일개 상인으로 놔두는 것은 나라의 손해라고, 황제 폐하께 간곡히 주청드리는 거지."

"……."

등에서 식은땀이 흐른다.

방 대인은 형부상서이자 황제가 총애하는 관리.

그가 간곡히 주청한다면 황제는 못 이긴 척 그 주청을 받아들여 내게 성지를 내리겠지.

"내가 머뭇거린 건, 그 방법을 사용한다면 네가 나를 원망할 테니 그런 것뿐이다."

잘 아시네.

"사실 내가 너를 후계자로 삼고 싶은 건, 너만큼 이를 잘 이용할 사람이 없어 보이기 때문이다. 아무리 뛰어난 연장이라고 해도 벽장에 처박아 놓으면 녹슬기 마련이다. 뛰어난 연장은 사용되어야 하는 법이지."

"……."

"그러니까 내 후계자라는 이름을 마음껏 사용해라. 그에 대해 내 뭐라고 하지 않을 터이니. 아니, 오히려 내가 원하는 바다!"

"……."

그렇게까지 말씀하시니 더 이상 거부할 수가 없었다.

그리고 솔직히, 방효명 대인의 이름값은 무척 유용하기도 하고.

육식공이 좀 유명해야지.

"알겠습니다."

"그러니까 육식공이라는 내 이름이면 통과 못 하는 곳이 없……."

"알겠다고요. 후계자가 되겠습니다."

"뭐? 진짜?"

"네. 진짜입니다."

"하하하! 고맙네!"

아니, 이게 그렇게 고마워하실 일인가?

"솔직히 이 세상에 태어났으면 응당 그 이름을 남겨야 하는 법! 그리고 그 이름을 남길 수 있는 가장 좋은 방법은 그 이름을 이어 나갈 후계자를 남기는 것이지."

방 대인도 저런 것에 신경을 쓰는 분이셨군.

"기대하게! 내 아주 멋들어진 패를 만들어 줄 테니까!"

"무슨 패까지 필요합니까?"

"어허! 그게 무슨 소리인가? 그럴듯한 신분패도 없이 말만 한다고 사람들이 자네가 내 후계자라는 것을 믿겠는가?"

"하지만 사람들은 그 패가 대인의 후계자를 가리키는 것이라는 건 모를 겁니다."

"걱정 말게. 내 형부와 관련된 곳에는 싹 다 돌릴 테니까."

"……."

철저하시군.

사실 육식공이라는 이름이 필요한 곳 중에서 형부와 관련이 없는 곳은 거의 없다고 봐야 하니까.

즉, 전 제국에 내 이름이 널리 퍼진다는…….

이거 괜찮은 거 맞지?

"어디 보자…… 무슨 모양으로 해야 멋들어지려나."

내가 후계자 자리를 받아들이기로 하셔서 제법 신이 나신 모양이로군.

"나는 이만 가네."

"네, 살펴 가십시오."

나는 방 대인을 배웅한 후 다시 북경지부로 돌아왔다. 그런 나에게 팔갑이 안쓰럽다는 표정으로 말했다.

"대체, 가지고 계신 이름이 몇 개나 되는 겁니까?"

"몰라. 그냥 안 세어 볼래."

그나저나 이렇게 시문경연도 끝났지만, 아직 서향 소저와 귀주성 포정사 대인은 전에 한 번 만난 이후로 만나지 못하고 있었다.

내일 떠나신다는데.

후, 안 되겠군.

내가 방법을 만들어야지.

잠시 고민하다 보니 묘안이 하나 떠올랐다.

* * *

귀주성 포정사 동휘는 하늘을 바라보았다.

달이 떠 있는 하늘.

이제 내일이면 귀주성으로 돌아가야 했다.

귀주성 포정사라는 직책을 맡고 있는 만큼, 오랫동안 자리를 비울 순 없었으니까.

주류 품평회와 시문 경연이라는 굵직한 행사가 끝났으니 이제 더는 북경에 남아 있을 명분이 없었다.

그는 밖을 내다보며 한숨을 내쉬었다.

"에휴, 저 새끼 저거……."

귀주성에 돌아가기 전에 딸의 얼굴을 한 번이라도 더 보고 싶었지만, 방해꾼이 있었다.

바로 그의 장남 동혁수다.

그의 눈을 피하다 보니 본의 아니게 지금까지 딸을 만나지 못하고 있었다.

뭔가를 눈치챘는지 그가 밖을 나설 때마다 동혁수가 따라붙었기 때문이다.

보기에는 다혈질이었지만, 생각보다 예리한 구석이 있었기에 조심해야 했다.

그에게 "사실 네 여동생이 살아 있다."라고 말할 수는 없었다.

아들을 믿지 못해서가 아니라, 아들들이 여동생을 너무나 아낀 탓에 딸이 살아 있다는 진실을 적들에게 들키게 될까 우려되었기 때문이다.

그때였다.

"대인. 서신이 도착했습니다."

그 말과 동시에 문이 열리고, 시종이 그에게 서신을 내밀었다.

"네. 은서호 소단주께서 서신을 보내셨습니다."

동휘는 얼른 서신을 받아 펼쳤다. 이내 그의 입가에 희미한 미소가 떠올랐다.

"이 서신을 가져온 자에게 알겠다고 전해라."

"네. 알겠습니다."

"그리고 나갈 채비를 하도록 해라."

"네."

잠시 후.

동휘가 저택을 나서려 할 때 동혁수가 따라나섰다.

"어디 가십니까?"

"오늘도 나를 호위할 셈이냐?"

"물론이지요."

"필요 없다니까."

"이 아들의 효심을 매정하게 거절하지 마십시오."

"……."

"후, 알겠다."

동휘는 고개를 절레절레 흔들고는 저택을 나섰고, 동혁수도 그를 따라나섰다.

그리고 잠시 후.

"……!"

동혁수는 당혹스러움을 감추지 못했다.

"아, 아, 아, 아버지. 여긴 대체 어디입니까?"

"어디긴, 보면 알잖느냐?"

"……."

그 앞에 보이는 화려한 건물에 붙어 있는 현판은 [춘몽루].

그렇다. 그들이 간 곳은 기루였다.

"기루에는 왜 오신 겁니까?"

"왜, 내가 오면 안 되느냐?"

"어머니께서 아시면 슬퍼하실 겁니다."

"뭔가 오해하고 있구나. 이곳은 기녀들도 유명하지만, 음식이 끝내주는 곳이다."

"네?"

"가자."

그들이 향한 곳은 춘몽루의 별채.

그곳에서는 한 남자가 그들을 기다리고 있었다.

"어서 오십시오."

"오래 기다렸는가?"

"아닙니다."

진영을 본 동혁수는 얼른 포권하며 인사했다.

"대협을 뵙습니다. 오늘 이 자리가 대협과 만나는 자리인지 몰랐습니다."

"은밀한 자리이니 알리지 말라고 했네."

"그러셨군요."

동혁수는 그 말에 이 자리가 황제가 만든 자리라고 오해했다.

그도 그럴 것이 금의위 대협이 말하는 은밀한 자리는 그것뿐이니까.

"그러니 이 자리에 대해서는 비밀로 하게나."

"물론입니다."

"그래도, 나 역시 자네를 보게 되어 좋네. 그럼, 자리를 하나 더 만들어야겠군."

설렁줄을 당겨 점소이를 부른 진영은 자리 하나를 더 마련하도록 했다.

"번거롭게 해서 죄송합니다."

"아니네. 한 사람쯤 더 늘어난다고 해서 어려운 일도 아니고."

사과하는 동혁수에게 손을 저어 보인 진영은 그들에게 자리를 권했다.

그리고 이런저런 이야기를 하며 찻잔을 기울였다.

'으음?'

그런데 동혁수는 이상한 느낌을 받았다.

자꾸만 졸음이 쏟아지며 눈이 감기려고 하는 것.

그리고 마침내.

쿵!

식탁에 머리를 박고 잠이 들고 말았다.

쿠…….

그걸 보며 진영이 씨익 웃었다.

"역시 이 수면제가 아주 잘 듣는단 말이지. 이제 나와도 되네."

그 말에 은서호가 모습을 드러냈다.

* * *

춘몽루의 별채에는 특별한 게 하나 있었다.

그건 바로 숨겨진 벽장.

그곳은 사람 두어 명 정도가 들어갈 정도의 크기였는데, 다양한 용도로 사용되었다.

이를 알고 있던 나는 서향 소저와 함께 이 안에 숨어 있었고, 그사이 진영 대협이 수면제를 탄 차를 동혁수 공자에게 먹여서 푹 재워 버린 것이다.

나는 그에게 포권하며 감사를 표했다.

"대협의 협조에 감사드립니다."

"자네 덕분에 황제 폐하 앞에서 체면을 구기지 않을 수 있었네. 그런데 이런 도움 하나 주지 못하겠는가?"

"하하하."

"게다가 나에게 도움을 준 것이 한두 개가 아닌데 말이지."

"일전에 말씀드렸다시피 이는 비밀입니다."

"여부가 있겠나."

그리 말한 진영 대협은 내 어깨를 툭 치고는 별당을 나섰다.

이제 귀주성 포정사 대인을 이곳에 모신 목적을 달성해야지.

나는 뒤쪽의 벽장을 향해 말했다.

"나오십시오."

곧 남장을 한 서향 소저가 나왔다.

포정사 대인과 서향 소저는 아무 말 없이 서로의 손을 맞잡았다.

그 애틋함을 어찌 설명할 수 있을까?

그렇게 한참 서로를 보던 포정사 대인이 나를 보며 말했다.

"이렇게 신경을 써 주어서 정말로 고맙네."

"별말씀을 다 하십니다. 오히려 제가 더 죄송할 따름입니다."

나는 말을 이었다.

"다음에는, 저희 쪽에서 귀주성에 가겠습니다."

"그래 준다면 나야말로 고맙지. 하지만 문제는 내 아들 녀석들이네."

"그건 제가 잘 해결해 보겠습니다. 그럼 식사하시지요."

그렇게 귀주성 포정사 대인과 서향 소저는 마주 앉아 식사했다.

정말 오랜만에 부녀간의 오붓한 식사였다.

나는 별채에서 나와 문을 닫고, 하늘을 올려다보았다.
뭔가 뿌듯했다.

.

.

.

삼월 말로 접어들며 서서히 봄의 기운이 퍼져 나가기 시작했다.

그리고 꾸준히 연습한 덕분에 내 대월국 말은 어느 정도 의사소통이 가능한 수준에 이르렀다.

이에 용민 무사는 무척이나 놀라워했다.

"엄청 빠릅니다. 천재입니까?"

그 말에 나는 피식 웃었다.

"그러는 용민 무사님도 제국어를 배우시는 속도가 상당히 빠릅니다만."

"열심히 했습니다."

그는 하루하루를 참 열심히 산다.

그의 모습은 내게도 자극이 되지.

나는 북경지부의 한쪽에 마련된 가마를 바라보았다.

그곳에서는 이번에 대월국과 마래서국을 비롯한 외국으로 수출할 술병을 만들고 있었다.

고 상단주님과 무동상단의 소단주는 의기투합하여 열심히 병을 만들었그 덕분에 멋들어진 도자기 병을 만들 수 있었다.

역시 고 상단주님께 일을 맡기길 잘 했다니까.

어디선가 순풍이 불어오는 듯했다.
"소단주님."
"네?"
그때 뒤에서 서향 소저가 나를 불렀다.
그녀는 미소 지으며 정중히 내게 감사를 표했다.
"참 감사했어요."
이번에 귀주성 포정사 대인과 오붓하게 식사를 할 수 있게 만들어 준 일에 대한 감사 인사다.
"좋으셨습니까?"
"네. 무척이요."
"좋아하셔서, 다행입니다."
"사실, 아버지와 식사를 할 수 있을 거라고는 전혀 기대를 하지 않고 있었거든요."
그건 보지 못하셨나 보군.
"다음에는, 가족들이 모두 모여 식사를 할 수 있도록 해 보겠습니다."
"감사해요."
그녀의 미소에 뭔가 가슴이 두근거렸다.
"소단주님."
"네."
"그럼, 이제 일 하셔야죠. 밀린 결재 서류가 많습니다."
"……."
하지만 그녀의 이어지는 말에 내 마음은 다시금 가라앉았다.

서향 소저가 참 일에 대해서는 단호하단 말이지.
그렇게 한두 시진 정도 일했을까?
갑자기 낯익은 기운이 느껴졌다.
어라? 이 기운이 왜…… 무슨 일이지?
잠시 후 문이 벌컥 열리고 팔갑이 들어왔다.
"도련님! 손님이 오셨습니다요."

116장. 얼음과 불

얼음과 불

나는 태연하게 고개를 끄덕이며 물었다.
"북해빙궁의 소궁주께서 오셨어?"
"……어떻게 아셨습니까요?"
"다 아는 방법이 있지. 가자."
"아, 네."
접빈실에 들어가자, 오독오독 과자를 먹고 있는 빙허린 소궁주의 모습이 보였다.

평소엔 애늙은이 같은 면모를 보이긴 하지만, 저런 모습을 보니 그 나이대의 풋풋함이 보였다.

그래서 그런지 아직 알 수 없는 세력에 대한 분노가 치밀어 올랐다.

그들로 인해 설풍궁이 무너지며 빙해린 소궁주는 가족을 잃었고, 그때부터 강제로 어른이 되어야 했으니까.

그나저나 무슨 일로 온 거지?

나는 헛기침을 했다.

"험험."

이에 그녀는 화들짝 놀라며 얼른 과자를 입에 쏙 넣었다.

"콜록콜록!"

그 바람에 목이 막힌 듯 기침을 했다.

"저런! 조심하셔야지요."

나는 찻잔에 기운을 주입해 찻물을 시원하게 만들어서 건넸고, 그녀는 그것을 바로 들이켰다.

"후아……."

"괜찮으십니까?"

"네."

"저희 상단의 다과가 마음에 드셨던 모양이군요. 다과 장인이 기뻐할 겁니다. 나중에 묵고 계신 곳에 좀 넣어 드리겠습니다."

"감사합니다."

그녀는 머쓱한 얼굴로 포권했다.

"그런데, 여기는 어쩐 일이십니까? 아직 설풍이 잠잠해질 시기는 아니지 않습니까?"

"그래서 저 혼자 온 것이기도 해요. 이제 설풍 정도에 겁을 먹지 않을 정도는 되니까요."

그러고 보니 초절정의 경지에 올랐군.

정말 열심히 수련했나 보네.

"성취를 축하드립니다."

"뭘요."

그녀는 머리카락을 귀 뒤로 넘기며 새침하게 말했다.

"소단주님이 초절정이라는 것에 저도 열심히 노력했거든요."

"그러셨습니까?"

"네."

그녀는 고개를 끄덕였다.

"궁주님께서 말씀하시길, 아주 오래전부터 설풍궁주와 북해빙궁주는 친우로 지내 왔다고 하더라고요. 목숨도 내어 줄 수 있는 친우요."

문경지우(刎頸之友)라는 거구나.

문득 이전에 북해빙궁에 갔을 때 서향 소저의 빙정안 덕분에 찾은 전대 설풍궁주의 물건들을 떠올렸다.

상자에 담겨 있던 푸른색의 옥가락지와 서신.

어머니의 유품이라고 했었지.

전대 설풍궁주가 없었다면 그것은 영영 사라졌을 터.

목숨을 걸고서라도 친우의 소중한 물건을 간직할 만큼의 사이였다.

"다른 이들은 몰라도 저는 소단주님보다 부족한 친우가 되고 싶지 않았거든요. 이왕이면 동등한 곳에서 서로를 바라브는 사이가 되고 싶어서요."

그 당찬 말에 나는 피식 웃었다.

나 역시 마찬가지였으니까.

"그럼 저희는 절차탁마(切磋琢磨)하는 친우 사이로군요."
"그런 거죠."
그럼 이제 본론이다.
"그런데 여기까진 어쩐 일이십니까?"
"아, 설풍궁의 소궁주님께 부탁드릴 것이 있어서요."
"······?"
"이번 빙열회담에 같이 가 주세요."
"빙열회담이요? 그게 무엇입니까?"
"아, 제가 너무 설명이 부족했군요. 축융궁에 대해 아시나요?"
"알긴 합니다만, 다른 이들이 아는 정도입니다."
"그럼, 저희 북해빙궁과 축융궁이 원수 사이라는 것도 아시겠네요?"
"네."
냉기와 열기가 서로 양립할 수 없듯이 두 세력의 사이가 나쁘다는 건 너무나도 유명한 이야기다.
"그래서 양쪽은 계속 대립해 왔습니다만, 결국 서로 간에 남는 게 없는 소모전일 뿐이라는 것을 깨달은 양쪽에서는 일종의 휴전을 하기로 했습니다."
"그럼 이번 회담이 그 휴전을 위한 회담이라는 것입니까?"
"네. 오 년에 한 번 있는 회담에서 휴전의 연장인지 결렬인지가 결정됩니다. 중요한 회담이다 보니 각 궁의 소궁주와 수호 가문의 후계자도 같이 참석하는 것이 전통

이거든요."

그래서 나를 찾아온 거구나.

내가 설풍궁의 소궁주이고, 설풍궁은 북해빙궁의 수호 세력이기도 하니까.

"지난번까지는 저 혼자 참석해서, 저쪽에서 그걸 가지고 얼마나 조롱했는지……."

"혹시, 사고 치셨습니까?"

빙해린 소궁주의 성격이라면 그러고도 남으니까.

"이래 뵈도 제가 좀 한 인내 하거든요."

의외네.

"아무튼, 그래서 이번 회담에 함께 참석해 달라고 부탁드리고자 이리 찾아왔어요."

나는 잠시 이후 일정을 검토해 보았다.

"그럼 저희가 북해빙궁으로 가야 합니까?"

"네. 그곳에서 회담을 위한 인원을 꾸려서 출발해야 하거든요. 그리고 궁주님께서는 신녀님도 같이 와 주셨으면 한다고 하셨습니다."

"신녀님이요?"

"빙정안을 가진 분을 신녀님이라 해요."

그랬구나.

이번에는 서향 소저도 같이 가야 하겠군.

"그 호칭을 부담스러워하시는 것 같아서, 그때는 그렇게 부르지 않았지만요."

"알겠습니다. 그럼 잠시 쉬고 계십시오. 그런데 회담은 언제입니까?"

"사월 말이에요."

한 달 정도 남았지만, 이동 시간을 생각하면 그리 여유가 많은 편은 아니다.

팔갑에게 빙해린 소궁주가 머물 수 있는 곳을 안내해 주라고 하고는 금령을 불렀다.

"금령아."

"꾸이?"

"심부름이야."

소매 밖으로 머리만 내밀었던 금령은 얼른 튀어나와 서탁 위에 앉았다.

그리고 부담스러울 정도로 눈을 반짝거리며 나를 보았다.

나는 아랑곳하지 않고 서신을 적어 금령의 꼬리에 묶은 후 말했다.

"사부님께 보내는 서신이야. 급한 거니까 빨리 다녀와야 해."

"꾸이? 꾸이!"

"응? 그러면 은자를 두 개 줘야 한다고?"

"꾸! 꾸이!"

얘가 어느 순간부터 협상도 하네.

뭐, 어려운 건 아니니까.

주는 은자보다 받은 게 더 많기도 하고.

"알았어. 얼른 다녀와."

"꾸이!"

금령은 쏜살같이 집무실 창문을 통해 튀어 나갔다. 옆에서 서향 소저가 말했다.

"요즘 금령이의 털에서 윤기가 흐르네요. 은자를 많이 먹어서 그런가 봐요."

"녀석에게는 돈이 먹이니까요."

내 말에 그녀가 웃으며 말했다.

"저는 키울 엄두도 나지 않네요."

"그걸 녀석도 아는지, 돈이 많은 자를 따른다고 하더군요."

"영특하네요."

그녀는 그리 말하고는 서류를 추리기 시작했고, 그것을 내게 내밀었다.

"그럼, 이것 먼저 결재해 주세요."

"네?"

"반드시 소단주님의 결재가 필요한 서류거든요. 그리고 오늘 저녁이 되기 전에 결재 부탁드릴게요. 조금이라도 늦으면 엄청나게 고생하실 거예요."

"……보셨습니까?"

"네."

나는 고개를 갸웃할 수밖에 없었다.

오늘 안에 답장을 받는다는 건 그렇다 쳐도, 곧바로 출발해야 한다고?

안 그러면 고생한다고?

설마…….
"황제 폐하십니까?"
"네."
"후, 그러면 얼른 일해야겠군요."
하지만 그 전에 해야 할 일이 있다.
나는 밖에서 호위를 하고 있는 서우 무사를 불렀다.
"서우 무사님!"
"네! 부르셨습니까?"
문 밖에 있던 서우 무사가 들어왔고, 나는 그에게 말했다.
"모두에게 일러 떠날 준비를 해 주십시오. 목적지는 북해빙궁이고, 오늘 저녁 먹기 전에는 출발해야 합니다."
"알겠습니다."
"그리고 북해빙궁의 소궁주에게도 이 사실을 전해 주십시오."
"네."

은자 두 냥의 효과는 굉장했다.
금령이가 평소보다 훨씬 빠른 시간에 답장을 가지고 왔기 때문이다.
나는 금령에게 은자 두 냥을 준 후 서신을 펼쳐 보았다.

[빙열회담이라니! 참으로 오랜만에 그에 대한 소식을 듣는군요. 사실 저도 소싯적에는 그 회담에 참석하곤 했

습니다. 아시는 대로 축융궁은 설풍궁을 멸문시킨 흉수의 후보 중 한 곳이긴 합니다.]

 사실 나는 이번 회담에 대해서 살짝 걱정했었다.
 내가 그곳에 참석한다는 건, 설풍궁이 건재하다는 것을 알리는 일.
 즉, 설풍궁을 멸문시킨 이들에게 설풍궁이 건재함을 알리는 일이 될 수도 있기 때문이다.
 그렇게 되면 또다시 무슨 수를 쓸 수도 있다.
 그러나 언제까지 이렇게 전전긍긍하며 숨기고 있을 수만은 없다.
 설풍궁을 멸문시킨 자들이 누군지 알아내야 이후의 행보를 준비할 수 있으니까.
 그래서 사부님께 이에 대해 의견을 적어 보냈다.

[하지만 흉수가 누군지 빨리 알아내야 한다는 의견에 동의합니다. 그러나 그리되면 소궁주께서 모든 위험부담을 지셔야 한다는 것이 저어됩니다만 이를 말릴 수도 없다는 것이 참 그렇습니다.]

 나는 미소 지었다.
 제자를 아끼는 사부로서의 마음이 느껴졌기 때문이다.
 한편으로는 설풍궁을 재건해야 하는 궁주로서의 의구도 있으니 괴로우신 듯했다.

얼음과 불 〈107〉

그런 감정은 넣어 두셔도 되는데.

[만약 저들이 흉수가 아니라면 그리 걱정할 건 없습니다. 북해빙궁과 대립하는 곳이지만, 개인적으로는 신뢰할 수 있는 곳입니다. 그럼 잘 부탁드립니다.]

나는 서신을 태우고는 자리에서 일어났다.
"가시죠."
"네."
서향 소저 덕분에 우리는 저녁을 먹기 전에 출발할 수 있었다.
우선 술병을 제작하는 일은 고 상단주님께 맡겨 놓았으니 잘해 주시겠지.
그 외에도 여러 가지 일들이 남아 있지만, 남은 일은 현풍국의 유능한 직원들이 잘 처리해 줄 거다.
문득, 능력 있는 업무 노예…… 가 아니라 능력 있는 신하를 원하시는 황제의 마음이 이해되었다.
그렇게 우리는 북해빙궁으로 향했다.

* * *

다음 날 아침.
은해상단 북경지부에 내관이 방문했다.
"어서 오십시오."

그를 맞이한 자는 북경지부의 은 지부장이었다.
내관은 익숙한 듯 그와 인사를 주고받았다.
"반갑습니다. 그런데 은서호 소단주는 어디 가고 지부장께서 나오셨습니까?"
"하하하. 사실 소단주님께서는 어제 북해에 가셨습니다."
"……네?"
"무척 급한 일인지 어제 저녁에 출발하셨습니다."
"……."
내관은 하늘을 올려다보며 한숨을 내쉬었다. 그리고 속으로 중얼거렸다.
'황제 폐하. 한발 늦었습니다.'

* * *

우리는 달을 달려 달리고 또 달렸다.
그렇게 달리기를 이틀.
"이 정도면 될 것 같습니다."
나는 일행의 속도를 늦췄다.
이 정도면 황제가 나를 찾더라도 쫓아올 수 없을 터.
우리는 주강마를 타고 있고, 빙해린 소궁주의 경공 실력도 상당하니까.
"이제 곧 객잔이 나올 듯합니다. 그곳에서 하루 쉬었다 가시죠."
내 말에 황해린 소궁주는 고개를 끄덕였다.

우리는 객잔에서 편히 쉬고는 다시 북쪽으로 향했다.

평생 북해에 발 디딜 일이 없는 이들이 대부분일 텐데, 나는 벌써 몇 번째인지.

그건 그렇고 이왕 북해에 가는 김에 광준상단에 잠시 들러야겠군.

지난 가을의 백대상단 회합 때 참석하지 않아서 복윤 소단주가 서운해했다고 했으니까.

며칠 후.

나는 빙해린 소궁주에게 양해를 구하고 광준상단에 들렀다.

"어서 오십시오."

내가 많이 오긴 왔었나 보다.

문지기가 바로 내 얼굴을 알아보네.

하지만 빙해린 소궁주는 죽립을 쓰고 있어서 그런지 알아보지 못했다.

하긴, 그녀를 알아봤으면 지금 난리가 났겠지.

그게 싫어서 죽립을 쓰고 있는 거다.

"복 소단주는 지금 안에 있습니까?"

"네. 계십니다. 들어오십시오."

그렇게 우리는 접빈실로 향했고, 그곳에서 잠시 기다리니 복윤 소단주의 기운이 가까워져 오는 것이 느껴졌다.

문이 열리고 복윤 소단주가 들어왔다.

"은 소단주!"

나는 자리에서 일어나 그에게 다가갔다.
"복 소단주!"
"내 이번 회합에서 은 소단주를 만나지 못해서 얼마나 서운했는지 아십니까?"
"정말 미안하게 되었습니다. 그때는 좀 급한 일이 있어서 운남에 있었습니다."
"그랬군요. 운남이면 어쩔 수 없겠습니다."
그는 내 일행을 살펴보다가 움찔하며 내게 물었다.
"혹시, 저분은……?"
"네. 맞습니다."
내 대답에 그는 얼른 빙해린에게 포권하여 예를 갖추었다.
"광준상단 소단주 복윤이 얼음성의 소주인을 뵙습니다."
"저는 이곳에 공식적으로 온 게 아니니 예를 거두세요."
"감사합니다."
그리고 우리에게 말했다.
"숙소로 안내해 드리겠습니다. 그리고 오늘 저녁, 연회에 참석해 주십시오."

.
.
.

그날 저녁.
복윤 소단주는 우리를 위해 연회를 열었다.
맛있는 음식이 가득했고, 즐거운 시간이었다.

다른 이들이 숙소로 돌아가고, 나는 복윤 소단주와 단둘이 남아 이야기를 나누었다.

확실히 마음이 맞는 친우라서 그런지, 시간 가는 줄 몰랐다.

"이번에도 북해빙궁에 가시는 겁니까?"

"네."

"북해빙궁과 무슨 관련이 있기에 북해빙궁에 그리도 많이 가시는 겁니까?"

그 말에 나는 그냥 웃었다.

아직은 내가 설풍궁의 소궁주라는 것을 밝히기 어려웠기 때문이다.

그를 알고 지낸 세월이 제법 되었고, 그가 믿을 만한 친우라는 것은 확실하지만…….

비밀은 아는 사람이 적을수록 좋다.

축융궁의 경우에는 북해빙궁만큼이나 폐쇄적인 곳이니 다른 곳으로 이야기가 퍼지지 않겠지만…….

복윤 소단주가 나를 보며 말했다.

"그러고 보니 아버지께서 말씀하신 적이 있습니다. 북해빙궁을 지키는 수호자의 역할을 했던 설풍궁이라는 곳이 있다고요. 지금은 멸문했지만."

"……!"

나는 그가 설풍궁에 대한 이야기를 할 거라고 예상하지 못했기에 무척 놀랐다.

물론 표정 관리는 했지만.

그는 구석에서 지필묵을 가져오더니 글씨를 써서 내게 건넸다.

나는 그 내용을 읽고 깜짝 놀랄 수밖에 없었다.

[은 소단주는, 설풍궁의 사람입니까?]

나는 입술을 깨물었다가 한숨을 내쉬었다.

주변에 기를 퍼뜨려 사람이 있는지를 살펴보고는, 기막까지 형성해서 소리가 흘러나가지 못하게 했다.

이렇게 필담까지 동원하여 물어보는 상황에서 더 비밀로 할 수는 없는 노릇.

그리고 내가 본 그라면, 이에 대한 비밀을 지켜 줄 터.

"죄송합니다. 이에 대해 내 입으로 밝힐 수 없음을 용서하십시오."

"아닙니다. 그 사정, 충분히 이해합니다."

그도 아는 것이다. 설풍궁의 멸문에 미심쩍은 부분이 많다는 것을.

"그런 것도 이해하지 못하면 어찌 친우라고 하겠습니까?"

그 말에 왠지 마음이 뭉클해졌다.

그는 내게서 종이를 가져가, 다시 뭔가를 적어 나에게 내밀었다.

[그 말은 즉, 그대가 설풍궁의 사람이라는 의미겠지요?]

얼음과 불 〈113〉

그리고 다시 종이에 글자를 썼다.

[그렇다면 내 아버지를 찾아뵙도록 하십시오. 아버지께서 하실 말이 있으신 듯합니다.]

나는 그 글을 보고 고개를 갸웃했다.
복 상단주님께서 내게 설풍궁에 관해서 하실 말이 있다고?
그분이 설풍궁과 무슨 관련이 있기에?
일단 이야기를 나눠 봐야겠지.
"지금 찾아뵈어도 됩니까?"
"물론입니다. 지금쯤 돌아오셨을 겁니다."
나는 복윤 소단주와 함께 광준상단 상단주의 집무실로 향했다.
"아버지, 저 윤입니다. 은서호 소단주가 인사를 드리고 싶다고 합니다."
"들어오너라."
우리는 집무실 안으로 들어갔다.
서탁 앞에 앉아 계시던 복 상단주님이 자리에서 일어나 나를 맞이해 주셨다.
"어서 오게나."
인근 상단에 방문하실 일이 있다고 들었는데 조금 전에 돌아오신 모양이다.
그래서 연회에도 참석하지 못하셨고.

빙해련 소궁주의 방문에 대해서도 보고는 받으셨겠지만, 시간이 늦었기에 내일 인사를 나눌 생각이셨겠지.
 그런데 내가 이리 찾아오니 반가우시면서도 의아하신 표정이다.
 아무리 친한 사이지만 인사를 드린다고 해도 꽤 늦은 시간이니 말이다.
 "그간 격조했습니다."
 "눈코 뜰 새 없이 바쁘다는 것을 아는데, 뭘."
 그는 고개를 주억이며 말했다.
 "북해로 가는 모양이군."
 "그렇습니다."
 그리고 나는 복윤 소단주를 보았다.
 복윤 소단주가 그개를 끄덕이더니 복 상단주에게 말했다.
 "아버지께서 일전에 해 주셨던 말씀이 기억나서 이렇게 같이 찾아뵈었습니다."
 내가 그 말을 받았다.
 "소단주가 말하길, 상단주님께서 저에게 하실 말이 있다고 하더군요."
 그리 말하며 품에서 패를 꺼내어 보였다.
 "아! 죄송합니다. 이게 아니고……."
 나는 사과하며 그 패를 다시 집어넣었다.
 그건 얼마 전에 방효명 대인이 준 육식공의 후계자라는 증명패였다.

얼음과 불 〈115〉

홍옥을 화려하게 세공했는데, 멀리서 보면 생고기를 보는 것 같기도 했다.

설마 육식공이라는 것을 표현하기 위해 이런 형태를 만드신 건 아니겠지.

그래도 금령이 탐내는 것을 보면, 제법 고가의 물건임은 틀림없다.

어쨌든 나는 다시 설풍궁 소궁주라는 것을 증명하는 백색의 신분패를 꺼냈다.

"그, 그건……!"

이를 본 복 상단주님의 눈이 커지다가 이내 진정하고 내게 물으셨다.

"언제부터였나?"

"좀 됐습니다."

"허허…… 눈앞에 두고도 몰라보다니! 그런데 자네의 아버지는 분명……."

나는 그 말이 끝나기 전에 전음을 보냈다.

- 제 사부님께서, 설풍궁의 궁주 되십니다.

"그랬군."

다시금 고개를 주억이던 복 상단주님이 말했다.

"나 같아도 자네처럼 능력 있는 자에게 후대를 맡길 터."

"변변치 않은 능력입니다."

"농담이 과하군."

복 상단주님께서 피식 웃더니, 다시금 진지한 표정으로 말씀하셨다.

"따라오게나."

"네."

"윤이는 여기 있고."

나는 톤 상단주님을 따라 걸었다.

그런데 한참을 걸어도 복 상단주님은 멈출 기미가 없었다.

"더 가야 합니까?"

조심스럽게 물어보자, 상단주님은 고개를 끄덕이셨다.

아, 더 가야 하는구나.

그나저나 이렇게 걸어도 아직 광준상단 건물 내부라니, 새삼 그 터가 무척 넓다는 것을 알 수 있었다.

하긴 요녕이 인구에 비해 땅이 좀 넓긴 하지.

변방인 데다가 대부분이 황무지라, 목축업에 특화된 지역.

덕분에 계속된 흉년 속에서도 그 여파가 좀 덜한 편이었다.

원래부터 쌀이 주식이 아니었으니까.

그렇게 얼마나 더 걸었을까?

멀리 정자 하나가 보였고, 복 상단주님은 그 앞에서 발걸음을 멈췄다.

이런 허허벌판에 정자라니!

생뚱맞기는 하지만, 뭔가 의미가 있겠지.

설풍궁의 소궁주인 나를 이리 데리고 올 정도면 말이다.

"현재 설풍궁주는 명현 공자겠지?"

그 물음에 움찔했지만, 이내 이 주변에 아무도 없음을 알고 고개를 끄덕였다.

이곳은 허허벌판.

숨을 수 있는 곳이 없다.

그래서 이곳으로 오신 건가?

나는 복 상단주님께 되물었다.

"사부님을 아십니까?"

"딱 한 번 본 적이 있네."

"설풍궁과는 어떤 관계이신지 물어도 됩니까?"

"어렵지 않네. 이 요녕에서 오래 장사를 하려면 설풍궁과 관계가 있지 않고서는 힘들지."

그만큼 과거 설풍궁의 위세가 대단했었구나.

"설풍궁의 도움도 많이 받았고…… 아버지께서는 전대 설풍궁주님과도 술잔을 기울이곤 하셨네. 바로 이곳에서."

복 상단주님께서는 그리 말씀하시고는 정자에 올라 지팡이 하나를 가져왔다.

스릉.

지팡이 안에서 검 하나가 빠져나왔다. 그리고 그것으로 정자 주변의 땅을 푹푹 찔러보기 시작하셨다.

툭!

무언가와 부딪히는 소리.

복 상단주님께서 그곳을 가리키며 내게 말씀하셨다.

"이곳을 파 보게나."
"네?"
"젊은 녀석이 파야지. 아이고, 허리야."
너스레를 떨며 허리를 두드리시는 것을 보며 나는 피식 웃었다.
복 상단주님, 면경이나 좀 보고 그런 말씀을 하시지요.
무섭게 날뛰는 말도 손 하나로 제압할 수 있는 분이!
그에 반해 복 상단주님의 부인은 참으로 단아하시고 고우시지.
복 소단주는 외탁한 것이 틀림없다.
"삽 있습니까?"
복 상단주님은 정자 기둥 쪽에서 삽을 꺼내 오셨고, 나는 그 삽으로 그곳을 팠다.
그 안에서 나온 건 작은 철 상자 하나.
금령이가 아무 반응도 없는 것을 보니 값비싼 것은 아닌 듯했다.
"이게 뭡니까?"
"내 아버지께서 숨겨 놓으신 것이네."
"네?"
"벌써 이십여 년도 더 된 이야기군."
그러고 보니 올해가 설풍궁이 멸문한 지 벌써 이십 일 년 정도 되었구나.
"당시 아버지께서는 북해에 가셨다가 침통한 표정으로 돌아오셨지."

얼음과 불 〈119〉

"그 잔재를 보셨나 봅니다."

"아마 그러셨겠지. 그곳에서 발견한 것이라고 하면서 이 안에 넣으셨네. 내게도 무엇인지 말씀해 주시지 않고, 이에 대해 비밀을 유지할 것을 당부하셨지. 설풍궁과 관련된, 믿을 만한 이에게만 알려 주라고 하셨네."

"그래서 지금까지 이에 대해 비밀로 하고 계셨군요."

"그렇다네."

"이십여 년이나 그 비밀을 지켜오셨다니! 놀랍습니다."

"그동안 우리 상단이 설풍궁에 받은 은혜에 보답하는 것이라고 하셨네. 그리고 우리 광준상단이 은혜를 갚는 것에 진심이지."

그래서 전에 은혜를 갚으신다면서 준마들을 보내 주신 거구나.

그 밖에도 베풀어 주신 것도 많고.

"자네의 표정을 보니, 솔직히 그냥 모른 척해도 될 것을 뭐 그리 철저하게 은혜를 갚느냐고 묻고 싶은 듯하네만."

"그런 사람들이 많으니까요."

"물론 그렇긴 하지. 하지만 요녕에서는 그래서는 안 되네. 똘똘 뭉쳐 살지 않으면 버티기 힘들거든. 그런 만큼 은혜를 잊지 않고 철저하게 갚는 편이네."

"무슨 의미이신지 이해했습니다."

"상자는 숙소로 가져가서 확인해 보게나. 아버지께서는 나도 그 안에 있는 것을 보지 말라고 하셨네."

"알겠습니다."

잠시 후.
나는 내 숙소로 돌아왔다.
"얼레? 이건 뭡니까요?"
팔갑은 흙투성이 상자를 보며 고개를 갸웃했다.
하지만 나는 설명해 주지 않고 말했다.
"다탁이 더러워지는 것이 싫으면 얼른 밑에 보자기 하나 깔아야 할 것 같은데?"
"헉! 아, 알겠습니다요."
팔갑은 잽싸게 보자기를 깔았고, 나는 상자를 내려놓았다.
그리고 한숨을 내쉬었다.
"왜 그러시나요?"
서향 소저의 물음에 나는 뺨을 긁적이며 말했다.
"저도 이게 뭔지 몰라서 혼란스럽습니다."
서향 소저가 상자를 열기 전에 이것이 뭔지 말해 주면 좋겠지만, 그녀의 빙정안은 특별한 힘으로 숨겨진 것을 보여 주는 능력이 있는 것이지 이렇게 상자 안에 담긴 건 볼 수 없다.
후, 그래. 설풍궁의 소궁주인 내가 이걸 확인해야지.
지금 내 방에 있는 자들은 내가 설풍궁의 소궁주라는 것을 알고 있다.
그렇기에 밖으로 내보내지 않았다. 어차피 이에 대해

알게 될 것이고 따로 설명하는 것도 귀찮았으니까.
 나는 조심스레 상자를 열었다.
 끼익.
 녹슨 경첩이 삐걱거렸다.
 안에는 무언가가 낡고 빛바랜 하얀색 보자기에 싸여 있었다.
 나는 조심스럽게 보자기를 풀어 보았다.
 "……!"
 그 안에 들어 있던 건 전혀 예상하지 못했던 것이다.
 "얼레? 그건 숫돌 아닙니까요?"
 숫돌은 무사들의 필수품 중에 하나기도 하다.
 싸우거나 수련을 하다 보면 무기의 날이 무뎌지는데, 이를 날카롭게 유지하기 위해서는 주기적으로 갈아 줘야 했으니까.
 그런데 참 재밌는 것이, 숫돌에는 그 사람이 사용하는 무기와 그 버릇에 대한 정보가 제법 남는다는 것이다.
 그런데 왜 광준상단의 전대 상단주님은 이걸 이렇게 꽁꽁 숨기신 거지?
 그리고 왜 이걸 믿을 만한 설풍궁의 사람에게 보여 주라고 하신 거고?
 아마 설풍궁의 폐허 속에서 발견하셨던 것 같은데, 왜 이걸 그리 중요한 것이라고 생각하신 것일까?
 사실 나는 숫돌을 제법 많이 봤지만, 그 숫돌을 직접 써 본 일은 몇 번 없다.

왜냐하면, 태음빙해신공으로 쌓인 내공은 그 자체로 날카롭다.

검의 절삭력 또한 강력해지기에 날이 무뎌지는 경우가 별로 없기 때문이다.

게다가 태음빙해신공의 기운에 자주 노출되면 검에 녹도 슬지 않지.

아!

뇌리가 번뜩였다.

오랜 세월 설풍궁과 교류하셨던 전대 복 상단주님도 그걸 알고 계셨음이 분명하다.

그러니까 이게 설풍궁의 것이 아니라, 설풍궁을 습격한 흉수의 것이라고 생각하신 것.

그럼 이게 흉수를 찾을 증거인가?

사부님과 북해빙궁의 궁주님께서는 그 폐허 속에서 증거라고 할 만한 게 전혀 없었다고 하셨지.

용케 이것을 찾아내셨네.

그리고 전대 상단주님께서 이것을 이렇게 숨겨 둔 것은 정말 잘한 일이었다.

그 후로도 흉수 쪽에서 설풍궁이 있던 곳 주변을 계속 감시하는 듯하다고 하셨지.

자칫 광준상단도 그 흉수에게 휩쓸릴 수도 있었을 터.

게다가 이 증거도 사라졌을 테고.

나는 그 숫돌을 서우 무사에게 보여 주었다.

"서우 무사님."

"네."

"이 숫돌에서 무언가 추측할 만한 정보가 있을까요?"

이에 서우 무사는 그 숫돌을 받아 요리조리 살피기 시작했다.

"음, 이 숫돌의 주인은 평범한 장검을 쓰는 자일 겁니다. 그리고 숫돌이 제법 많이 닳아 있지만, 숫돌 쓰는 방식이 손에 익은 정도를 보니 이류에서 일류 사이 정도 같습니다."

"그렇군요."

"그런데 이 숫돌, 제법 고급이군요."

이를 통해 이 숫돌의 주인은 제법 부유하다는 것을 알 수 있었다.

칼밥 먹는 자들에게 숫돌은 필수품이지만 상당한 소모품이다.

그래서 가난한 검사들은 숫돌도 아껴야 했다.

"그리고 이 숫돌에 남은 흔적으로 보아, 이 숫돌의 주인은 둘 중 하나입니다. 열화공을 사용하는 자거나, 사는 곳이 무척 더운 곳일 겁니다.

서우 무사가 말을 이었다.

"숫돌의 이 부분이 갈라져 있지 않습니까? 열기에 노출되면 이렇게 숫돌이 갈라지지만 이게 환경적인 열기인지 인위적인 열기인지에 따라서도 달라집니다."

"그렇군요."

그렇다면 이게 홍수의 증거임이 틀림없다.

더운 지역이라든지 열화공 등은 북해와 전혀 상관없는 것들이니까.

"제 의견은 여기까지입니다."

그 말에 나는 다른 무사들에게 물었다.

"혹시 다른 의견 있으십니까?"

이에 다른 무사들은 고개를 저었다. 첨언할 게 없다는 의미다.

역시 서우 무사.

경험이 무척 많은 만큼 이번에도 큰 도움이 되었다.

우선 축융궁의 이들을 만나 봐야 한다는 것이군.

이번 여정의 목적이 하나 더 생겼다.

.

.

.

다음 날.

"부디, 몸조심하십시오."

"네. 알겠습니다."

우리는 복 소단주의 배웅을 받으며 광준상단을 나섰다. 복 소단주가 넉넉하게 챙겨 준 물자들 덕분에 우리 역시 마음이 넉넉해졌다.

우리는 빠르게 초원지대를 달렸다.

빙해린 소궁주 덕분에 초원지대의 부족들이 아무도 접근하지 않았기 때문이다.

그렇게 평화롭게 초원을 달려서 북해지부에 도착했다.

어차피 북해에 가는 길이었기에 북해지부에 활동 자금을 전달할 생각이었다.

 오랜만에 보는 북해지부의 지부장은 어느새 이곳 사람이 다 되어 있었다.

 "이거 오랜만입니다. 소단주님!"

 나를 보며 껄껄 웃는 그 모습은, 북해의 늑대 무리도 단번에 쳐 죽일 것 같았다.

 아니, 이곳에서 신체 단련만 하셨나?

 팔의 근육이 팔갑의 다리만큼이나 굵었다.

 "많이 달라지셨군요. 회춘하신 듯합니다."

 "그런 말씀 마십시오. 이 노구를 놀리시는 발언입니다."

 아뇨, 진짜인데요.

 누가 지부장님을 보고 은퇴할 때가 가까워진 분이라고 하겠습니까?

 "우선, 받으십시오."

 나는 품에서 돈이 담긴 주머니를 꺼내 내밀었다.

 "활동 자금입니다. 앞으로도 잘 부탁드립니다."

 "충성을 다하겠습니다."

 "아, 그리고……."

 나는 그에게 말했다.

 "혹시 북해에서 구할 수 있는 영약이 있으면 좀 구해 주십시오."

 "영약이요?"

"네. 혹시라도 빙련을 발견한다면 꼭 챙겨 주시길 부탁드립니다."

영구진 장인 덕분에 백로주를 만들 수 있게 되었으니, 빙련만 구한다면 빙련주도 만들어 볼 생각이다.

"그리고 북해지부의 상황을 좀 살펴보겠습니다."

"네."

그렇게 북해지부를 둘러보고, 미비한 점을 짚어 주자 어느새 날이 밝았다.

빙열회담까지 얼마 남지 않았기에 우리는 다음 날 곧바로 북해빙궁으로 향했다.

"소단주님, 설풍 때문에 힘드실 수 있습니다."

지부장의 만류에 나는 걱정 말라는 듯 말했다.

"얼음성의 작은 주인과 함께 하는 여정입니다. 설풍 따위가 두렵겠습니까?"

"하긴, 그것도 그렇군요. 그럼 조심히 가십시오."

그렇게 우리는 북해로 나아갔고……

휘이이잉-!

무섭게 흩날리는 설풍과 마주했다.

"저걸 뚫고 가야 한다는 겁니까?"

"그렇지."

"흐미……."

팔갑은 기가 질린 듯이 몸을 떨었다. 다른 이들도 걱정

얼음과 불 〈127〉

되는 표정이다.

하지만 나는 걱정 없다.

사부님께서, 다른 피에 물든 영물의 습격 없이 설풍을 뚫고 북해를 거닐 수 있는 방법을 알려 주셨거든.

설풍궁의 소궁주만이 사용할 수 있는 비기다.

나는 은무검을 뽑았고, 앞의 설풍을 향해 찌르며 기운을 내뿜었다.

휘릭!

그 순간, 우리 앞에 통로가 생겼다.

와우!

최곤데?

사부님께서 말씀하셨다.

설풍궁의 소궁주가 되면 설풍 속에서도 길을 만들 수 있다고.

그것이 바로 내 눈 앞에 펼쳐진 현상이다.

설풍을 멈추게 할 수 있다면 이동하기 편해진다.

하지만 그건 북해에 사는 영물들 역시 마찬가지.

그렇기에 이런 식으로 주변의 설풍은 그대로 둔 채 통로만 생긴다면 영물의 습격 없이 안전하고 빠르게 오갈 수 있는 것이다.

사실 현로도를 활용하면 안전하게는 갈 수 있다.

하지만 빠른 이동 속도까지 보장하지는 않는다는 게 문제.

나는 일행에게 말했다.

"그럼, 갑시다."
"네."
그렇게 우리는 빠른 속도로 이동했고, 곧 북해빙궁의 초입의 빙궁객잔에 도착할 수 있었다.
"소궁주님과 손님 여러분을 뵙습니다."
"환영합니다."
"말은 저희에게 주세요."
"하루 둑고 가실 건가요?"
여전히 번갈아 말하는 쌍둥이 점소이다.
그게 다소 정신없이 느껴질 수도 있지만, 나름 이 빙궁객잔의 상징이기도 했다.
나는 그들에게 말했다.
"다른 이들은 이곳에서 쉬고, 저와 여기 곽 부관과 소궁주만 지금 들어갈 겁니다."
다른 이들은 북해빙궁 안으로 들어갈 수 없으니까.
"알겠습니다."
"쉬실 곳을 준비해 놓을게요."
그들은 이곳에 있다가 우리가 축융궁으로 향할 때 합류하기로 했다.
"그러니까 이 객잔에서 푹 쉬어 두도록 하세요. 앞으로 어떤 일이 생길지 모르는 거니까요."
나는 말을 이었다.
"괜히 수련하겠다고 몸을 혹사하지 마시고요."
"명심하겠습니다."

얼음과 불 〈129〉

나는 일행에게 그렇게 당부하고는, 빙해린 소궁주와 서향 소저만을 데리고 안개의 문을 통해 북해빙궁으로 향했다.

안개의 문을 벗어나자, 백색의 기와가 멋들어지게 솟은 건물이 보였다.

북해빙궁이다.

우리가 가까이 가자 문을 지키고 있던 제자들이 얼른 고개를 숙여 포권했다.

"소궁주님을 뵙습니다."

"손님들을 모시고 왔어요."

이에 그녀들은 나와 서향 소저에게 포권하여 예를 보였다.

"어서 오십시오."

"북해빙궁에 오신 것을 환영합니다."

빙해린 소궁주는 우리에게 말했다.

"그럼 안으로 들어가죠."

그렇게 우리는 다 같이 북해빙궁 안으로 들어왔다.

자주 오다 보니 이제는 이곳의 구조도 꽤 익숙해졌다.

혼자 돌아다녀도 헤매지 않을 정도로.

우리는 곧장 북해빙궁 궁주님의 처소로 향했다.

"어서 오세요."

나른한 표정으로 옆으로 길게 누워 있던 궁주님은 몸을 바로 세우며 우리를 맞이했다.

"소상 은서호, 궁주님을 뵙습니다."

"곽서향이 궁주님을 뵙습니다."

궁주님을 우리의 인사를 받아 주시며 말했다.

"우리의 청을 들어주어 고맙네요."

"사부님께서도 제가 빙열회담에 참석하는 것에 대해 기꺼워하셨습니다."

"그런가요?"

사실 이번 빙열회담에는 목적이 있다.

그들은 설풍궁을 멸문시킨 것으로 추정되는 이들이다. 그리고 광준상단의 복 상단주님이 건네주신 증거인 숫돌 역시 저들을 가리키고 있었다.

즉, 그들이 정말 설풍궁을 멸문시킨 것인지 확인하고자 하는 것이다.

"사흘 정도 뒤에 출발할 예정이에요. 그 전에 이것저것 교육이 필요하고요."

"교육이라고 하시면?"

"그대들도 빙열회담에서 하지 말아야 할 행동이라거나 빙열회담의 역사에 대해서는 알아야 하니까요. 이에 대한 교육은 소궁주가 해 줄 겁니다."

"알겠습니다."

나는 고개를 주억이며 말을 이었다.

"이곳의 보안은 안전합니까?"

내 물음에 궁주님이 반문하셨다.

"그건 왜 묻는지요?"

"긴히 드릴 말씀이 있습니다."

이에 궁주님은 허공을 향해 말했다.
"잠시 물러가세요."
슈숙!
즉시, 주변에 있던 이들의 기척이 사라졌다.
"그래서, 무슨 이야기를 하려는 건가요?"
나는 품에서 복 상단주님이 주신 숫돌을 꺼내 그녀에게 내밀었다.
"이것을 봐 주시겠습니까?"
"이건 숫돌 아닌가요?"
"설풍궁의 멸문에 대한 비밀을 밝혀 줄 증거입니다."
"……!"
내 말에 그녀의 눈이 커졌다.
"이게…… 말인가요?"
"네."
잠시 숫돌을 살피던 궁주님이 고개를 주억이셨다.
"하긴 설풍궁이나 우리 빙궁에서는 숫돌을 쓰지 않으니까요. 숫돌을 쓴다고 해도 이렇게까지 많이 닳고 넓게 벌어진 숫돌은 없지요."
궁주님이 내게 물으셨다.
"이건 어떻게 손에 넣으셨나요?"
나는 그녀에게 자초지종을 이야기했다.
그 말에 빙해린 소궁주가 탄식했다.
"그동안 제가 광준상단에 갔던 것이 몇 번인데! 어째서 저에게 말하지 않은 거죠?"

설풍궁의 유일한 생존자였던 만큼 못내 서운한 듯했다.

"아마…… 그분께서는 그 누구도 믿지 못하셨던 게 아닐까 싶습니다."

"……."

나 역시도 일전에 북해빙궁에서 설풍궁의 멸문 당시 돕지 못했던 이유를 듣지 못했을 때단 해도 북해빙궁을 의심했었으니까.

"그럴 수도 있겠군요."

빙해린 소궁주가 납득한 듯 고개를 끄덕였다.

"그런데 궁주님께서는 소궁주를 데리고 올 때 이 숫돌은 보지 못하셨던 겁니까?"

"당시 나는, 소궁주를 살리는 것이 더 시급하여 주변을 살필 틈이 없었답니다."

"그러셨군요."

그렇다면 설풍궁에 그 일이 터진 직후에 궁주님이 찾아오셨고, 그 얼마 뒤에 전대 복 상단주님이 찾아오신 도양이구나.

나는 그 숫돌에 대해 내가 알아낸 것들을 설명했다. 정확히는 서우 무사가 말해 준 것들이지만.

"확실히 이 숫돌에서 열화공의 기운이 느껴지는군요."

"그게 느껴지십니까?"

"저는 가능합니다. 이 북해빙궁의 주인이니까."

아…….

무슨 의미인지 알 것 같다.

북해빙궁와 축융궁은 오랜 시간 원수지간이었기에 서로의 기운에 민감한 것이다.

"그대는 이번 회담에서 저들이 설풍궁을 멸문시킨 흉수인지 확인할 생각이군요."

"맞습니다."

나는 그녀에게 물었다.

"만약, 축융궁이 설풍궁을 멸문시킨 흉수라면 어찌하실 생각이십니까?"

내 물음에 궁주님은 미소 지으며 말씀하셨다.

"당연히 휴전은 결렬이지요."

"네?"

"설풍궁은 우리 북해빙궁을 수호하는 곳. 그곳을 멸문시켰다는 건 즉, 최종적으로 우리 북해빙궁을 노린다는 의미입니다. 이를 가만히 두고 볼 정도로 우리 북해빙궁은 나약하지 않습니다."

.

.

.

궁주님 앞에서 물러난 우리는 처소로 안내받았다.

서향 소저의 처소는 내 바로 옆방에 마련되었는데, 그녀가 그리 요청했기 때문이다.

씻고 나오자 밖에서 서향 소저의 목소리가 들렸다.

"소단주님, 들어가도 되나요?"

"아, 물론입니다."

문이 열리고 서향 소저가 들어왔다.
"그런데 무슨 일이십니까? 저녁 식사 전에 좀 쉬시지 않고요?"
"그게…… 좀 부담스러워서요."
"네?"
"계속해서 저를 신녀님이라고 부르시면서 이것저것 챙겨 주시는데…… 과도하게 친절하다고 해야 할까요?"
그녀는 한숨을 내쉬었다.
"죄송해요. 잘 대해 주시는 것도 뭐라고 해서요."
"아닙니다."
나는 고개를 저었다.
"충분히 그렇게 느껴지실 수 있습니다."
소궁주가 그녀를 신녀님이라고 지칭하는 것만 봐도 얼마나 그녀를 극진하게 대하는지 알 수 있었다.
하지만 과도한 친절과 배려는 폭력이 될 수도 있다.
"제 오라버니들보다 더해요."
"하하하하."
그 말에는 나도 웃음이 나올 수밖에 없었다.
서향 소저라면 물불 가리지 않는 자들이 그녀의 오라버니들이었으니까.
"궁주님과 소궁주님을 볼 때면 가끔씩 저를 잡아먹을 것 같다는 생각도 들고요."
즉, 자신을 이곳에 붙잡아 놓을 것 같다는 거겠지.
"그래서 제 옆방에 처소를 달라고 하신 겁니까?"

"네."

그 말에 나는 피식 웃었다.

"걱정하지 않으셔도 됩니다."

궁주와 소궁주가 서향 소저를 그렇게나 원하면서도 손을 뻗지 못하는 건 나라는 존재 때문일 거다.

만약 정말 그러면 그땐 내가 가만있지 않을 것을 너무나도 잘 아시니까.

.

.

.

다음 날.

나와 서향 소저는 빙열회담에 대해서 공부를 시작했다.

빙해린 소궁주가 직접 수업을 진행했는데, 그녀는 나름 괜찮은 훈도였다.

"우리는 빙열회담이라 부르지만, 그쪽에서는 열빙회담이라고 합니다."

"회담을 칭하는 이름에서도 힘겨루기가 느껴지는군요."

"그런 거죠. 사실 휴전회담이라는 공식적인 명칭이 있지만, 솔직히 멋이 없잖아요. 그리고 빙열회담이라는 말이 더 직관적이고요."

"그렇긴 하군요."

빙해린 소궁주는 우리에게 회담의 역사부터 참석하는 자들에 대한 정보와 진행 순서 등에 대해서 설명해 주었다.

"축융궁의 소궁주가 있는데, 그 자식이 무척이나 재수 없는 자식이에요."

"그렇습니까?"

축융궁을 욕하는 것이 반이었지만 말이다.

"빙열회담은 서로 한 번씩 번갈아 가며 장소를 제공하죠. 이번에는 저희가 축융궁으로 갈 차례예요."

"그런 만큼 설풍궁의 역할이 중요하군요."

"네. 맞아요."

그녀는 고개를 끄덕였다.

"솔직히 말씀드리면, 일종의 과시를 위한 것이기도 해요. 나는 내 수호자와 함께 있으니 너희가 그 어떤 비겁한 암수를 사용해도 너희를 뚫고 탈출할 수 있다는 자신감을 보여 주는 거죠."

그녀가 말을 이었다.

"그래서 좀 미안하긴 해요."

"아닙니다."

나는 손을 저으며 말했다.

"그것이 설풍궁의 역할이 아닙니까? 저는 설풍궁의 소궁주고, 그 역할에 충실해야죠."

"그리 말씀해 주시니 감사합니다."

그렇게 준비는 차근차근 진행되었고, 드디어 출발하는 날이 되었다.

회담을 위해 움직이는 일행만 일백 명.

게다가 그들의 기세는 무척이나 날카롭고 예리해서 앞에 그 어떤 적이 있더라도 뚫고 나갈 듯했다.

고르고 고른 정예만 일백 명이니, 북해빙궁에서 이번 회담을 얼마나 중요하게 여기는지 알 것 같았다.

"소궁주, 빙해린. 다녀오겠습니다."

"잘 다녀와요. 소궁주."

"네."

"저도 다녀오겠습니다. 궁주님."

"은서호 소궁주와 신녀님도 안전하게 잘 다녀오세요. 그럼 부탁드립니다."

그렇게 우리는 북해빙궁을 출발했다.

잠시 후 우리는 빙궁객잔 앞에 도착했고, 그곳에는 이미 출발 준비를 마친 일행이 기다리고 있었다.

금령을 통해 미리 준비를 하고 있으라고 전해 두었기 때문이다.

"도련님!"

"출발하자!"

"네!"

그들은 즉시 말에 올라탔고, 일행에 합류했다.

축융궁은 운남에 있다.

정확하게 말하면 운남과 서장의 경계에 있지.

운남이라…….

지난번 춘경성 사건이 가을이었는데…….

그럼 거의 반년 만에 다시 가는 건가?

춘경성의 성주님과 연유문 공자는 잘 지내고 있나 모르겠네.

시간이 되면 그들을 한 번 찾아가 보는 것도 괜찮을 듯했다.

나는 상인이고, 상인에게 인맥은 눈에 보이지 않는 재산이니만큼 풍부할수록 좋다.

그래도 내가 춘경성의 은인인데 모른 척하지는 않으시겠지.

북해빙궁의 문이 열린다는 건 두 가지 의미가 있다.

사람들을 받아들이든지, 사람들이 나오든지.

물론 대규모의 이들을 말한다.

한두 명이 오가는 것을 두고 '문이 열린다'라고는 하지 않지.

무림에서는 북해빙궁의 이들 오십 명만 나와도 긴장한다. 하물며 백 명의 정예라면 촉각을 곤두세우지.

그런 만큼 북해빙궁에서도 쓸데없는 충돌을 피하기 위해서 최대한 사람이 많지 않은 길을 택했다.

일부러 북쪽의 초원지대를 통과하고 기련산 자락에 다다랐을 때 아래쪽으로 쭉 내려오다가 살짝 길을 틀어서 장강의 상류에서 배를 타고 운남으로 가는 길.

평범한 사람이라면 초원지대를 통과하는 것만 해도 상당한 손해를 감수해야 할 터.

하지만 북해빙궁의 이들에겐 전혀 다른 이야기다.

초원지대의 부족민들이 알아서 몸을 사리기 때문이다.
"기련산이면 감숙에 있는 거 아닙니까요?"
이동 중에 팔갑이 나에게 물었다.
"맞아."
그리고 감숙성 연지산의 검총에서 혈곤성승의 성체를 발견했었지.
이렇게 생각하니 내가 제국 이곳저곳 안 다닌 곳이 거의 없구나.

.
.
.

몇 날 며칠을 말을 달린 우리는 기련산에 도착했다.
그나저나 대단하네.
상당히 빠르게 달리느라 지쳤을 법도 한데, 전혀 그런 기색들이 없었기 때문이다.
"왜 그렇게 보십니까?"
"아. 소궁주."
나는 빙해린 소궁주에게 내가 느낀 점을 말했고, 이에 그녀는 웃으며 말했다.
"아마 북해보다 이곳이 더 숨 쉬는 것이 편하겠죠. 북해는 추운 만큼 숨 쉬는 게 어렵거든요."
"아, 그렇군요."
"그리고 북해빙궁의 사람들 대부분이 어린 시절을 외부에서 보냈던 만큼, 오랜만에 나온 세상이 신나기도 하겠죠."

"그렇겠군요."

우리는 그곳에서 아래로 방향을 틀었고, 청해에 있는 장강의 상류에 도착했다.

그곳에서 우리는 배에 올랐다.

이제는 이동은 배에 맡기고 휴식을 취할 시간이다.

"엉덩이 아파 뒤질 뻔했습니다요."

팔갑의 말에 나는 피식 웃었다.

"이제부터는 좀 쉴 수 있으니까 다행이네. 엉덩이 많이 아프면 좀 차갑게 만져 줄까?"

나는 내 손에 냉기를 모으며 물었다.

"흐익!"

내 말에 팔갑이 기겁했다.

"무슨 그런 변태 같은 말입니까요?"

"왜?"

"떽! 그런 얼굴로 그런 말씀 하시는 거 아닙니다요!"

아니, 나 왜 혼나고 있지?

그렇게 편안한 시간을 지내다 보니 어느새 운남 지역에 도착했다.

"그럼 근처 공터를 찾아봅시다."

"알겠습니다."

우리가 공터를 찾는 건 백여 명이 동시에 묵을 수 있는 객잔을 찾는 건 힘든 일이기 때문이다.

그때 누군가 우리에게 다가왔다.
어라? 저 사람은?
"이거 오랜만에 뵙습니다! 선협미랑 대협 아닙니까?"
"연유문 공자?"
춘경성 성주의 장남, 연유문 공자다.
"네! 기억하시는군요!"
그는 무척이나 반가워하며 물었다.
"그런데 여긴 어쩐 일이십니까?"
나는 곧바로 대답하는 대신 빙해린 소궁주에게 전음을 보냈고, 그녀가 고개를 끄덕였다.
그녀의 허락을 받은 나는 연유문 공자에게 간단하게 자초지종을 설명했다.
그러자 연유문 공자가 웃으며 고개를 끄덕였다.
"그런 상황이셨군요. 그러면 저를 따라오십시오. 오늘 하루 묵을 수 있는 곳을 안내해 드리겠습니다."
역시 사람은 착하게 살아야 한다.
오늘은 편하게 잘 수 있겠군.

.

.

.

연유문 공자가 우리를 데리고 간 곳은 뜻밖에도 학관이었다.
그곳에 걸린 현판에는 남광학관이라 적혀 있었다.
"이곳은 학관 아닙니까?"

내 물음에 그가 고개를 끄덕였다.

"학관이 맞습니다. 하지만 아직 관생을 받기 전이고, 제법 규모가 크니 충분히 여러분 모두가 쉴 수 있을 겁니다."

"그렇군요. 그런데 웬 학관입니까? 게다가 규모가 상당하군요."

"후……."

연유문 공자가 한숨을 내쉬었다.

"일전에 저희 춘경성이 큰 곤란을 겪었던 일에 대해서 기억하십니까?"

"물론입니다."

"당시 저희가 곤란을 겪었던 가장 큰 이유는 고립되어 있기 때문이었습니다."

그래도 객관적으로 현실을 봤군.

"그래서 앞으로라도 그런 일이 일어나는 것을 막기 위해 학관을 세웠습니다. 이곳 출신의 아이들이 조정에 있다면 억울한 일을 막을 수 있을 테니 말입니다."

"좋은 생각입니다. 당분간은 황제 폐하께서도 신경을 쓰실 테고, 저도 있지만 수십 년 뒤는 모를 일이니까요."

"하여 다음 달 초에 학관을 개관하기로 한 상황입니다. 이미 세간살이도 갖추어 놓았고 청소도 끝난 상황이니, 지내시는 건 괜찮을 겁니다."

그 말에 빙해린 소궁주가 답했다.

"그 정도면 충분합니다. 이슬만 피할 수 있어도 감사하지요."

그렇게 우리는 학관 안으로 들어갔다.

학관은 제법 멋들어지게 지어져 있었다.

그곳에서 각자 짐을 풀고 있을 때 연유문 공자가 나에게 말했다.

"이 학관은 기숙형 학관이니만큼 씻는 곳도 넉넉하고, 식당도 갖춰져 있습니다."

"그러면 먹을 것을 구해서 직접 요리해 먹으면 되겠군요."

"식재료는 제가 제공해 드리겠습니다."

그 말에 나는 손을 저었다.

"괜찮습니다. 이렇게 밤이슬을 피할 수 있는 곳도 제공해 주셨는데, 먹을 것까지 신세를 질 수는 없습니다."

나는 말을 이었다.

"게다가 저희 일행이 대인원인 만큼 비용도 만만치 않습니다."

"그 정도는 괜찮습니다. 저희 춘경성은 대협이 아니었다면……."

그는 당시의 일이 떠오르는지 차마 말을 잇지 못했다.

"그러니 부디 제 성의를 받아 주셨으면 합니다."

이렇게까지 나오면 거절할 수가 없지.

"알겠습니다. 감사히 받아들이겠습니다."

나는 빙해린 소궁주에게 사정을 말했고, 이에 그녀는 나를 보며 미소 지었다.

"왜 그렇게 보십니까?"

"처음 은 소궁주를 봤을 때부터 느끼긴 했는데, 정말 선협미랑이라는 이름이 잘 어울리네요."

생각하지도 못한 그녀의 칭찬에 나도 모르게 뒷목을 긁적였다.

"은 소궁주가 평소에 베푼 은덕에 대한 보답을 저희도 같이 받네요. 감사해요."

"별말씀을요. 혹시 드시지 못하는 음식 있습니까?"

"없습니다. 저희 제자들은 뭐든 잘 먹습니다."

잠시 후 연유문 공자가 수레에 다양한 식재료를 실어 왔다.

그것으로 요리를 하려고 하는데, 문제가 있었다.

"어, 이 생선은 어떻게 다루죠?"

"그냥 불에 구우면 되나?"

북해빙궁의 무인들이 다들 요리하는 방법을 몰라 우왕좌왕하는 것이다.

나는 한숨을 내쉬며 빙해린 소궁주에게 물었다.

"요리할 줄 아는 사람이 한 명도 없는 겁니까?"

"정예로만 꾸리다 보니 숙수를 따로 데리고 오지 않았어요. 그리고 저희가 멀리 돌아다닐 일이 많지 않다 보니 숙수가 많지도 않고 해서요."

하긴 북해빙궁은 폐쇄적인 편이라 빙궁을 잘 벗어나지 않는다.

"그렇군요. 하지만 다들 여인들이니 요리를 해 본 경험은 있을 줄 알았습니다만."

"요리를 배울 기회가 있었어야죠."

"아……."

무슨 의미인지 이해했다.

북해빙궁에 입궁하는 나이는 매우 어린 편이다.

요리를 배우거나 할 나이가 아니긴 하지.

그리고 북해빙궁에 입궁하면 그 뒤로는 무공 수련만 할 테고…….

"우문이었습니다."

선입견이라는 것이 이렇게나 무서운 거구나.

그때 팔갑이 말했다.

"도련님, 제가 나서도 되겠습니까?"

아! 맞다!

우리에겐 팔갑이 있었지!

나는 팔갑을 보며 두 손을 모으고 말했다.

"팔갑아, 부탁해. 저렇게 좋은 재료들을 다 태워서 먹고 싶지는 않아."

내 말에 팔갑은 두 팔을 걷어붙이고 비장한 얼굴로 말했다.

"걱정하지 않으셔도 됩니다요."

그때부터 팔갑의 활약이 시작되었다.

다다다다다!

신들린 솜씨로 식도를 다루고,

화르르륵!

능숙하게 화구의 솥을 다루는 등, 종횡무진으로 움직였다.

그런데도 보조하는 그 누구와도 부딪치지 않고 물 흐르듯이 움직였다.

또한, 적절한 지시까지.

그걸 보며 나는 새삼 감탄했다.

살왕의 재능을 가지고, 진유 무사에게 무공 수련을 받으며 점점 실력이 좋아지고 있었다.

하지만 나는 왠지 팔갑에게서 암살자의 면모 같은 건 느껴지지 않고 그냥 곰처럼 느껴졌다.

팔갑이는 그냥 곰이다.

그런데 원래 곰이 저렇게 날렵하고 유연했었나?

잠시 후.

식탁이 풍성하게 채워졌다.

"오늘 식사는 팔갑 소이께서 준비해 주셨습니다. 다들 감사를 표하세요."

빙해린 소궁주의 말에 다들 박수를 보냈다.

짝짝짝짝!

팔갑은 그에 매우 쑥스러워했다.

"고마워. 나도 잘 먹을게."

나도 팔갑에게 감사를 표하고는 숟가락을 움직였다.

시작은 생선을 넣고 끓인 시원하고 얼큰한 장국.

오옷! 오오옷!

눈앞에서 생선이 장국의 바다 안에서 파닥 파다닥 날뛰고 있었다.
"진짜 맛있어! 그런데 이거…… 북경 춘몽루의 해선탕이랑 맛하고 비슷한데?"
"맞습니다요. 도련님께서 해선탕을 마음에 들어 하시는 것 같아서 숙수님께 배워 두었습니다요."
"아, 그래서 자주 자리를 비웠었구나."
그렇게 오래간만에 맛있고 풍성한 식사를 즐겼다.

다음 날.
연유문 공자가 우리를 찾아왔다.
"간밤에는 편하게 주무셨는지 모르겠습니다."
"공자의 배려 덕분에 편한 시간을 보냈습니다. 정말 감사합니다."
"우리 북해빙궁 역시 연 공자의 배려를 잊지 않을 것입니다."
나와 빙해린 소궁주는 그에게 포권하여 감사를 표했다.
"그럼 다음에 또 좋은 날, 좋은 일로 만났으면 합니다."
"저 역시 다음 만남을 고대하겠습니다."
그렇게 우리는 축융궁을 향해 출발했고, 연유문 공자가 우리를 배웅했다.
잘 먹고 잘 잔 덕분에 모두 안색이 밝았다.
이를 보며 빙해린 소궁주가 말했다.
"후, 그래도 이번에는 저들이 우리의 몰골을 보고 조롱

하지는 않겠네요."

"네?"

"지지난번 회담 때 저희의 모습을 보고 비야냥거리더라고요. 으득!"

당시가 얼마나 수모였는지 이를 박박 갈아대었다.

"아…… 그랬군요."

"그런데 지지난번이면 십 년 전 아닙니까? 소궁주의 나이가……."

분명 나랑 동갑이었으니까.

"당시 사부님고 함께 방문했었어요. 차기 소궁주인 만큼 경험을 쌓아야 한다며 데리고 가 주셨거든요."

"그랬군요."

우리는 빠르게 축융궁으로 향했다.

날씨가 매우 덥고 습한 데다가 주변이 밀림이었지만, 일류 이상의 정예들이라 크게 힘들어하지는 않는 듯했다.

그리고 각종 벌레들도 접근하지 못했고.

정예 무인들이 아니었다면 가는 길이 무척 힘들었겠군.

그나저나 축융궁은 이전 삶과 이번 삶을 통틀어서도 처음이다.

그들은 북해빙궁 이상으로 폐쇄적인 곳이었기 때문이다.

잘못 접근했다가는 문답무용으로 쏟아지는 단검이나 화살에 꿰뚫려 죽을 수 있다.

나는 운남성으로 가며 그들에 대한 것을 내 일행에게 설명해 주었다.

 그들은 혼인을 하지 않는 북해빙궁과 달리 자유롭게 혼인을 한다.

 하지만 그 형식이 조금 특이하다.

 결투혼이라는 것을 하는데, 남녀 모두 마음에 드는 상대와 비무를 해서 승리하면 상대와 혼인할 수 있는 것이다.

 어떤 의미로는 과연 무림 세력답다고 할 수 있겠지.

 그리고 저들은 본인들을 불의 신이자 남쪽의 신인 축융의 후예라고 여긴다.

 그래서 이름도 축융궁인 것.

 그들의 주무기는 장검이지만, 비도도 꽤 잘 쓴다.

 설명을 듣던 명종 무사가 물었다.

 "그런데 축융궁은 독공은 쓰지 않습니까? 운남의 문파인 만큼 독공에도 조예가 깊을 것 같습니다만."

 그 질문에 대답해 준 자는 서우 무사다.

 "축융궁은 독공은 쓰지 않네. 이 운남의 독문이라면 모르지만 말이지."

 그는 설명을 이었다.

 "남만야수문 역시 독을 쓰긴 하지만, 그들이 쓰는 독은 살아 있는 독물을 조종하여 독을 쓰도록 하는 거지."

 "그렇군요."

 "축융궁은 독을 쓰려고 해도 쓰기 힘들어서 못 쓴다고 들었네. 축융궁의 특기가 열화공인 탓에 독의 효과가 매우 약해지니. 그래서 독공을 쓰는 독문이나 남만야수문에서는 절대 축융궁을 건드리지 않지."

"그들과는 완전히 상극이군요."

그 말을 듣던 빙해린 소궁주가 고개를 주억거렸다.

"잘 아시네요."

"이전에 표두로 일할 때 주로 이쪽 담당이었습니다."

"그랬군요. 뭔가 든든하네요."

"제가 도움이 된다니, 감사한 말씀입니다."

그렇게 이야기를 더 나누던 중, 빙해린 소궁주가 손을 들어 일행을 멈추었다.

"여진."

그 부름에 여진이라 불리는 한 제자가 앞으로 나왔다. 그녀는 빙해린 소궁주의 호위이기도 했다.

"효시(嚆矢)를 쏘아 주세요."

"알겠습니다."

여진이라 불린 그녀는 등에 멘 화살통에서 화살을 하나 꺼냈고, 하늘을 향해 쏘았다.

삐이이이익!

화살이 날아가며 날카로운 소리가 들렸다.

그리고 잠시 후.

두두두두두!

말 말굽이 땅을 울리는 소리가 들렸다.

곧 모습을 드러낸 자들은 붉은색 갑옷을 입은 이들이었다.

덥고 습한 날씨에 맞게 머리와 목을 비롯한 중요 부위만을 가린 가벼운 갑옷이었다.

하지만 투구 장식은 매우 화려했다.

그들 중 하나가 말에서 내렸고, 우리에게 다가왔다. 그리고 포권하며 말했다.

"축융궁의 외총관 해달만이 북해빙궁의 소궁주님을 뵙습니다."

"환대에 감사드립니다."

"오시느라 고생 많으셨습니다."

생각보다 정중하네.

그때 그는 나를 보더니 고개를 갸웃했다. 그도 그럴 것이 나와 일행은 남자였으니까.

"저분은?"

그 물음에 빙해린이 대답했다.

"북해빙궁의 수호자인 설풍궁의 소궁주와 그 일행입니다."

"네?"

그는 깜짝 놀란 표정으로 고개를 갸웃했다.

"설풍궁에는 한참 전에 변고가 있다고 들었습니다만."

"그 어떤 변고도, 설풍궁은 능히 넘어설 수 있습니다."

"……그렇군요."

당혹스러운 표정.

멸문한 줄 알았던 설풍궁의 후예가 살아남아 이곳에 나타났기 때문일까?

아니면 자신들이 설풍궁을 멸문시키지 못했다는 것 때문일까?

그건 곧 알게 되겠지.

만약 저들이 흉수라면, 최대한 빨리 이 사실을 사부님께 알려야 했다.

그건 숨기 위함이 아니다.

저들을 상대할 대책을 마련하기 위함이지.

적의 정체를 알 수 없을 때가 두려운 것이지, 적의 정체를 알게 된다면 그때부터는 그리 두렵지 않다.

오히려 활동 범위는 더 넓어지고, 자유로워진다.

저들만 조심하면 되니까.

나는 속으로 심호흡을 했다.

저들이 설풍궁을 멸문시킨 흉수인지를 판단할 시간이니까.

우리는 그들의 안내를 받아 축융궁의 구역 안으로 들어갔다.

곳곳에 함정들이 설치되어 있는 게 보였다.

몇몇 함정에는 말라 비틀어진 시신도 있었다.

그걸 본 서향 소저의 낯빛이 하얘졌다.

"무서워하지 마십시오."

나는 작은 목소리로 속삭였다.

"무서워하실 필요 없습니다. 저거 무서워하라고 일부러 치우지 않은 겁니다."

"네?"

"자신들의 영역에 침입한 자들의 최후가 저렇다는 것을 보여 주기 위함입니다. 우리는 저들의 손님입니다. 그러니 저것들을 무서워할 필요가 없는 거죠."

"그렇군요."

나는 그렇게 서향 소저를 다독였고, 우리는 곧 축융궁의 심부에 도착했다.

"궁주님과 대부인께서 기다리고 계십니다."

"바로 가시죠."

빙해린 소궁주의 말에 외총관 해달만은 곧바로 우리를 안내했다.

곧 커다란 돌문에 도착했다.

"궁주님, 북해빙궁의 소궁주와 설풍궁의 소궁주께서 오셨습니다."

"들라 하라."

"네."

드드드드드.

제법 큰 문이 열렸다.

좌우의 거한들이 손잡이를 돌려 돌문을 연 것.

우리는 안으로 들어갔다.

화려한 깃털로 장식한 관을 쓰고 가운데 의자에 앉아 있는 남녀가 보였다.

남쪽 지역답게 햇볕에 탄 건강한 구릿빛 피부에, 탄탄한 근육을 자랑하고 있었다.

우리는 그들에게 정중히 인사했다.

"북해빙궁의 소궁주, 빙해린이 불의 지배자와 대부인을 뵙습니다."

"설풍궁의 소궁주 은서호, 불의 지배자와 대부인을 뵙습니다."

우리가 예를 갖추자 축융궁의 궁주가 말했다.

"이리 만나니 반갑군. 모두 고개를 들게."

"환영해 주시니 감사합니다."

"그런데……."

축융궁의 궁주가 나를 보았다.

"그대가 설풍궁의 소궁주라고."

"네. 그렇습니다."

"내가 알기로 설풍궁은 의문의 무리에 의해 변고를 당하지 않았는가?"

"그렇습니다만, 그게 설풍궁의 멸문을 뜻하는 건 아닙니다."

"이거 놀랍군."

그는 고개를 주억였다.

"선협미랑이라 불리는 은해상단의 소단주가 설풍궁의 소궁주라니."

"……!"

나는 놀랐다.

폐쇄적인 곳이라고 들었는데, 어떻게 내 얼굴을 보자마자 알아차린 거지?

"저를 알고 계실 줄은 몰랐습니다."

"자네가 이 운남성에서 워낙 많이 활약을 했어야지. 일전에는 금의위와 함께 있더니 오늘은 북해빙궁의 소궁주와 함께 있군."

나는 살짝 빙해린 소궁주를 보았다.

축융궁이 외부의 일에 관심이 없다면서요?

그녀 역시 이 상황은 예상하지 못한 듯, 눈빛이 조금 떨리고 있었다.

나는 속으로 살짝 웃으며 태연하게 대답했다.

"열심히 살다 보니 이런저런 인연을 만나게 되었습니다."

"그렇군."

궁주는 담담하게 고개를 끄덕였다.

그때였다.

드드드드드.

돌문이 열리고 뒤에서 누군가 들어오며 외쳤다.

"빙해린 소궁주! 이번에야말로 나와 혼인해 주십시오!"

동시에 그녀를 향해 검을 내질렀다.

나는 얼른 검을 빼 그 검을 막아섰다.

챙!

뭐지? 이 또라이는?

내 검과 부딪히고 나서야 그는 내 존재를 인식한 듯했다.

"뭐야? 이 기생오라비같이 생긴 자식은?"

그 말에 순간 욱할 뻔했지만, 겉으로는 평온한 모습을 유지했다.

이 정도에 표정이 흐트러질 내가 아니지.

"저는 북해빙궁의 수호자인 설풍궁의 소궁주입니다. 귀하는 누구십니까?"

"네가 뭔데 감히 나에 대해 묻는 거지?"

"방금 말씀드렸듯이 저는 북해빙궁의 수호자인 설풍궁의 소궁주입니다."

"그래서 뭐? 네가 빙해린 소궁주의 부군이라도 되나?"

"……."

나는 빙해린 소궁주를 보았고, 그녀가 한숨을 내쉬며 말했다.

"축융궁의 소궁주예요."

"아……."

나는 빙해린 소궁주가 축융궁의 소궁주를 욕했던 이유를 알 것 같았다.

나 같아도 욕했을 거다.

이 정도로 또라이일 줄이야.

퍽-!

그때 뭔가가 날아와 축융궁의 소궁주의 머리에 명중했다.

"크윽!"

응? 이건…… 신발?

나는 신발이 날아온 곳을 바라보았다.

아…… 축융궁의 궁주님께서 던지신 거구나.

"이 새끼가! 지금 어느 안전이라고 이런 무례를 저지르는 것이냐! 지금 네가 제정신이냐?"
"아, 아버지······."
"당장 사과드리거라!"
"······."
하지만 오히려 미간을 찌푸리는 그를 향해 다른 쪽 신발이 날아왔고, 그의 머리에 명중했다.
퍼억!
"컥!"
어우, 아프겠네.
그는 신발에 맞은 머리를 매만지더니 입술을 깨물었다. 그러고는 마지못해 우리에게 사과했다.
"축융궁의 소궁주 맹현이 여러분께 저지른 무례를 사과드립니다."
"그 사과 받아들이겠습니다. 다시는 이런 무례가 없었으면 합니다."
빙해린 소궁주의 눈빛은 여전히 싸늘했다.
일말의 기대도 없다는 듯한 모습이다.
진심으로 하는 사과가 아니라는 것도 알고, 분명 나중에 또 이러리라는 것도 알기 때문이겠지.
나 역시 검을 납검하며 그의 사과를 받았다.
"당장 나가거라!"
"······."
축융궁 궁주님의 축객령에 소궁주 맹현이 나를 노려보

다가 방을 나갔다.

궁주님은 한숨을 내쉬며 우리에게 사과했다.

"미안하군. 내가 아들을 너무 오냐오냐 키운 탓이네."

"오 년 전보다 더 심해진 듯합니다."

"……그런가?"

"네. 그래도 그땐 장소는 가렸거든요."

"오 년 전에 북해빙궁에 다녀오더니 갑자기 수련에 전념하더군. 왜인가 싶었는데…… 이유가 있었군."

궁주는 쓴웃음을 지으며 말을 이었다.

"내가 젊었더라도 반했을 거야."

"칭찬은 감사합니다만, 저는 북해빙궁의 소궁주입니다. 혼인은 불가합니다."

그녀의 단호한 말에 축융궁 궁주가 고개를 절레절레 저으며 말했다.

"아네. 그걸 아니까 아들에게 경고한 것이지. 이 경고로 아들이 멈출지는 모르겠지만."

문득, 나는 이 자리에서 한 가지 확답을 받아야겠다는 생각이 들었다.

"궁주님께 한 가지 묻고 싶은 것이 있습니다."

"무엇인가?"

"저는 북해빙궁의 수호자인 설풍궁의 소궁주로서 빙허린 소궁주를 지켜야 할 의무가 있습니다."

"알고 있네."

"만약 또다시 축융궁의 소궁주께서 무례를 범한다면

얼음과 불 〈159〉

손님된 입장으로 이를 참고만 있어야 하는지 묻고 싶습니다."

"그러지 않아도 되네."

"그 과정에서 다소 거친 대응으로 인해 다치기라도 한다면 그게 이번 회담에 영향을 미칠까 저어됩니다."

"그거라면 걱정하지 않아도 되네. 그 부분에 있어서는 사적인 감정을 섞지 않을 것이네."

"그럼 처벌 역시 없는 겁니까?"

"내 아들 쪽이 먼저 무례를 범한다면 말이지."

"알겠습니다. 불의 주인이라 일컬음을 받으시는 분께서 일구이언하실 리 없으시겠죠."

"물론이지."

됐다.

이것으로 맹현이라는 자가 무례를 저지르려고 할 때 제대로 손을 쓸 수 있게 되었다.

"우선 멀리서 오느라 피곤할 테니, 이만 가서 쉬도록 하게."

"배려에 감사드립니다."

.

.

.

우리 일행은 처소로 안내되었다.

"이곳을 사용하시면 됩니다."

주어진 처소는 커다란 별당이었는데, 그곳 전체를 빈객

당으로 이용하는 듯했다.
그리고 우리를 안내해 준 제자에게 이곳에 대한 설명을 들었다.
"필요한 것이 있으시면 설렁줄을 당겨 주시면 됩니다."
"살뜰하게 살펴줘 고맙소."
"별말씀을 다 하십니다. 덕분에 할 일이 생겨서 좋습니다."
"?"
우리의 의문에 그가 대답했다.
"제가 빈객당 담당이지만, 축융궁에 손님이 오시는 일이 거의 없습니다."
"아, 그렇겠군요."
"그럼 편안한 밤 되십시오."
빈객당 담당 제자는 정중히 인사하고 별당을 나섰다.
그리고 빙해린 스궁주는 의자에 털썩 앉아 한숨을 내쉬었다.
나는 그 앞에 앉으며 말했다.
"왜 빙열회담에 대해 설명해 주실 때 그러셨는지 알 거 같군요."
"이해해 주시니 감사하네요. 그런데 축융궁 궁주님께 받아 낸 혹답. 혹시 저를 위해서인가요?"
"맞습니다."
내 말에 그녀는 피식 웃었다.
"그러니까 혹시라도 그가 또다시 무례를 저지른다면

얼음과 불 〈161〉

가차 없이 손을 쓰셔도 됩니다."
"꼭 그렇게 하죠."
우리는 별채의 중앙에 있는 접빈실에서 일어나 각자의 방으로 들어갔다.
나는 팔갑과 한 방을 쓰기로 했고, 서향 소저는 빙해린 소궁주와 한 방을 쓰기로 했다.
다른 이들은 서향 소저를 너무 조심스러워했고, 서향 소저 입장에서는 그게 부담스러웠기 때문이다.
그나마 빙해린 소궁주가 나은 모양이다.
"이제 주무실 겁니까요?"
"응."
"침상을 좀 봐 드리겠습니다요."
그렇게 나는 일찌감치 침상에 누웠다.
바쁘게 움직인 데다가 아까의 일도 있어서 피곤했기 때문이다.

* * *

주변이 보이지 않을 정도로 어두운 한밤중.
북해빙궁 사람들이 묵고 있는 빈객당으로 슬그머니 다가가는 인영이 있었다.
그는 바로 맹현.
축융궁 궁주의 장남이자 소궁주다.
축융궁은 혼인이 자유롭기에 궁주 자리는 대대로 혈육

에게 계승되었다.

'후······.'

그는 차분히 심호흡했다.

지금 그가 하는 행동이 떳떳하지 못한 행동이라는 것을 본인도 알기 때문이다.

그럼에도 그가 빈객당으로 향한 이유.

그건 오늘 빙하린 앞에서 자신에게 망신을 준 은서호에게 복수하기 위함이다.

맹현은 축융궁의 사람답게 복수에 대해서 꽤나 집요했다.

그를 따라온 누군가가 그에게 속삭였다.

"야, 이게 맞는 거냐? 이런 비겁한 수라니! 궁주님이 아시면 우린 진짜 죽어!"

"죽기 전까지 처맞겠지. 하지만 이대로는 절대 물러날 수 없어. 다른 사람도 아니고 그녀 앞에서 그런 수모를 당했다고!"

그 말에 따라온 자가 한숨을 내쉬었다.

그의 이름은 해홍.

대대로 축융궁의 수호 가문인 해씨 가문의 장남이다.

그는 자신의 친우이자 차기 궁주가 될 맹현을 보며 속으로 투덜거렸다.

'야, 이 새끼야. 이게 더 쪽팔리는 짓인 거 모르냐?'

그는 한숨을 내쉬며 오 년 전의 일을 떠올렸다.

당시 열빙회담을 위해 북해빙궁에 방문한 맹현은 빙해

얼음과 불 〈163〉

린을 보고 그 자리에서 반했다.

오 년 사이에 성숙해진 빙해린의 미모는 그의 마음을 흔들었다.

해홍이 봐도 정말 아름다웠고, 멋있었으니까.

이에 그는 빙해린에게 혼인 결투를 신청했지만, 그녀는 매몰차게 거절했다.

"저는 북해빙궁의 소궁주. 혼인은 불가합니다."

그는 끈질기게 물고 늘어진 끝에 혼인 결투를 벌일 수 있었다.

하지만 결과는 완패.

그 어떤 변명의 여지도 없는 완패였다.

그러나 맹현은 포기하지 않고, 축융궁으로 돌아와 오늘만을 고대하며 무공을 갈고 닦았다.

그러다 보니 오늘 아버지의 집무실에 쳐들어가고 만 것이다.

오늘 있었던 맹현의 일을 가문의 하인을 통해 전해 들은 해홍은 조용히 한숨을 내쉬었다.

'평소 물불 가리지 않는 녀석인 건 알지만……'

그러나 함께 이곳까지 온 이상 물러날 길은 없었다.

이곳에서 자신이 물러난다면, 맹현은 분명 삐친다.

'이 새끼가 삐치면 골치 아프지. 그나저나 은 소궁주는 어쩌다가 이런 녀석에게 찍혀서……'

그는 은서호에게 안타까움을 느꼈지만, 어쩔 도리가 없었다.

"그래서 뭘 어쩔 생각인데? 설마 해를 입히려는 건 아니지?"

"그 정도는 아니야."

맹현은 걱정하지 말라는 듯 말을 이었다.

"은서호 소궁주의 베개에 이 비도를 꽂아 놓을 거다. 아침에 일어나 이걸 보면 식겁하겠지."

"그러니까 방해하지 말라고 경고를 하겠다는 거냐?"

"그런 거지. 마음 같아서는 반쯤 죽여 놓고 싶지만, 어쨌든 회담을 위해 온 손님이니까."

제 딴에는 문제가 생기지 않을 만큼만 손을 쓰겠다는 거다.

'그것만 해도 충분히 문제가 될 거 같은데……'

해홍은 다시 속으로 한숨을 내쉬며 물었다.

"그래서 은서호 소궁주가 묵고 있는 방이 어딘지는 알고?"

"물론이지."

은서호가 묵고 있는 빈객당에는 북해빙궁의 무인들이 득실거렸고, 그의 방문 앞에는 호위 무사가 있다는 것도 알고 있다.

그래서 그들이 선택한 방법은 바로 창문을 통한 잠입이다.

축융궁은 기후 때문에 창문이 무척 컸으니까.

그들은 사다리를 놓고, 올라가 휘장을 걷었다.
바람이 잘 통하도록 창문에는 성기게 짠 얇은 휘장을 쳤기 때문이다.
그때였다.
"……!"
"……!"
그들은 순간 몸이 뻣뻣하게 굳어 버렸다.
창문의 휘장을 걷는 순간 그들에게 쏟아지는 살기 때문이었다.
그런 살기는 난생처음 느껴 보았다.
이어서 싸늘한 한기가 몸속으로 파고들었다.
핏줄과 내장이 얼어붙을 정도의 공포에 몸이 덜덜 떨려왔다.
마치 얼음 칼로 내장을 저미는 듯했다.
"어, 어, 어……."
끼이이익.
사다리는 그대로 뒤로 넘어갔고.
쿵!
그렇게 바닥에 떨어진 그들은 허겁지겁 도망칠 수밖에 없었다.

* * *

아이고, 엉덩이 아프겠네.

나는 맹현과 일행이 도망가는 모습을 보며 혀를 찼다.
그리고 창문틀에 앉아 있던 금령을 불렀다.
"금령아. 이리 와."
"꾸이?"
"귀찮은 벌레들을 편하게 쫓아내 줬으니까 은자 하나 줄게."
내 말에 금령은 꼬리를 흔들며 잽싸게 나에게 달려왔고, 내가 준 은자를 안고 침상 위를 뒹굴뒹굴했다.
조금 전, 나는 살기를 느끼고 잠에서 깼다.
살기라기에는 좀 약했지만, 그래도 나를 향한 적대감은 뚜렷하게 느껴졌다.
그래서 귀에 공력을 집중해서 바깥의 소리를 들었고, 한숨을 내쉴 수밖에 없었다.
뭔가 손을 쓰자니 애매하고 귀찮은 상황이다.
내 상황을 알아차린 것인지, 금령이 내 소매 안에서 나와 꾸이거렸다.
자신이 저들을 내쫓아 주겠다고.
그래서 마음대로 해 보라고 했더니, 저렇게 손쉽게 쫓아내 준 것이다.
"대체 금령이가 뭐가 무섭다고 저러는지 모르겠습니다요."
이미 잠에서 깬 팔갑이 그리 말했다.
"그러게 말이야."
나는 피식 웃으며 넘어갔지만, 알고 있었다.

주인과 주인의 사람에게는 귀여운 녀석이지만, 피에 물든 영물도 기로 눌러 버릴 수 있는 녀석이다.
저들은 오늘 밤 오줌이나 지리지 않으면 다행이다.
"마저 자자."
"네."
나는 다시 이불을 덮었고, 금령은 내 배 위에서 은자를 안고 뒹굴뒹굴했다.
돈이 저렇게 좋을까?
뭐, 금령이가 좋아하는 모습을 보니 나도 기분이 좋네.

.

.

.

날이 밝았다.
침상에서 일어난 나는 간단하게 수련을 했다.
그리고 씻고 옷까지 갈아입고 나자, 빈객당을 담당하는 축융궁의 제자가 찾아왔다.
"아침을 준비해 드리겠습니다."
"감사합니다."
아침을 먹고 차를 마신 우리는 이번 회담에 대해 다시금 정리했다.
회담은 내일모레.
그때까지는 비교적 시간이 자유로운 편이다.
하지만 동시에, 축융궁이 설풍궁에 변고를 일으킨 홍수인지 확인할 수 있는 것도 그때까지다.

나는 빈객당 담당 제자에게 말했다.

"평소 축융궁의 위명을 많이 들었습니다. 이곳에 으게 될 일이 매우 드문데, 이 기회에 유서 깊은 건물들을 구경하고 싶습니다."

"그 부분은 제 권한이 아닙니다. 궁주님께 말씀드리고 오겠습니다."

제자가 허락을 받으러 간 사이, 빙해린 소궁주가 나에게 말했다.

"간밤에는 죄송하게 되었습니다."

"네?"

"창문을 통해 보았습니다."

아…… 그 일을 말하는 거구나.

나는 피식 웃었다.

"괜찮습니다. 그나저나 제법 엉덩이가 아플 텐데 잘 걸어 다니는지는 모르겠군요."

내 말에 그녀 역시 피식 웃었다.

한편 서향 소저는 여유로운 미소를 짓고 있었는데, 아마 그 일도 미리 본 듯했다.

곧 제자가 돌아왔다.

"허락이 떨어졌습니다. 다만 두 분께만 허락되었고, 안내를 위해 올 제자의 안내에 따라 주셔야 합니다."

"알겠습니다."

나는 고개를 끄덕이며 속으로 의아해했다.

나와 빙해린 소궁주에게만?

다른 이들이 보면 안 되는 거라도 있는 건가?
아니면 다른 이들은 믿지 못한다는 건가?
나 역시 아직 이곳을 믿지 못하는 건 마찬가지지만.

잠시 후.
우리를 안내하기 위한 제자가 왔다.
나와 빙해린 소궁주는 그 제자의 안내를 받아 축융궁의 이곳저곳을 돌아보기 시작했다.
축융궁은 북해빙궁과 달랐고, 중원의 다른 문파나 세가와도 전혀 다른 모습이었다.
전체적으로 지붕이 길쭉하고, 창문이 컸으니까.
"지붕이 저런 모양인 건 비가 많이 오기 때문입니다. 그리고 바람이 잘 통하도록 창문 역시 크죠."
"그렇군요."
보통 일 층은 다른 공간으로 쓰고, 주로 이 층에서 거주하는 듯했다.
"해충이나 뱀 같은 것들이 많다 보니 이런 구조로 집을 짓게 되었지요."
"축융궁 사람이라면 그런 것을 무서워하지는 않을 듯합니다만."
"물론입니다. 하지만 귀찮은 건 어쩔 수 없죠."
"음, 그렇군요."
그때였다.
크릉?

건물 옆에서 뭔가 커다란 짐승 한 마리가 움직였다. 그 모습에 놀라 두 눈을 깜박였다.

호, 호랑이?

왜 호랑이가 여기에?

당황한 나와 달리 제자는 태연하게 그를 향해 고개를 숙였다.

"신수를 뵙습니다."

그리고 우리에게 작은 목소리로 말했다.

"얼른 고개를 숙이세요. 저희 축융궁을 지키는 수호 신수십니다."

빙해린이 고개를 숙이는 것을 보니 거짓이 아니군.

나 역시 얼른 그 앞에 고개를 숙였다.

그런데 그 호랑이는 내 주위를 몇 바퀴 돌며 나를 살폈다.

그리고…….

발라당.

내 앞에서 배를 까고 드러누웠다.

뭐, 뭐지?

그 모습에 나는 순간 당황했다.

뭐, 뭐지? 지금 자신의 배를 만져 달라는 건가?

나는 쪼그리고 앉아 그 배를 슥슥 문질러 주었고, 그 호랑이는 좋다는 듯 갸릉거렸다.

"이, 이, 이게 무슨……!"

그 모습을 본 제자는 경악하며 눈을 부릅떴다.

이게 그렇게까지 놀랄 일인가?

나는 그 호랑이의 배를 문질러 주며 그 제자에게 물었다.

"왜 그런 표정이십니까? 이렇게 하면 안 되는 겁니까?"

"그, 그건 아닙니다. 그러니까, 신수님께서는 분명 얼음의 기운을 싫어하시는데……."

"그렇습니까?"

― 꾸이…….

금령이가 시무룩해 하는 듯해서 나는 피식 웃으며 자리에서 일어났다.

남의 집 신수보다 내 금령이 먼저 챙겨야지.

내가 배를 문질러 주는 것을 멈추자 호랑이는 아쉬운 표정을 지었고, 꼬리로 내 다리를 톡톡 쳤다.

그때 저 앞에서 축융궁 궁주님의 목소리가 들렸다.

"화식아! 뭐 하냐?"

"크릉……."

축융궁 궁주님의 부름에 신수는 나를 보다가 결국 궁주님에게 다가갔다.

아, 저 호랑이 영물의 이름이 화식이구나.

"화식이가 자네를 좋아하는군. 참 별난 일이야. 이 녀석이 그렇게 처음 보는 사람에게 애교를 부리는 그런 녀석이 아닌데."

"그렇군요. 참 온순한 신수입니다."

"온순해?"

축융궁 궁주님은 피식 웃으셨다.
"이 녀석을 보고 온순하다고 하는 자는 자네밖에 없을 거네."
"……."
하긴 명색이 축융궁의 신수라 불리는 호랑이 영물이다.
내게는 애교를 부린다고 해도 다른 사람들에게 온순할 리가 없지.
그나저나 저 녀석은 오늘 나를 처음 봤을 텐데, 왜 친근감을 느끼는 거지?
금령아, 너는 아니?
- 꾸이?
내가 어떻게 아느냐는 대답. 이 녀석, 삐쳤군.
"본궁의 유명한 곳들을 구경하고 있는 중이라고 했지?"
"네. 그렇습니다."
"마침 시간이 남으니, 내가 안내해 주도록 하지."
"감사합니다."
그는 우리를 안내하던 제자에게 가 보라고 한 후 직접 우리를 데리고 다니며 이곳저곳을 구경시켜 주었다.
덕분에 제자가 우리를 안내해 주었을 때보다 더 많은 것을 볼 수 있는 것 같았다.
하여 나는 궁주님에게 감사를 표했다.
"궁주님께서 안내를 해 주신 덕분에 더 많은 것을 볼 수 있게 되었습니다. 감사합니다."
"응? 그게 무슨 소리인가?"

얼음과 불 〈173〉

"저희를 안내해 주시던 제자분께서 본인이 들어갈 수 없는 곳이 있다고 하셔서 보지 못한 곳이 몇 군데 있습니다. 그런데 역시 궁주님과 함께 움직이니 그런 곳이 없구나 싶었습니다."

"지금까지 지나온 곳 중에 그 제자가 들어가지 못하는 곳이 있다고? 하! 내가 출입이 제한되는 자를 자네에게 안내인으로 붙여 줬을까?"

"……."

그 말에 나는 어떻게 된 일인지 알아차렸다.

그 제자는 일부러 우리를 그곳에 안내해 주지 않은 것이다.

텃세인가?

솔직히 화가 나거나 하지는 않았다.

그냥 어이가 없을 뿐이지.

"그 제자분께서 많이 바쁘셨나 봅니다."

"쯧쯧."

축융궁 궁주님께서는 혀를 차며 말씀하셨다.

"애써 좋게 말해 줄 것 없네. 이런 식으로 우리 축융궁 망신을 시키다니……."

뭔가 마음이 불편해졌다.

하지만 생각해 보니 그런 제자를 그냥 두는 건 장기적으로 좋지 않다.

언제 또 우리 뒤통수를 칠지 모르는 일 아닌가?

또 이대로는 다른 제자들에게도 무시당할 터.

"그 제자는 내가 처리하지."
"감사합니다."
"빈객당을 담당하는 제자는 어떤가? 그 제자도 혹시?"
"아닙니다! 그분은 무척 살뜰하게 살펴 주십니다."
"다행이군."
우리는 계속해서 구경을 이어 나갔다.
하지만 아무 곳에서도 미심쩍은 것은 발견하지 못했다.

처소에 돌아온 나는 금령이를 불렀다.
"금령아 나와 봐."
"……."
제대로 삐쳤나 보네. 꿈틀거리지도 않고.
나는 손을 넣어 강제로 금령이를 꺼냈다.
"왜 그러십니까요?"
가만히 보고 있던 팔갑이 물었고, 나는 오늘 있었던 일을 설명해 주었다.
"……그래서, 그 화식이라는 신수를 예뻐해 주는 것이 싫어서 삐쳤나 봐."
"이 녀석, 욕심꾸러기 아닙니까요?"
"응?"
"도련님을 독점하려고 하다니 말입니다요."
"그렇게 볼 수도 있는 건가?"
"도련님께서는 금령이의 주인이긴 하지만, 제 주군이기도 합니다요. 그리고 호위무사분들의 주군이기도 하며, 현풍국 분들의 주군이기도 합니다요."

"그렇지."

"그렇게 도련님을 모시는 사람이 많은데, 도련님을 독점하려고 하는 것은 무리입니다요."

팔갑의 말에 나는 피식 웃었다.

맞는 말이니까.

"그러니까 요 녀석은 욕심꾸러기라는 겁니다요."

이에 금령이가 항변했다.

"꾸이! 꾸이꾸이!"

"응? 그런 게 아니라고? 나를 독점할 생각 같은 건 없다고? 단지 그 녀석이 나에게 친한 척하는 게 싫을 뿐이라고?"

나는 되물었다.

"어째서?"

"꾸이. 꾸익! 꾸!"

"그냥 그 녀석이 싫은 거라고?"

영물끼리 경쟁의식 같은 거라도 있나?

그렇다고 하기엔 그간 힘으로 억누르면 억눌렸지, 이런 모습을 보인 적이 없었는데.

나는 부드럽게 웃으며 금령의 등을 쓰담쓰담해 주었다.

"알았어. 그 녀석이랑 친하게 지내지 않을게."

"꾸이."

"자, 이거 먹고 삐친 거 그만 풀어."

나는 금령에게 은자를 내밀었고, 금령은 그 은자를 덥

썩 물었다.

역시 금령에게는 돈이 최고구나.

"꾸이. 꾸이…… 꾸이……."

"돈이 맛있어서 이러는 거 아니니까 오해하지 말라고? 그래, 알았어."

그렇게 은자를 끄옥 안고 말하니까 별로 신뢰는 안 가지만, 뭐…….

"그런데 금령아."

"꾸이?"

"나에게 접근하지 말라고 화식이에게 경고할 법도 한데, 왜 그러지 않는 건데?"

금령이는 의기소침해진 표정으로 말했다.

"꾸이. 꾸이…… 꾸이……."

"네가 더 약하다고? 전에 그 녀석에게 물린 적도 있다고?"

그러고 보니 금령을 만난 곳이 운남이었지.

정확하게 운남의 무출무산.

"그럼 전에 무출무산에서 만난 적이 있던 거야?"

이에 금령은 고개를 끄덕였다.

"꾸이. 구이."

"그때 화식이가 그 광인 무사를 죽이고 검을 빼앗아 가려던 거 너가 막았다고? 그 와중에 싸웠고?"

"꾸이."

그런 적이 있었구나.

얼음과 불 〈177〉

그러니까 지금 금령이는 자신의 적이었던 녀석과 내가 사이좋게 지내는 것이 싫다는 거다.

당연히 그럴 수 있지.

"꾸이……."

"마음 같아서는 그 녀석에게 경고하고 싶은데, 또다시 물리거나 하면 아프니까 숨는 거라고?"

"꾸이."

"그래, 네 마음 이해해."

나는 금령이를 쓰다듬으며 공감해 주었다.

그런데 이 녀석, 뭔가 착각하고 있는 것 같은데.

"저기, 금령아."

"꾸이?"

"그때의 네가 누구에게 돈을 받아먹은 적이 있어?"

"꾸…… 이?"

"운남으로 오기 전에는 몰라도 그 이후에는 돈을 받아먹은 적이 없지?"

"……."

"네가 나를 주인으로 섬기기 시작한 후부터, 나에게 받아먹은 돈이 얼마라고 생각해?"

"……!"

내 물음에 금령이의 귀가 쫑긋 섰고, 꼬리 역시 빳빳하게 섰다.

그걸 지금 깨달은 거냐?

"후, 금령아. 너 지금 하나도 안 약해. 네가 충분히 이

길 수 있다고."

.
.
.

그날 밤.

나는 침상에 누워 금령이가 한 말을 떠올렸다.

화식이라는 호랑이 신수가 광인이 가지고 있던 은무검을 노렸다는 것.

그게 마음에 걸렸기 때문이다.

안 그래도 그 광인 무사가 하필 운남으로 온 것도 의아했는데 말이지.

그 광인 무사가 가지고 있던 서신을 보낸 아버지라는 자가 혹시 이 축융궁의 사람이었던 걸까?

좀 더 알아봐야겠군.

나는 오늘 내가 가 보지 못했던 곳이 마음에 걸렸다.

처음에 제자가 안내하지 않았던 곳은 뒤늦게라도 가 보긴 했다. 하지만 축융궁의 궁주님도 안내해 주지 않은 곳이 있었다.

외부인의 출입이 금지된 곳으로 금줄까지 쳐져 있었지만, 그곳까지 확인해야 내 궁금증이 풀릴 터.

하지만 회담을 위해 설풍궁의 소궁주로 온 이상, 몰래 그곳에 갔다가 들키면 큰 문제가 될 수도 있다.

어떻게 하는 게 좋을까…….

잠시 고민할 때 익숙한 기운이 느껴졌다.

축융궁의 소궁주의 기운이다.
후, 아직도 포기를 못 했나?
순간, 아주 좋은 생각이 떠올랐다.
저자를 이용하면 되겠군.

* * *

맹현은 아픈 엉덩이를 문지르며 밤길을 걷고 있었다. 그건 해홍도 마찬가지였다.

축융궁의 건물들은 전부 이 층 이상.

빈객당으로 이용하는 곳은 이 층이었고, 그래서 그곳에 사다리를 걸쳐 놓고 은서호의 처소에 침입하려고 했는데 갑자기 그들을 향해 쏘아진 살기에 그만 사다리가 넘어가며 엉덩방아를 찧은 거다.

평범한 사람이었다면 엉덩이나 다리에 골절상을 입었을 거다.

하지만 축융궁의 사람이며, 무공을 익혔기에 골절까지는 가지 않았던 것.

그러나 타박상까지는 피할 수 없었다.

"아 씨! 아파 죽겠네."

"내가 할 말이다. 그런데 여긴 왜 또 온 거냐?"

"나 사나이 맹현이 어제 실패했다고 포기할 수 없으니까."

"잘났다. 이 새끼야."

해홍은 한숨을 내쉬며 그리 중얼거렸다.
"그래서, 또다시 은 소궁주의 처소에 침입하자고?"
"이번에는 다른 방법으로 경고하려고."
맹현은 주머니 하나를 꺼냈다.
"삼보화사다."
삼보화사(三步火蛇).
그건 둘리면 세 걸음을 걷기 전에 죽는다는, 맹독을 지닌 운남의 뱀이다.
은서호가 설풍궁의 소궁주라고 했으니 삼보화사의 독 정도에 당할 리는 없을 터.
경고는 경고고, 뒤탈이 나서는 안 되니까.
그리고 설령 들키더라도 뱀이 알아서 처소 안에 침입한 것처럼 넘어갈 수도 있다.
맹현은 주머니를 풀어, 그 안의 뱀을 잡았다.
그리고 그걸 은서호의 처소 안에 던지려던 그때.
"뭐 하십니까?"
"흐익!"
일 층의 공간에서 모습을 드러낸 자.
그는 은서호였다.

* * *

"흐악! 흐익! 흐익!"
나는 붉은색 뱀 한 마리를 가지고 난리를 피우는 맹현

을 보며 한숨을 내쉬었다.

왜 저러는 걸까?

잠시 후, 그는 그 뱀의 머리를 발로 밟아 죽이며 나에게 말했다.

"험, 험험, 갑자기 웬 뱀이……."

"그러셨군요."

저 뱀을 내 처소에 던지려고 했던 거 다 알고 있지만 모른 척했다.

"어제부터 저에게 하실 말씀이 있는 듯한데, 아닙니까?"

"험, 험험. 그러네."

그러네?

이 자식, 말이 짧네.

"그런데 왜 하대하십니까? 제가 당신 아랫사람은 아닌데 말이죠."

"그야 자네는 북해빙궁의 수호자 가문의 소궁주 아닌가? 그러니 당연히 내 아랫사람이지."

"그건 북해빙궁이 축융궁의 아래라는 의미입니까?"

내 물음에 뒤에 서 있던 청년이 잽싸게 끼어들었다.

"아닙니다! 그런 의미가 아니니 억측은 하지 마십시오."

민감한 질문에 잘 받아치는군.

"그쪽은 누구십니까?"

"아! 저는 축융궁의 수호자 가문의 소가주입니다. 해홍이라고 합니다."

해 씨인가? 우리를 맞이했던 외총관 역시 해 씨였지.

"해달문 외총관과 관계가 어찌 되십니까?"

"제 아버지 되십니다."

"그렇군요."

"설명해 드리자면, 저희 수호자 가문은 축융궁의 궁주님의 신하이기도 합니다. 하여 소궁주께서는 그에 대해 말씀하신 겁니다."

"그렇군요. 그렇다면 뭔가 오해하고 계시는 듯합니다."

나는 말을 이었다.

"저희 설풍궁과 북해빙궁은 주군과 신하 관계가 아닌 동등한 사이입니다."

"동등한 사이라고?"

맹현이 반문했다.

"네."

이 자식은 생각이란 게 없나? 그렇게 경고했는데도 왜 계속 말이 짧은 거지?

한 번만 더 경고해 주고, 그래도 정신을 못 차린다면……

"북해빙궁의 궁주님께서도 제게 예의를 갖춰 대해 주십니다. 그러니 맹 소궁주께서 북해빙궁의 궁주님보다 위가 아니라면, 상호 존대하는 것이 좋지 않을까 싶습니다."

"……"

그래도 머리가 아예 돌은 아닌지, 말투를 고치고 예를 갖추었다.

"제가 실례했습니다."

"괜찮습니다. 앞으로 조심해 주시면 됩니다."
"그런데……."
그가 나에게 말했다.
"그쪽은 단순히 빙해린 소궁주의 호위로 온 것이오?"
"그건 왜 물으십니까?"
"상당히 신경이 쓰여서 말입니다. 그쪽도 알다시피 우리 축융궁은 강한 자가 원하는 반려를 선택할 수 있습니다."
"알고 있습니다."
"나는 빙해린 소궁주를 내 반려로 점찍었습니다. 그런데 그쪽이 계속 방해해서 말이오."
"그야 당연한 일입니다."
나는 말을 이었다.
"빙해린 소궁주는 북해빙궁의 사람입니다. 그리고 북해빙궁의 여인들은 혼인을 하지 않습니다."
내 말에 그는 피식 웃었다.
"공식적으로 혼인하지 않을 뿐이지. 다른 남자들과 마음이 맞으면 뒹구는 것을 내가 모를 줄 알고 그리 말하는 것이오?"
나는 어처구니가 없어서 코웃음을 칠 뻔했다.
이건 북해빙궁을 명백히 모욕하는 발언.
뒤에 선 해홍이라는 자도 그걸 아는 것인지 안절부절못하고 있었다.
아무래도 이자는 정신교육이 좀 필요할 것 같군.

궁주님께 약속도 받아 두었으니 문제없겠지.

"저는 빙해린 소궁주가 싫어하는 일을 하는 것을 용납할 수 없습니다."

"말로는 싫다고 하면서 나를 좋아할 수도 있잖습니까?"

꽉 막힌 벽이랑 대화하는 것 같군.

"제가 알기로 축융궁은 강자존의 법칙이 철저하게 지켜지는 곳이라고 들었습니다."

"맞습니다."

아까 그가 말한 결투혼이라는 풍습도 이의 일환이다.

"잘 되었군요. 이렇게 말로 다투는 것도 입만 아프니 화끈하게 무공으로 이야기합시다."

"나야말로 원하는 바입니다."

상대가 아무리 꽉 막힌 벽이라고 해도 괜찮다.

두들겨서 뚫어 버리면 되니까.

"그렇다면 혹시 좀 넓으면서도 다른 사람의 이목을 피할 수 있는 공간이 있습니까?"

내 말에 고민하는 그에게 슬쩍 말을 보태었다.

"오늘 이곳을 구경하다 보니까 저쪽에 인적이 드문 곳이 보이던데 말입니다."

"그곳은……."

망설이는 그를 다시 한번 툭 건드렸다.

"사내끼리의 진검승부에 다른 이들의 방해를 받을 수는 없지 않겠습니까?"

"그건 그렇소."

그는 결심했다는 듯 몸을 돌리며 말했다.
"나를 따라오시오."
나는 속으로 주먹을 꽉 쥐며 쾌재를 불렀다.
걸려들었군.

.

.

.

나는 맹 소궁주의 뒤를 따랐다.
그는 내 의도에 따라 그곳으로 향하고 있었다.
"사실, 우리가 가는 곳은 외부인에게 보일 수 없는 곳입니다."
나는 몰랐다는 듯이 물었다.
"그렇습니까?"
"그러니 그곳에 출입했다는 것을 절대 다른 이들에게 말하지 마십시오."
"알겠습니다. 명심하죠."
곧 우리는 그곳에 도착했다.
다른 이들의 접근을 막기 위해서인 듯, 높은 담벼락으로 둘러싸인 곳이다.
"잠시 기다리십시오."
그는 안으로 들어갔다가 나오더니 내게 말했다.
"이제 들어오시오."
"네."
해 공자는 바깥에서 망을 보기로 했다.

끼익.

문을 열고 들어가자 넓은 마당이 보였다.

운남성 대리(大理)의 창산에서 캔 옥빛의 변성암으로 주변의 건물을 장식한 것이 참 아름다운 곳이었다.

그것만 봐도 알 수 있었다.

이곳이 제법 중요한 건물이라는 것을.

"이곳에 뭐 중요한 거라도 보관되어 있나 봅니다."

"우리 축융궁의 보물들이 있는 곳이오."

"그래서 외부인의 출입을 통제하는군요."

"우리 축융궁의 역사를 기록한 서적이나 중요한 문서들도 있는 곳이오."

그렇다면, 이곳에 잘 온 거군.

그나저나 이자도 참……

영구진 장인과 함께 술을 만드는 맹현이라는 아이와 동명인데 왜 이리도 멍청하지?

이런 자가 차기 궁주가 되어도 괜찮으려나.

같은 새외 세력이고, 휴전 회담 중이라고는 해도 아직 북해빙궁은 축융궁의 적대 세력이다.

언제 다시 적이 되어 다툴지도 모르는데, 나를 이곳에 들이고 설경까지 해 주다니…….

이거 궁주님이 알면 맹 소궁주는 흠씬 두들겨 맞겠지.

하지만 내 책임은 없다.

내가 이곳으로 가자고 제안했다고 해도 그가 단칼에 거절만 했으면 문제가 없었을 테니.

얼음과 불 〈187〉

솔직히 조금 부추기긴 했지만, 이렇게까지 쉽게 넘어올 줄이야.

나로서도 살짝 당황스러웠다.

어쩌면 내 이전 삶에서, 축융궁의 세력이 급격하게 약해진 건 맹 소궁주가 궁주가 된 후 축융궁을 말아먹었기 때문일지도 모르겠다.

스릉.

그는 검을 뽑았다.

"검을 드십시오."

이에 나는 사양하지 않고 검을 들었다.

그리고 그에게 제안했다.

"서로 피를 보는 건 좋지 않으니, 다른 방식으로 승패를 정합시다."

"어떻게 말이오?"

나는 미리 준비한 접시를 내밀며 말했다.

"이 접시를 몸에 묶으십시오. 이 접시가 깨지면 패배입니다."

"좋습니다."

우리는 각자 접시를 가슴 앞에 묶었다.

그리고, 기수식을 취했다.

나는 가만히 맹 소궁주의 경지를 살폈다.

이 정도면 절정 초입인데?

내가 듣기로 맹 소궁주의 나이는 나보다 한 살이 많다.

사실 스물네 살에 절정에 오른 거면 어디서든 최소한

수재, 혹은 천재 소리도 들을 만했다.

나와 빙해린 소궁주가 특별한 거지.

아무튼, 그 정도쯤 되니까 자신감 있게 어제 궁주님의 집무실에 난입한 거겠지.

그리고 이렇게 나와의 대결을 피하지도 않고.

타앗!

그때 맹 소궁주가 먼저 나를 향해 쇄도하며 검을 휘둘렀다.

화륵!

검에서 피어오른 불꽃.

초반부터 열화공을 쓰다니! 나름 진심이긴 하군.

나는 간단한 회피 동작으로 그 공격을 피했다.

사실, 열화공을 사용하는 무사를 상대로 겨루는 건 이번이 처음은 아니다.

이전 생에서 흑도 중에 열화공을 사용하는 놈들이 있었으니까.

게다가 진영 대협의 무공 역시 열화공이다.

하지만 그 어떤 열화공도 축융궁의 열화공에 비하면 모닥불 앞의 촛불이다

화르륵! 화륵!

불을 자유자재로 다루는 그 모습은 마치 불의 신을 보는 듯했으니까.

지금 내 앞의 맹 소궁주처럼 말이지.

평범한 무사였다면 그 모습만으로도 당황했겠지만, 나

얼음과 불 〈189〉

는 태연했다.

나와 그의 실력 차이가 현격하기도 하고, 내 무공은 북해의 한기에 근본을 두고 있으니까.

나는 검에 내공을 불어 넣으며 검술을 펼쳤다.

진설십이식검법의 여덟 번째 초식. 일점현빙.

일격필살의 초식이다.

화공은 화려한 만큼, 이렇게 어두운 밤이면 멀리서도 잘 보인다.

그 말은 금방 들킨다는 것.

내가 이곳을 수색할 시간을 만들기 위해서는 일격에 끝을 내야 한다.

검을 들어 그를 향해 온 신경을 집중했다.

쌔애애액!

"후읍!"

그는 당황한 얼굴로 검을 들어 방어하려 했다.

미안하지만 이미 늦었어.

애초에 초절정과 절정 초입의 수준 차이다.

내 전력을 다한 공격을 막을 수 있을 리가.

퍽-!

내 검이 그의 가슴에 닿았고, 접시가 깨졌다.

"내, 내가 졌……."

하지만 내가 원하는 바는 이게 끝이 아니다.

나는 주먹으로 그를 수십 번 난타했다.

퍼버버버벅!

"컥!"

내 내공이 그의 내부를 진탕시켰고, 그는 혼절했다.

털썩.

후, 이제야 좀 속이 시원하군.

나는 그에게 다가가 몸을 흔들어 보았다.

"저기, 괜찮으십니까? 저기요?"

하지만 전혀 미동도 하지 않는 몸.

확실하게 기절했다.

그러면 얼른 기록을 살펴봐야겠군.

나는 얼른 주변의 기운을 살폈다. 혹시라도 누가 지키는 자가 없는지 살피기 위함이다.

여전히 주변에는 아무도 없었다.

아까 맹 소궁주가 이곳에 있던 이들을 모두 내보낸 덕분이다.

이곳에 나를 들인 것을 들키지 않기 위해 그런 것이겠지만, 내게 도움이 된 셈이다.

나는 재빨리 몸을 움직여 전각 안으로 들어갔다.

문서들은 이 층의 서가에 보관되어 있었다.

나는 이 층으로 올라가 서가를 빠르게 훑었다.

찾았다.

이십여 년 전의 기록.

나는 그 서책을 꺼내 책장을 넘겼다.

그 서책은 당대 궁주가 매일 기록하는 일종의 일기였다.

나는 이를 빠르게 훑어보다가 한 곳에서 멈췄다.

[북해빙궁의 이들이 열빙회담을 위해 본궁에 도착했다.
하지만 설풍궁의 이들이 보이지 않았다.
그래서 물어보니, 누군가에 의해 멸문당했다는 비보를 전해 줄 뿐이었다
이에 소궁주 진이는 무척이나 슬퍼했다.
유일한 호적수를 잃는 건 무척이나 슬픈 일이기에.
설풍궁을 멸문시킨 곳이 대체 어딘지 의문이 생겼고 나는 조사를 시작했다.
새외의 세력을 멸문시켰다는 건, 우리 역시 그 대상이 될 가능성이 있다는 의미이기에.]

뭐지?
이 기록대로라면, 현 궁주님은 사부님과 친분이 있던 사이라는 건데?
그래서 나를 살갑게 대해 준 건가?
그리고 이들이 설풍궁을 멸문시킨 흉수가 아니라는 거고?
나는 다시 책장을 넘겼다.
혹시라도 전대 축융궁주가 설풍궁에 변고를 일으킨 흉수를 알아냈을 수도 있으니까.
빠르게 책장을 넘기던 중 하나의 기록에 시선이 멈췄다.

[무출무산에서 일어나는 기현상에 대해 들었다. 나는 화식이와 함께 무출무산으로 향했다.

그곳에서 한 광인 무사가 지키고 있는 검을 보았다.

바위에 박혀 있던 그 검은 분명, 설풍궁의 궁주의 신물인 은무검이었다.

나는 은무검을 회수하려 했지만, 그러지 못했다.

은무검을 지키는 영수가 있었기 때문이다.

한호수라 불리는 영수.

그 영수가 허락하지 않았기에 결국 은무검은 그렇게 두어야만 했다.]

아, 이지 금령이 말했던 화식이가 은무검을 뺏어 가려고 했던 그 날에 대한 기록이구나.

이 기록에 의하면 검을 뺏으려 했던 것이 아니라 검을 거두려 했던 거군.

금령이는 이를 뺏어가는 거라 오해했고.

[그런데 그 광인 무사에게서 낯익은 느낌이 들었다.

처음에는 눈치처지 못했지만 생각하면 할수록 그 외향은 도연문의 자손에게서 보이는 특징과 똑같았다.]

도연문?

그곳은 또 어디지?

이전 삶에서도 들어 본 적이 없는 곳이다.

울음과 불 〈193〉

축융궁의 궁주님 쯤 되는 분이 이렇게 확신할 정도면, 그 광인 무사는 도연문의 혈족임이 틀림없다.

후, 일단 축융궁이 흉수가 아니라는 것은 확실한 것 같군.

한편으로는 마음이 가벼워졌다.

만약 축융궁이 흉수였다면 이곳에서 무사히 탈출하는 것부터가 문제였을 테니까.

게다가 실마리까지 얻을 수 있을 줄이야.

도연문에 대해 조사하다 보면 그 흉수에 대해 알 수 있을 테니까.

나는 서책을 되돌려 놓은 후 다시 비무를 하던 곳으로 향했다.

그런데…… 빠른 속도로 이곳으로 다가오는 누군가가 있었다.

헉! 이 기운은……!

끼이이익.

문이 열리고 그 기운의 주인이 모습을 드러냈다.

축융궁 궁주님이 바닥에 쓰러져 있는 맹 소궁주를 보더니, 뻘쭘하게 서 있는 나를 향해 고개를 돌렸다.

"어찌 된 일인지 설명하게."

그런 축융궁 궁주님의 뒤에는 해 공자가 안절부절못하고 있었다.

내가 할 수 있는 건 하나뿐이다.

최대한 차분하게, 있는 그대로 상황을 설명하는 것.

"사실, 맹 소궁주가 저에게 할 말이 있는 듯했습니다."

그렇다고 나에게 하려고 했던 일 전부를 말하진 않았다.

내가 그 정도까지는 치졸하지 않거든.

그리고 그런 건 약점으로 잡고 있어야 이쪽이 편하다.

"맹 소궁주는 빙해린 소궁주와의 일에 방해하지 말라면서 비무를 제안했습니다. 조용한 곳에서 비무를 하고 싶다는 말에 이곳으로 안내하였습니다."

나는 말을 이었다.

"아무리 비무라지만, 서로 피를 본다면 좋을 게 없기에 각자 몸이 단 접시가 먼저 깨진 쪽이 패배하는 것으로 약속하고 비무를 했습니다. 그 결과는 보다시피……."

"자네가 승리했군."

"네. 그런데 제가 힘을 너무 과하게 썼는지, 그만 기절해 버리고 말았습니다."

덤으로 한 수십 대 패 주긴 했지만.

그래도 티는 안 나게 팼다.

아픈 것과 티가 나지 않는 건 별개지만 그건 내 알 바가 아니지.

"그런가? 그런데……."

그는 나와 내 뒤쪽을 보며 묘한 표정을 짓더니, 몸을 돌렸다.

"따라오게."

"네."

"그리고 저거, 치워 버려."
"명을 받듭니다."
축융궁의 궁주님은 자신 뒤의 무사들에게 퉁명스럽게 지시하고는 그곳을 나섰고, 나는 얌전히 그 뒤를 따랐다.
드드드드.
돌문을 통과하여, 집무실로 들어왔다.
"이쪽으로."
축융궁 궁주님의 집무실은 알현하는 곳과 업무를 보는 곳이 나누어져 있었다.
그가 나를 안내한 곳은 업무를 보는 곳.
긴히 할 얘기가 있다는 뜻이다.
"앉게."
나는 얌전히 그가 권하는 자리에 앉았다. 그는 나를 빤히 바라보다가 말했다.
"자네의 발자국이 보이더군."
"네?"
"그 덜떨어진 자식을 일부러 기절시키고, 본궁의 기록이 보관된 전각에 다녀왔더군."
"……."
"자네는 몰랐겠지만, 궁주는 그곳의 발자국을 볼 수 있다네."
그건 미처 몰랐다.
어떻게 변명을 해야 할지 머리를 굴리고 있을 때 그가 물었다.

"그래서, 명현이는 잘 지내고 있는가?"
"……네?"
"곽명현. 그 자식 말이야."
아…….
두 분이 호적수라고 했었지.
"자네의 아버지는 은해상단의 상단주. 그런데 자네가 설풍궁의 소궁주가 되었다면, 자네의 스승이 명현이라는 의미겠지. 아닌가?"
"……맞습니다."
"망할 자식!"
축융궁 궁주님은 분통을 터트리셨다.
"살아 있으면 살아 있다고 말이라도 전해 주면 좀 덧나나! 이런 오물통에 처박아 버릴 새끼!"
욕은 하고 있지만, 그게 진짜 욕하는 것이 아님을 알 수 있었다.
진짜 욕이라면, 눈시울이 붉어지지 않으시겠지.
"험, 험험. 미안하네. 나도 모르게 주책이었군."
"괜찮습니다."
"그래서 그 녀석은 잘 살고 있나."
"네. 건강하게 잘 계십니다."
"다행이군."
그는 나를 보며 다시 물었다.
"그래서, 그 전각에는 왜 들어갔던 것인가?"
나는 사실대로 말해야 하나 살짝 고민했다.

하지만 답은 하나뿐이었다.

거짓으로 둘러대기도 여의치 않고, 상대가 적이 아니라는 것도 확실하니까.

방금 사부님에 대해 보여 준 진심이나, 그 전에 확인한 기록들.

게다가 도연문에 대해 알아보려면 그의 협조를 받는 게 낫다.

그러니까…… 사실대로 말하자.

"송구합니다만, 저는 아까 그곳에 가기 전까지 설풍궁에 변고를 일으킨 범인이 축융궁이라고 생각하고 있었습니다."

"뭐라?"

궁주님의 얼굴이 험상궂어졌다.

딱 봐도 어처구니가 없는 것을 넘어, 분노가 치솟는 모양새다.

나는 얼른 말을 이었다.

"제가 그리 생각한 이유가 있습니다."

"그 이유가 뭐지?"

나는 품에서 숫돌을 꺼냈다.

"이것 때문입니다."

그는 내가 내민 숫돌을 살피며 물었다.

"이게 왜?"

"설풍궁에 변고가 생기고 그곳에 유일하게 남은, 범인에 대한 증거입니다."

"이게?"

궁주님의 미간이 찌푸려지더니, 그것을 자세히 살피고는 고개를 끄덕이셨다.

알아차리셨군. 저 숫돌의 주인은 열화공을 사용하는 무인이라는 것을.

그리고 더운 지역에 거주하는 무사라는 것도.

"그렇군. 이거라면 우리를 의심할 만하지. 하지만 이건 우리가 사용하는 숫돌이 아니네."

"확실합니까?"

"물론이지. 그 이유를 설명해 주겠네. 자네도 알다시피 우리가 사용하는 열화공은 그 열기가 무시무시하지."

"맞습니다."

"그러다 보니 칼날이 성할 날이 없어. 그래서 우리는 이것보다 좀 더 거친 숫돌을 사용하네. 거친 숫돌로 검날의 형태를 잡아야 하거든."

아…….

"그러다 보니 우리의 검은 상대방을 벤다기보다는 찢어발기는 것에 가깝지. 검날이 톱날처럼 되어 버리니까."

궁주님의 말씀대로, 맹 소궁주의 검날 역시 그랬지.

"……."

"이건 열화공을 사용하는 자의 것이 맞지만, 본궁보다는 그 열기가 약한 검술을 사용하는 자들이 사용할 법한 숫돌이네."

"그렇군요."

그는 나에게 숫돌을 돌려주며 말했다.

"그래서 이에 대한 증거를 찾기 위해 전각에 잠입했던 건가?"

"죄송합니다."

나는 고개를 숙여 포권하며 사죄했다.

"자네가 뭐 망가트린 것이 없다면, 굳이 사과할 건 없네. 자네의 사정도 충분히 이해하니까. 그리고 그곳에 데리고 간 자도 내 못난 아들이니까."

나는 뭔가 머쓱해졌다.

그를 구슬린 것이 나였으니까.

그래도 뭐 그건 자업자득이다. 나를 귀찮게 하지 않았다면 그를 이용하지 않았겠지.

나는 조심스럽게 말을 꺼냈다.

"궁주님께 묻고 싶은 것이 있습니다."

"무엇인가?"

"도연문에 대해 아십니까?"

11장. 또다시 마주하다

또다시 마주하다

내 물음에 축융궁 궁주님께서 반문하셨다.
"도연문?"
"네."
"그곳은 왜 묻는가?"
"송구합니다. 전각 안에서 당시의 기록을 읽었습니다."
"그런가……."
잠시 고민하시던 궁주님이 입을 열었다.
"그곳에 대해 알고 싶다면, 은무검 먼저 가져오도록."
"네?"
"무출무산이 사라진 것을 보니, 누군가가 그 검을 가져간 듯한데…… 그 검을 찾아오도록 하게."
궁주님이 말을 이었다.
"은무검이야말로 설풍궁 궁주의 신물! 설풍궁에 은두

검이 없다면 복수를 한다고 해도 설풍궁의 복수가 아닌 개인의 복수밖에 되지 않을 거네."

은무검이 그렇게 중요한 신물이었어?

나는 궁주님에게 물었다.

"꼭 은무검을 가지고 와야 합니까?"

"내가 도연문에 대해서 알려 주었을 때 이를 파헤치다가 자네가 위험에 처할까 염려되네. 물론 자네의 실력은 대충 알고 있네. 하지만 뭔가 위험한 냄새가 나. 은무검이 있다면 그래도 최악의 경우는 피할 수 있을 테니 그것을 가져오라는 것이네."

그러니까 나에 대한 걱정 때문이라는 거구나.

"그렇다면, 지금 말씀해 주셔도 됩니다."

"후, 내 말 듣지 못했는가?"

"은무검이라면, 여기 있습니다."

나는 내 허리에서 검을 풀어 내밀었다.

"이게…… 은무검이라고?"

스릉.

그리고 검을 반쯤 뽑아 그 검신에 새겨진 은무검이라는 이름을 보여 주었다.

"그래, 그러고 보니 은무검에는 정해진 형태가 없었지."

궁주님은 고개를 끄덕이셨다.

"내 아들놈의 난입을 막기 위해 뽑았을 때는 잘 몰랐는데, 이렇게 보니 알겠군."

궁주님은 그걸 그냥 보기만 하실 뿐 잡으려는 시도는

하지 않았다.

주인 있는 은무검은 함부로 잡으면 광인이 된다는 것을 알고 계신 듯했다.

"확실히 그 기운…… 은무검의 기운이군."

그 목소리에는 물기가 가득했다.

아마도 이 은무검을 통해 그리운 뭔가를 보고 계신 듯했다.

"되었네. 이제 납검해도 되네."

스릉, 탁.

나는 납검한 후 궁주님에게 말했다.

"그럼 이제, 도연문에 대해 말씀해 주실 수 있으십니까?"

내 물음에 그는 한숨을 내쉬었다.

"이미 입 밖으로 내뱉은 말이 있으니, 어찌 말해 주지 않을 수가 있겠나."

나는 긴장을 늦추지 않고 궁주님의 말에 집중했다.

"도연문은 운남성에 있었던 문파일세."

"……있었던이라고 하시면?"

"그래, 십여 년 전에 멸문했지. 그곳은 본궁에 속한 문파였지만, 이십여 년 전에 독립을 선언했네."

나는 생각지도 못한 사정에 질문할 수밖에 없었다.

"독립을 선언할 수도 있는 겁니까?"

"그건 그들의 자유네. 본궁에 속하는 이유는 자신들을 보호하기 위해서인데, 스스로를 지킬 능력이 있다면 본궁을 떠날 수 있지."

"그렇…… 군요."
"하지만 십 년을 버티지 못하더군."
그리 말하는 궁주님의 표정이 좀 쓰게 느껴졌다.
나는 확인차 그에게 물었다.
"혹시 도연문의 문주가 유 씨입니까?"
"그걸 어떻게 알았나? 기록에 그런 것도 적혀 있었나?"
"아닙니다. 그건 기록에 없었습니다."
"그럼 그걸 어떻게 알고 있는 건가?"
"은무검을 얻으면서 알게 되었습니다. 그 기록에 나오는 광인 무사의 이름이 유덕진이었습니다. 그를 제압하고 그의 품에서 신패를 발견했습니다."
"그랬군."
하지만 나는 그 이상의 것은 말하지 않았다.
그건 내가 아닌, 사부님이 직접 말씀해야 하실 것 같았기 때문이다.
두 분이 만나면 쌓인 그리움과 서운함 등이 섞여, 주먹이 먼저 오갈 것 같지만…….
아무튼, 유덕진이 은무검을 가지고 이곳 운남으로 온 이유가 확실해졌다.
그 아버지가 운남성의 도연문 소속이었기 때문이다.
"그렇다면…… 혹시 도연문의 무공도 열화공이었습니까?"
"맞네. 본궁의 무공의 영향을 받았지."
그래서였군.

그 아버지가 그를 인정하고 받아들이지 않은 이유도 알 것 같다.

당시 우덕진 무사와 싸울 때 뭔가 익숙한 느낌이 들었었지.

나중에서야 그 무공이 설풍궁의 평무사들이 배우는 무공이라는 것을 알게 되었고.

아버지가 도연문의 사람이었지만, 그의 내공은 정반대인 음기의 무공이니 도연문에서 인정받을 수 있을 리가 없다.

그리고 그 어머니 역시 사랑을 주지 않았거나 주지 못할 상황이었으니 그렇게 아버지의 정을 그리워했던 것일 터.

이렇게 생각하니 뭔가 불쌍해지는군.

그런 유덕진을 이용한 도연문은 개 쓰레기고.

"도연문이 십여 년 전에 멸문했다고 하셨지요?"

"그래. 개 한 마리, 닭 한 마리조차 남기지 않고 싹 다 죽여 버렸더군."

"그들을 멸문시킨 자들에 대해 아십니까?"

"한때 우리 축융궁을 섬겼던 곳이니만큼, 우리도 조사했지. 하여 흉수를 알아낼 수 있었다네. 그들은 운남의 혈천문이라 불리는 흑도의 무리였지."

혈천문? 그런 곳이 있었나?

처음 듣는 이름이라 다시금 물었다.

"혈천문은 어느 곳에 있습니까?"

"지금 혈천문이 있던 곳에는 그 누구도 남아 있지 않다네."
"네?"
"하루아침에 사라졌네."
"네? 그들 역시 누군가에게 멸문당한 겁니까?"
"아니, 그건 아니야. 그냥 싹 철수해 버렸다네."
그게 무슨 말이지?
무림 세력이 한 지역에 자리 잡기 위해서는 제법 시간과 공을 들여야 한다.
그런데 그런 것을 그렇게 쉽게 포기하고 철수했다고?
"그래서 내가 위험한 냄새가 난다고 한 것일세. 그들의 뒤에는 한 문파를 말 한마디로 좌지우지할 수 있는 세력이 있다는 뜻이니 말이지."

나는 내 처소로 돌아왔다.
털썩.
그리고 다탁 앞의 의자에 앉았고, 창문을 가린 얇은 천 너머로 보이는 달을 보았다.
그 달이 내 눈에 희미하게 보이는 것처럼, 설풍궁을 멸문시킨 흉수들이 보일 듯 말 듯했다.
그래도 실마리조차 잡지 못했던 이전보다는 훨씬 나은 상황이다.
나는 내 옷소매에서 패를 하나 꺼냈다.
방금 축융궁의 궁주님이 주신 것으로, 이곳의 서고를

자유롭게 이용할 수 있는 권한이 있다.

도연문에 대해서 본인이 설명해 주시는 것보다는 내가 직접 찾아보는 것이 좋겠다면서 이걸 주신 것이다.

회담이 끝나기 전까지 알아내려면 부지런히 움직여야겠군.

"지금 들어오신 겁니까요?"

그때 팔갑이 들어오며 물었다.

아까 내가 맹 소궁주를 만나러 갈 때 깨어 있었고, 내가 처소에 돌아왔을 때 없어서 어디 갔나 했더니.

"어디 다녀왔어?"

내 물음에 팔갑이 씩 웃었다.

"좋은 구경이 있습니다요."

그 말에 나는 고개를 갸웃하며 팔갑을 따라 나갔고, 이내 피식 웃을 수밖에 없었다.

뒷마당에서 의기양양하게 서 있는 금령이.

그리고 그 앞에서 꼬리를 말고 제대로 앞을 보지도 못하고 있는 화식이.

금령이가 이겼군.

나는 팔갑에게 물었다.

"어떻게 된 거야?"

"저 호랑이가 이 근처로 오자, 금령이가 득달같이 달려가더니 둘이 투닥거렸습니다요."

"그래?"

"시작부터 금령이가 압도적으로 밀어붙였습니다요. 크

앙! 하니까 저 호랑이가 제대로 맞서지도 못하고 깨갱하더군요."
 그럼 그렇지.
 내가 지금까지 금령이에게 먹인 돈이 얼만데.
 이 정도는 해 줘야지.

 잠시 후.
 자기 위해 침상에 누운 내 배 위에 금령이가 올라왔다.
 그리고 의기양양한 표정으로 자신의 무용담을 읊었다.
 "꾸이! 꾸이!"
 "그래그래, 내가 말했잖아. 너 강하다고."
 "꾸잇!"
 "그래서 말인데, 대체 화식이는 왜 나에게 애교를 부린 거래?"
 내 물음에 금령이 설명했다.
 "꾸이. 꾸잇! 꾸이!"
 "응? 내게서 뭔가 알 수 없는 위압감이 느껴졌다고? 그래서 내게 잘 보여야 한다는 생각이 들었다고?"
 왜지?
 나는 금령이에게 물었다.
 "너도 나에게 잘 보여야겠다는 생각이 들거나 그러냐?"
 "꾸이? 꾸이. 꾸이."
 "어? 자고로 물주에게 잘 보이는 건 당연한 거라고?"
 아…….

할 말이 없네.

"꾸이. 꾸이!"

나는 금령의 말에 피식 웃었다.

본인은 마음이 넓으니, 화식이가 나랑 친하게 지내도 질투하지 않겠다고 했기 때문이다.

저기, 이제 와서 그렇게 말해도 신빙성 없거든?

다음 날.

나는 아침 일찍 일어나 서고로 향했다.

회담이 끝나면 북해빙궁으로 돌아가야 한다. 내일이 회담인 만큼, 오늘밖에 시간이 없다.

"이곳이 서고입니다."

나를 안내해 준 제자는 나에게 무척이나 공손했다.

아마도 나에게 측융궁의 명소를 소개해 주던 제자는 제법 큰 벌을 받는 모양인 듯했다.

그러니 이렇게 나를 약간 두려워하는 모습으로 공손히 대하는 거겠지.

"안내해 주셔서 감사합니다."

"별말씀을요."

"오늘 점심은 이곳에서 먹고 싶은데, 가능합니까?"

"네. 탁자가 있으니 저기서 드시면 됩니다."

제자의 손가락이 가리키는 곳에는 탁자와 의자가 놓여 있었다.

"그럼 오늘 점심은 이곳에서 먹겠습니다."

"알겠습니다. 나중에 식사를 이곳으로 가져오겠습니다."

"감사합니다. 그런데 이곳이 서고라고 들었는데 서책들이 보이지 않는군요."

내 물음에 제자가 설명했다.

"본격적인 서고는 저 문 너머에 있습니다. 가지고 계신 열쇠를 문의 홈에 끼우시면 문이 열립니다."

"열쇠요?"

"궁주님께 받으신 패가 열쇠입니다."

"그렇군요. 그런데 왜 여기까지만 안내해 주신 겁니까?"

"저는 저 서고에 출입할 수 없습니다."

"네? 그게 무슨 뜻입니까?"

"모르셨습니까? 이 서고는 갑급의 서가가 있는 곳으로, 궁주님의 혈족이나 중요한 분들만이 출입할 수 있습니다. 외인으로 이곳에 출입을 허락받으셨다는 건 그 자체로 굉장한 일입니다."

"그렇군요."

그만큼 궁주님께서 나를 믿고 있다는 거군.

이거 조금 부담스럽네.

"식사 시간이 되면 설렁줄을 당기겠습니다. 종소리를 들으시면 식사하러 나오시면 됩니다."

"그리하지요."

나는 서고의 문으로 다가갔고, 그 앞의 구멍에 축융궁 궁주님께 받은 패를 끼웠다.

달칵.

걸쇠가 풀리는 소리와 함께 문이 열렸다.

"와……."

안으로 보이는 서고의 모습에 나도 모르게 감탄이 나왔다.

고풍스럽게 꾸며진 서가에는 목간과 서책들이 가득 꽂혀 있었기 때문이다.

그러나 감탄하고만 있을 시간이 없다.

나는 빠르게 도연문에 대한 기록을 찾아 나갔다.

* * *

그 시각.

축융궁 궁주 맹진은 보고를 듣고 있었다.

"설풍궁의 소궁주가 서고 안으로 들어갔습니다."

"그렇군."

"그런데 설풍궁의 소궁주를 그 안에 들이신 이유가 무엇입니까?"

"개인적으로 빚이 있다네."

"그러십니까?"

이에 앞에 서 있던 외총관이 고개를 주억였다. 개인적으로 빚이 있다고 하는데, 그것을 꼬치꼬치 캐물을 수가 없으니까.

맹진은 당돌한 은서호의 모습을 떠올리며 픽식 웃었다.

'그 녀석이 소궁주라니! 명현이 자식이 부러워지는군.'

그는 외총관에게 말했다.

"그런데 자네, 나에게 할 말이 그것뿐인가?"

"……!"

그 물음에 외총관 해달만은 움찔했다. 그리고 그 앞에 고개를 숙이며 말했다.

"제 아들이 은서호 소단주에게 행한 무례에 대해 들었습니다. 송구합니다."

"내가 원하는 건 사과가 아닐세."

그는 고개를 흔들며 한숨을 내쉬었다.

"후…… 아들 교육 망친 건 나 역시 마찬가지니까."

외총관이 조심스레 물었다.

"무엇을 걱정하시는 겁니까?"

"본궁의 미래."

"네?"

"나는 본궁의 미래에 대해 걱정하고 있네. 자네에게 하나 묻고 싶네."

"무엇입니까?"

"자네가 볼 때 소궁주에게 궁주의 자질이 충분하다고 생각하나?"

"……!"

"가감 없이 얘기해 주게."

그 물음에 외총관은 굳어 버렸다.

설마 그걸 직접적으로 자신에게 물어볼 것이라고는 생

각하지 못했으니까.

 혹시 자신을 시험하는 것인가 하는 생각도 들었고……여러 가지 생각으로 머릿속이 복잡해졌다.

 그런 그의 표정을 눈치챘는지, 궁주 맹진이 말을 이었다.

 "이건 시험도 아니고 내 변덕도 아니며 자네를 괴롭히기 위한 것도 아니니 진심으로 말해 주길 바라네."

 "……"

 잠시 생각하던 그는 한숨을 내쉬었다.

 그리고 그 앞에 부복하며 말했다.

 "소신, 하문하신 말씀에 대한 답을 올리겠습니다."

 "경청하겠네."

 "소궁주께서는 무언가에 대한 집착이 너무 강하십니다. 군주로서 무언가에 대한 집착은 능히 어떠한 목표를 이룰 순 있지만, 그것이 지나치게 강하다면 이는 따르는 이들이 피곤해집니다."

 "그렇지."

 "소궁주께서는 성격이 급하고 신중하지 못하십니다. 궁주라는 자리는 무력이 강하고 신중하지 못한 것보다는 무력이 약해도 신중한 것이 낫습니다."

 "나 역시 그리 생각하네."

 "그리고 소궁주께서는 마음이 좁으십니다. 마음에 맺힌 것이 있다고 해도 대의를 위해서라면 이를 숨길 수도 있어야 합니다. 하지만 그게 불가능하시다면 이는 훗날

큰 손해로 다가올 것입니다."

"……그렇군."

"부디 소궁주의 흠을 이야기하는 소신의 불충을 용서해 주십시오."

"아니네."

궁주 맹진은 고개를 저었다.

"내가 말하라고 한 것이지 않은가? 그리고 자네 덕분에 결심이 섰네."

그리고 바깥에 있던 무사를 불러들였다.

"지금 즉시, 소궁주를 들라 하라."

"네."

잠시 후.

소궁주 맹현이 집무실로 들어왔다.

"부르셨습니까? 아버지."

맹진은 자신의 아들을 가만히 바라보았다.

"현아."

"네, 아버지."

"몸은 좀 괜찮으냐?"

"아…… 네."

그리 대답은 했지만, 표정으로 다 보였다. 전혀 괜찮지 않음을.

실제로 지금 맹현은 온몸이 욱신거려서 죽을 맛이었다.

간밤에 은서호에게 맞은 건 기억나지만, 그 뒷일은 전혀 기억이 나지 않았다.

다만 깨어났을 때, 온몸에서 느껴지는 통증에 비명을 지를 뻔했고 자신이 졌다는 것도 깨달았다.

하지만 그는 여전히 자신의 패배를 인정하지 않았다.

'이건 전부 그 전날 밤 사다리에서 떨어졌기 때문이라고! 내가 몸만 멀쩡했어도.'

그렇게 속으로 투덜거리며 은서호를 욕하고 있는데, 청천벽력 같은 말이 들려왔다.

"내일, 회담에 참석할 필요는 없다."

"네? 그게 무슨 말씀이십니까?"

"오늘 이 시간부로, 너는 더 이상 본궁의 소궁주가 아니다."

"……네?"

맹현은 자신의 귀를 의심할 수밖에 없었다.

자신이 더 이상 소궁주가 아니라니!

이는 한 번도 생각해 보지 않은 청천벽력 같은 소리였다.

"아, 아버지! 저는 아버지의 장남입니다! 장남이 아버지의 뒤를 잇는 것은 당연한 일입니다. 그런데 갑자기 그게 무슨 말씀이십니까?"

"착각하지 마라. 본궁의 그 어느 기록에도 반드시 장남이 궁주를 이어받아야 한다는 법규는 없다."

"제가 이래로 소궁주의 자리에서 쫓겨나면, 이는 엄청난 망신입니다."

"본궁의 미래를 생각하면 차라리 지금 망신을 당하는

게 낫다."

"제가 망신이라고요!"

"……."

축융궁이 아닌 자신을 더 생각하는 발언에 궁주 맹진은 한숨을 내쉬며 눈을 질끈 감았다.

다시 눈을 뜬 그의 목소리에는 일말의 온기조차 사라져 있었다.

"이 결정은 번복되지 않는다."

궁주 맹진의 단호함에 맹현은 최후의 방법을 사용했다.

"아버지! 그러시다면 차라리 이 자리에서 저를 죽이십시오!"

"뭐라?"

"그냥 저를 죽이란 말입니다! 그냥 죽는 게 낫지 그 모욕을 어찌 견디란 말입니까?"

"후……."

맹진은 한숨을 내쉬었다.

"내가 너를 소궁주의 자리에서 폐하기로 한 결정이 옳았음을 다시 한번 깨닫는구나. 하마터면 이 축융궁을 말아먹을 뻔했어."

스릉.

맹진은 자리에서 일어나 검을 뽑아 맹현에게 다가갔다.

맹현은 그런 궁주의 모습에 뒷걸음질 쳤다.

"아, 아버지? 왜 그러십니까?"

"죽여 달라지 않았느냐? 네가 그리 말하는데, 아비가

되어 네 원을 들어주지 않을 수도 없으니……."

처음 느껴 보는 맹진의 진짜 살기에 맹현은 덜덜 떨었다.

"그래도 고통은 없이 보내 주마."

우웅-!

맹진의 검이 맹현을 향해 휘둘러졌다.

"흐익!"

그의 머리카락이 한가득 잘리며 바닥에 흩날렸다.

털썩.

그리고 맹현은 그 자리에 주저앉았다.

"왜? 죽여 달라면서?"

"죄, 죄송합니다! 제가, 제가 헛소리를 했습니다!"

"그게 바로 네가 소궁주의 자리에서 내려오는 이유다."

스릉, 탁!

맹진은 납검하며 차갑게 말했다.

"네 처소에서 자숙하고 있도록 해라."

"……."

"썩 물러가라."

맹현은 비틀거리며 집무실을 나갔다. 그 모습을 보며 궁주 맹진은 혀를 찼다.

"너무하시는 거 아닙니까?"

옆에서 조용히 그 모든 상황을 지켜보던 외총관 해달만의 우려에도 맹진은 고개를 절레절레 흔들었다.

"그릇이 안 된다면 하루라도 빨리 갈아 치워야지."

"그건 맞는 말입니다."

그가 고개를 주억이며 말을 이었다.

"그런데…… 은서호 소단주가 들어간 그 서관에 둘째 도련님이 항상 계시지 않습니까? 그걸 모르고 들여보낸 건 아니신 듯합니다만. 혹시, 뭔가를 기대하시는 겁니까?"

그 물음에 맹진이 고개를 끄덕였다.

"그 녀석에 대한, 은 소궁주의 평이 어떤지 궁금해서 말이지."

* * *

서고에 들어온 나는 서가를 둘러보다가 나 외의 존재가 있다는 것을 알아차렸다.

누구지?

조심스럽게 기운이 느껴지는 쪽으로 다가가 보자, 서가 옆의 벽에 기대어 서책을 읽고 있는 사람이 보였다.

저 사람은?

기억보다 앳된 얼굴이지만, 분명히 그 사람이다.

내 이전 삶에서 인연이 있던 사람.

그가 인기척을 느낀 것인지, 고개를 들어 나를 보았다.

"못 보던 분이군요. 이곳에 들어오신 것을 보니 아버지께 허락을 받으신 듯합니다만."

그의 정중한 말에 나는 포권하여 예를 갖추었다.

"처음 뵙겠습니다. 설풍궁의 소궁주 은서호라고 합니

다. 궁주님의 허락을 받아 잠시 이곳에서 자료를 찾고 있었습니다."

내 인사에 그는 고개를 주억였다.

"아, 설풍궁의 소궁주님이셨군요. 회담 때문에 오셨다고는 들었습니다."

그는 읽던 서책을 내려놓고 자신을 소개했다.

"제 이름은 맹천. 본궁의 궁주님의 둘째 아들입니다. 이렇게 만나 뵙게 되어 반갑습니다."

아…… 축융궁 궁주님의 둘째 아들이었구나.

여기서 이렇게 맹천 공자를 만난 건, 누군가의 의도일까? 아니면 우연일까?

그런 생각을 하며 맹천 공자를 살폈다.

차분한 표정과 명철함이 느껴지는 눈빛.

첫째인 맹현 공자와는 완전히 다르군.

외적인 부분은 물론, 눈빛과 목소리도 이전 삶에서 만났던 그와 똑같았다.

그때와 이름은 다르지만.

이전 삶에서, 대체 무슨 사정이 있었던 걸까?

어쨌든 이 시간에 여기 있을 정도면 이 서고를 잘 알고 있을 터, 도움을 좀 받아야겠군.

"혹시 이 서고에 대해 잘 아십니까?"

"자주 찾아오는 곳이기는 합니다."

"그렇군요. 그러면 도움을 좀 청해도 되겠습니까? 워낙에 자료들이 방대하여, 제가 원하는 자료를 어찌 찾아

또다시 마주하다 〈221〉

야 할지 막막하던 참이었습니다."

"그러셨군요. 어떤 자료를 찾으십니까?"

"도연문과 혈천문. 그 두 문파에 대한 자료를 찾고 있습니다."

내 대답에 그는 움찔했다.

"왜 그러십니까?"

"아무것도 아닙니다. 단지, 예상하지 못했던 자료들을 찾으신다고 하여 조금 놀랐을 뿐입니다."

하긴 놀랄 만도 하지.

이 서고에 자주 드나들 정도면 그 둘이 어떤 곳인지는 알고 있을 테니까.

"그 자료들이라면 저쪽에 있을 겁니다."

그는 앞장서서 나를 안내했다.

그러면서 가는 길에 작은 수레를 하나 찾아서 끌고 갔다.

"수레는 왜 챙기십니까?"

"아. 서책들이 많아서요."

"걱정 마십시오. 다 들고 갈 수 있습니다."

"물론 드실 수는 있겠죠. 하지만 그러면 서책이 망가집니다. 이곳의 서책들은 귀중한 것들이니 소중하게 다루어야 합니다."

"그렇군요."

나는 얼른 고개를 끄덕였다.

확실히, 서책을 품에 안아 들면 서책이 망가지기 쉬워

지지.

맹천 공자는 서가를 쭉 살펴보며 서책을 하나하나 꺼내 수레에 담았다.

"다 담은 것 같습니다."

"이 서가의 책들을 다 읽으신 모양이군요."

나는 감탄할 수밖에 없었다.

반 시진도 안 된 사이에 내가 원하는 서책들을 골라 줄 줄이야.

"변변찮은 재주입니다. 그 서책들을 살펴보시면 원하시는 자료를 찾을 수 있을 겁니다."

"도움을 주셔서 감사합니다."

"별말씀을요. 편히 살펴보다 가십시오. 그럼 저는 이만."

도와주기는 했지만 방해를 받고 싶지는 않다는 듯, 그는 다시 원래 있던 자리로 향했다.

나는 그런 그의 뒷모습을 조용히 바라보았다.

그의 뒷모습과 내 이전 삶에서 보았던 그의 모습이 겹쳐 보이는 듯했다.

이전 삶에서 만난 그는 낭인이었다.

낭인들을 고용할 일이 생겨서 그를 만났다.

하지만 낭인이라고 하기에는 아는 것이 많았고, 행동거지에서도 기품이 느껴졌다.

그리고 그와 일을 하면서 그의 현명함과 박식함에 반해

은해상단의 직원으로 일해 줄 것을 요청했다.
 그는 처음에는 거절했지만, 내 끈질긴 설득에 넘어갔다.
 그는 금세 두각을 드러냈고, 특히 사탕 매매에서 그의 전략 덕분에 독보적인 위치에 설 수 있었지.
 그런데 그가 축융궁 궁주의 둘째 아들이었다고?
 아무튼, 덕분에 그에 대한 의문 하나를 풀 수 있었다.
 왜 그가 운남에서의 상행을 단호히 거절했는지.
 당시 그가 운남 사람이라는 것을 알게 되었을 때, 그에게 운남에서의 상행을 부탁한 적이 있었다.

 "저는 운남으로 가지 않을 것입니다. 만약 저를 운남으로 보내신다면 차라리 제가 사표를 내겠습니다."

 하여 그를 운남이 아닌 사탕의 산지인 광서성으로 보낼 수밖에 없었지.
 아마 그가 운남으로의 상행을 거절한 이유는 맹현 소궁주 때문일 거다.
 내가 본 그자는 결코 자신에게 밉보인 자를 가만히 둘 인물이 아니다.
 아마 맹천 공자는 밉보여서 추방당했고, 운남으로 돌아오면 목숨을 위협받거나 했겠지.
 참 안타까운 일이지.
 하지만 그건 나중의 일이니 우선은 이 자료들을 살피는

게 급하다.

나는 서탁 앞에 앉았다.
서탁은 서고라는 특성 때문인지, 보면대가 설치되어 있어서 서책을 편히 볼 수 있었다.
나는 서책들을 빠르게 살펴보기 시작했다.

[도연문주의 청에 의해 본궁은 그를 본궁의 소속으로 받아들이기로 했다.]

이게 도견문에 더한 기록의 시작인가?
나는 쭈욱 기록을 살폈다.
그리 특별할 것 없는 기록들이다. 그러나 문득 마음에 걸리는 기록이 있었다.

[도연문에 다녀은 자의 말에 의하면 도연문에서 우릐 쪽 일행을 대하는 태도가 석연치 않다고 한다. 우리가 아닌 다른 동아줄을 잡은 듯하다는 보고였다.
그리 보고한 자는 제법 눈치가 빠른 자였으니, 제법 신뢰할 만한 내용이다.
그리고 그들은 그곳에서 낯선 자를 보았다고 한다.
이에 대해 궁주님께 보고를 드렸고, 우선 지켜보기로 했다.]

낯선 자라고?
이 기록은 이십여 년 전의 기록이다.
물론 어제 본 것처럼 궁주의 기록은 아니고, 전대 외총관의 기록이다.
지금 내가 들어와 있는 곳은 어제 갔던 곳이 아니니까.
하지만 상관없다.
이런 일들은 궁주가 아니라 그 아래 사람들의 기록이 더 자세하고 정확할 때가 많으니까.

[그 무사의 말에 의하면 그 낯선 자에게서는 왠지 알 수 없지만 피 냄새가 나는 듯했다고 수하가 보고했다.]

피 냄새라고?

[결국 예상했던 대로 도연문이 독립을 선언했다. 이에 우리는 넌지시 물어봤다. 어디 좋은 뒷배라도 얻은 것이냐고?
이에 도연문의 무사가 말하기를 이제 도연문은 변방의 무가에서 벗어나 중원의 문파가 될 것이라고 말했다.
중원의 문파?
헛꿈 꾸고 있군.
중원의 문파들이 얼마나 치졸하고 자기들끼리 똘똘 뭉쳐 있는 곳인데.
잘도 자신들의 영역에 끼워 주겠군.

끼워 준다고 해도 이용하다가 버릴 것이 분명한데.
그러나 독립을 선언한 자들을 그렇게까지 챙겨 줄 의리는 없다.
하지만 짜증 나는 건 어쩔 수가 없다.
독립하려면 애초에 들어오지 말 것이지, 본궁의 단물만 쪽쪽 빨아먹고…….]

나는 피식 웃었다.
이 기록을 남긴 전대 외총관이 제법 열 받았나 보네.
이후는 도연문에 대한 비난이 가득했다.
방금 읽은 내용 중에서 또 걸리는 게 있었다.
도연문이 축융궁을 버리고 다른 곳과 손을 잡은 이유가 새외에서 벗어나 중앙으로 진출하기 위해서라고 했다.
하지만 그러려면 제국에서도 끗발 있는 세력과 손을 잡아야 했다.
그들도 나름 정파라는 자부심이 있는 이들이니 흑도와 손을 잡지는 않았을 터.
오히려 변방의 군파일수록 그런 자존심이 더욱 강하다.
지리적 특성 때문에 좀 더 실용적인 법도와 규율을 가지고 있을 뿐.
그건 그만큼 주변 환경이 개판이라는 의미겠지만.
그리고 도연문이 축융궁의 울타리에서 벗어나겠다고 할 정도면 무림에서도 제법 명성이 높거나 세력이 큰 이들일 터.

또 하나 걸리는 것이 있었으니, 도연문과 연결고리가 되었던 자에게서 피 냄새가 나는 것 같다는 기록이다.

나는 다른 서책을 꺼냈다.

그 서책에는 도연문의 멸문에 대해 나와 있었다.

[뭔가 기분이 이상했다. 내가 남겨 둔 아끼는 당과를 누가 몰래 먹어치운 듯한 더러운 기분이랄까?

왜 그런 기분을 느꼈는지 알게 된 건 다음 날 새벽이었다.

도연문에서 한 무사가 왔다는 보고에 급히 일어나 나가 보니 온몸이 피투성이에 머리는 산발인 무사가 부복해 있었다.

그리고 도연문을 구해 달라고 간청했다.

누군가의 습격으로 인해 도연문이 절체절명의 위기라고 했다.

그래서 물었다.

자네들을 비호해 주던 자들에게도 도움을 요청했냐고.

그 무사가 비통한 표정으로 답했다.

사흘 전부터 갑자기 연락이 끊겼다고 한다.

에휴.

이 멍청한 작자들아.

내가 뭐랬어? 중원 것들을 믿는 게 아니라고 했잖아.

아무튼, 궁주님께 보고를 드리고 나는 즉시 제자들을 이끌고 도연문으로 향했다.

하지만 너무 늦었다. 남아 있는 건 그 무엇도 없었다.]

이 기록들은 한 가지를 의미했다.
도연문의 멸문은 이미 오래전부터 철저히 계획되었다는 것.

[도연문을 노린 자들이 궁극적으로는 우리를 노릴 수도 있다고 여기신 궁주님께서는 도연문을 멸문시킨 흉수를 찾으라 명하셨다.
이에 우리는 운남성 곳곳에 제자들을 파견해 조사를 시작했다.
끈질긴 조사 끝에 그 흉수를 알아냈다.
혈천문
약 오 년 전에 갑자기 등장해 자리를 잡은 흑도들이다.
그동안 별문제 없이 얌전하게 지내고 있어서 그다지 신경 쓰지 않았는데 이런 문제를 일으키다니.
이에 대해 궁주님께 보고를 드린 후 우리는 그들에게 항의하기 위해 혈천문을 찾았다.
하지만 그들은 도연문이 자신들을 향해 먼저 검을 겨누었다면서 정당방위를 주장했다.
그들과 이야기를 하면서 나는 묘한 느낌을 받았다.
보통의 흑도와 달리 돈이나 힘에 의한 질서가 아닌 다른 뭔가에 의한 질서로 보였다.
게다가 그들을 만나면서 잠시 혈향을 느꼈는데, 이내

그 혈향이 사라졌었다.
 참 묘한 곳도 다 있다.]

 나는 입술을 깨물었다.
 나는 피 냄새라는 기록에 주목했다.
 도연문에 갔던 자 역시 피 냄새를 느꼈다고 했다.
 북해빙궁이나 축융궁 모두 자연에 가까운 무공을 사용한다.
 그런 만큼 불길한 것이나 자연의 비틀림에 대한 감이 비상했다.
 그렇기에 두 세력이 허튼 길로 가지 않고 정도를 걷는 것일지도 몰랐다.
 나 역시 지금까지 몇 번이나 피비린내 섞인 흑도의 기운을 느낀 적이 있었다.
 그리고 사부님께서는 혈교도에게서 피비린내가 난다고 하셨지.
 그렇다면 도연문과 혈천문의 일에 혈교도가 개입되어 있다는 건데?
 도연문에서는 대체 왜 자신들의 새로운 뒷배가 중원의 정파 세력이라고 생각했을까?
 그럼 혈교에서 도연문을 조종하여 설풍궁에 변고를 일으킨 후 혈천문을 세워 자신들이 이용한 도연문을 지워 버렸다는 건가?
 하지만 이내 한숨을 내쉴 수밖에 없었다.

문제는 '왜?'이다.

저들은 대체 왜 설풍궁을 그렇게도 철저하게 멸문시켜야 했을까?

그리고 또 다른 문제가 있다.

그건 바로 '어떻게'이다.

멸문당한 것으로 알려졌고, 기껏해야 명맥만 유지하고 있을 그들이 혈천군을 세우는 건 물론이고 설풍궁을 멸문시키는 것은 불가능한 일이니까.

후, 아직 갈 길이 멀군.

그래도 괜찮다.

이 정도면 제법 닳은 것을 알아낸 것이니까.

.

.

.

딸랑, 딸랑.

종소리가 들렸다.

점심을 먹으라는 신호군.

자리에서 일어나 서고 밖으로 나가자, 아까 봤던 탁자 위에 간단한 식사가 차려져 있었다.

축융궁 제자가 정중히 고개를 숙이며 말했다.

"장소가 장소인 만큼 식사가 간소합니다. 양해 부탁드립니다."

하긴 이런 곳에 국물이나 면 요리 같은 것을 가져오긴 좀 그렇겠지.

탁자 위에 차려진 것은 차와 만두.

어차피 미식을 즐기러 온 것도 아니니 이 정도면 충분하지.

나는 웃으며 말했다.

"저도 서책들이 보관된 곳에서 한 상 차려놓고 먹고 싶지는 않습니다. 이 정도면 충분합니다."

"양해해 주셔서 정말 감사합니다."

그리고 만두는 보통 점심으로 많이 먹는 음식.

점심을 먹지 못하는 이들이 태반이다. 점심을 먹는다는 것만으로도 부유하다는 의미지.

"아, 바깥에 있는 제 호위무사들은 식사를 했습니까?"

"식사를 하지 않으신 것으로 압니다."

"그들에게도 식사를 좀 챙겨 주세요."

"알겠습니다."

"그리고 계속 서 있을 것 같은데, 앉아 있으라고 의자도 좀 가져다주시고요."

"네."

나는 얼른 만두를 해치우고 다시 서고로 들어갔다.

아직 읽어야 할 서책이 많으니까.

.
.
.

해가 지고서야 맹천 공자가 골라 준 서책을 간신히 다 읽을 수 있었다.

후, 힘들었다.

나는 기지개를 켜며 자리에서 일어났다.

이제 슬슬 돌아가야지.

내일이 회담이니 밤을 샐 수는 없다.

그 전에 내가 본 서책들을 제자리에 돌려 놓고 가야겠지.

혹시 맹천 공자에게 도움을 받을 수 있지 않을까 했지만, 이미 돌아간 후였다.

할 수 없지.

다행히 서책들의 원래 위치는 다 기억하고 있다.

내 자랑 같지만, 내가 제법 기억력이 좋거든.

그렇게 수레를 끌고 다니며 서책들을 하나하나 제자리에 돌려놓았다.

그때였다.

"음?"

내 시선을 잡아끄는 서책이 있었다.

[축융궁 엿 먹이는 아홉 가지 방법]

음? 이런 서책이 왜 서고에 있는 거야?

축융궁 사람들이 봤다면 당장에 폐기했을 정도로 노골적인 제목이다.

하지만 북해빙궁과 관계가 깊은 쪽으로서 이 서책을 보지 않을 수는 없지.

또다시 마주하다 〈233〉

나는 좌우를 살핀 후 그 서책을 뽑아 들었다.
그리고 그 서책을 펼쳤다.
"윽!"
그런데 그 서책이 갑자기 내 기운을 강제로 흡수하기 시작했다.
마서인가?
마서가 틀림없다.
그렇지 않고서야, 강제로 누군가의 기운을 흡수할 리가 없잖아!
그래서 즉시 그 서책을 손에서 떼려고 했는데…….

[오랜만이구나. 연자여]

서책에 떠오르는 글자.
그와 동시에 내 시야가 바뀌었다.

.

.

.

"오랜만이구나."
낯익은 목소리에 고개를 들어 보았다. 조사님이 그런 나를 내려다보고 계셨다.
"조사님?"
"그래. 나다."
나는 머리를 긁적이며 자리에서 일어났다.

"저 분명 축융궁의 서고에 있었습니다. 그런데 그곳에도 안배를 마련해 놓으신 거였습니까?"

"내 유지를 이어받은 연자라면, 분명 그곳에도 갈 것 같아서 말이지."

"그래도 그렇지, '축융궁 엿 먹이는 아홉 가지 방법'이라니! 그거 다른 이들이 봤으면 당장 폐기되었을 겁니다."

"그래도 네 호기심은 확 끌었잖느냐?"

"그, 그건 그렇죠."

그건 부인할 수 없었다.

"그리고 걱정할 것 없다. 그거 다른 이들에겐 다른 글자로 보인다."

"네?"

"분명 고대어에 대한 고찰을 통한 축융궁의 역사와 전통의 발전을 위한…… 뭐였더라?"

"절대 손대지 않을 서책 제목이네요."

"흐흐흐. 그렇지?"

아직까지 남아 있던 이유가 있었다.

나는 조사님에게 말했다.

"그나저나 서책이 갑자기 제 기운을 흡수해서 깜짝 놀랐습니다."

"너도 알다시피 축융궁 놈들이 좀 예민해야지."

하긴 그러니까 도연문과 혈천문에서 혈향을 느낀 거겠지.

"그렇기에 그 서책에 내 기운을 담아 놓을 수는 없었

다. 서책에 한기가 담겨 있으면 수상하게 여길 테니까."

"그래서 제 내공을 흡수하여 이 안배를 발동시킨 겁니까?"

"그런 거지."

나는 고개를 주억였다. 거기에 대해서는 알겠다.

"그런데 이번에는 왜 저를 부르신 겁니까?"

조사님의 안배를 통해 진설십이식검법의 진의를 익혔고, 빙해동화심법과 빙해수절공 역시 제대로 익혔다.

그리고 극음혼빙투도 배웠고.

솔직히 이 정도면 다 배운 것 같은데…… 아직도 배울 것이 있나?

"서책의 제목으로 말하지 않았느냐?"

"네?"

"축융궁 엿 먹이는 방법을 알려 주려고 불렀지."

조사님의 목소리에 담긴 감정은 분명 적개심 같은데.

하지만 적개심이라기에는 좀 약한 것이…… 경계심인가?

"저…… 조사님, 혹시 조사님께서 계실 적에는 빙열회담이 없었습니까?"

"있었지. 그러니까 내가 이곳에 안배를 남긴 거 아니겠느냐?"

"그, 그렇긴 하죠."

"애초에 그 빙열회담을 만든 게 나다."

그건 몰랐다. 빙해린 소궁주도 이에 대해서는 말해 주

지 않았거든.

"축융궁 궁주 자식이 자꾸 까불기에 내가 한 대 패주고 강제로 회담을 하게 했지."

과연 정갈 한 대만 패셨을까?

곤죽이 되도록 패셨겠지.

그러니까 그렇게 서로 상극이고 싫어하는 사이가 휴전을 했겠지.

"자꾸 옆에서 찝쩍거리는 거 처리해야 하는데 귀찮게 하지 않느냐?"

"……네. 그러면 승질 나죠."

"하지만 그렇게 휴전을 하고 주기적으로 회담을 한다고 해도 언제 사이가 틀어질지는 알 수 없지. 하여 이런 안배를 마련한 것이다."

"축융궁이 딴 마음먹지 않도록 하라는 말씀이십니까?"

"단지 축융궁뿐일까?"

"네?"

"빙궁 역시 딴마음을 먹을 수 있지. 이제야 말하지만 빙궁의 궁주도 그들과 휴전을 하기 싫다고 해서 그거 들래느라 힘들었다."

"빙궁의 궁주님은 좋게 좋게 잘 달래셨군요."

그래도 친우 사이니 달래기도 하고. 나름 다정한 분이구나 했다.

하지만 내 생각은 조사님의 말에 그대로 깨져 버렸다.

"그럴 리가. 말 안 들으면 죽인다고 했다."

"……."

그 말에 말문이 막히고 말았다.

"험험, 뭐, 그렇기에 설풍궁의 역할이 중요한 것이다."

즉, 두 세력 모두 딴마음을 먹고 쓸데없는 분쟁을 일으키지 않도록 하라는 거다.

"그래서 이번에 네게 알려 줄 것은 극빙검이라는 무공이다."

"네? 극빙검이라는 건 처음 들어봅니다."

"그래? 역시나! 이리 안배를 남겨 다행이구나! 설풍궁의 절기 중 절기가 사라질 뻔했군."

"그렇습니까?"

나는 고개를 갸웃했다.

"절기 중의 절기는 설혼검법이 아닙니까?"

"설혼검법?"

조사님의 반문에 나는 조심스럽게 설명했다.

"네. 설혼검법은 제가 알기로 소궁주와 궁주만이 익히는 검법이라고……."

나는 내가 알고 있는 설혼검법에 대해서 설명했다.

어떤 환경에서도 최상의 실력을 발휘하여 검법을 펼칠 수 있으며, 특히 눈이 올 때는 엄청난 위력을 발휘하는 검법이라고.

내 설명에 조사님은 고개를 끄덕이셨다.

"아, 그거라면 나도 알고 있다. 궁주와 소궁주만 익히는 검법은 아니었지만."

역시 그랬군.

"궁주와 소궁주만 익히도록 했을 정도로 뛰어나지만, 솔직히 난해하기도 하지. 하여 그걸 제대로 쓰기 위해서는 단순히 훈련만으로 되는 것이 아니다."

"그렇습니까?"

나는 그동안 해 왔던 수련에 대해서 말했다.

나는 그간의 수련에 대해 설명했다.

비가 올 때 빗속에서 수련한다든가, 늪처럼 만든 통 안에 들어가 수련한다든가…….

내 눈물겨운 수련기를 들으신 조사님이 씩 웃으셨다.

"제대로 수련하는구나."

"네?"

그, 그게 진짜 제대로 된 수련법이었다니!

"하지만 그리 수련해서 설혼검을 쓴다고 해도 반쪽짜리에 불과하지. 그리고 이런 말을 하면 네가 이상하게 생각하겠지만……."

조사님이 말을 이으셨다.

"사실 설혼검법은 검법이 아니다."

"네?"

검법이 아니라니? 그게 무슨 소리지?

"형과 식에 갇힌 검이 아니니 말이지. 아마 그걸 깨닫는 건 먼 훗날이 될 거다."

아, 그래서 초식이 하나뿐이었던 건가.

"음, 내가 이에 대한 안배도 마련해 놓았으니 언젠가

이를 마주하겠지."
 조사님의 말이 이어졌다.
"또한, 지금 내가 알려 줄 극빙검을 익힌다면 그에 한 발 더 다가갈 수 있을 거다."
 안배에 순서가 있다는 건가?
"알겠습니다. 가르침을 경청하겠습니다."
"좋은 자세다."
 조사님께서는 진지한 눈으로 나에게 말씀하셨다.
"얘야, 너는 축융궁을 누르기 위해서 어찌해야 한다고 생각하느냐?"
 음?
 방금 나를 얘라고 부르신 건가?
 호칭이 바뀌었…….
"대답이 느리구나."
"아! 송구합니다. 생각을 좀 하느라 늦었습니다. 제 생각에는 더 강력한 한기가 있어야 한다고 생각합니다."
"틀렸다."
"아닙니까?"
"그래, 아니다. 불을 누르는 가장 좋은 방법은 바로 더 강력한 불이다."
 나는 의아할 수밖에 없었다.
 더 강력한 불이라니?
"하지만 조사님. 저희 설풍궁의 무공들은 한기를 기반으로 합니다. 그런데 강력한 불이라니요? 그건 화공을 익혀야 하는 거 아닙니까?"

"아니다. 우리 설풍궁의 무공으로도 충분히 화공을 쓸 수 있다."

조사님이 손을 뻗으셨다.

내 허리의 은무검은 어느새 조사님의 손에 있었다.

조사님께서 진기를 모으시자, 주변에서 기의 여파가 일어났다.

그리고 은무검이 발광했다.

그런데 백색의 빛이 점차 푸르게 변했다.

"검날을 만져 보아라."

이에 나는 조심스레 검날에 손을 톡 하고 대어 보았다.

"앗! 뜨거!"

나는 얼른 손을 떼며 외쳤다. 그리고 두 눈을 깜박였다.

어라? 당금 내가 뜨겁다고…….

"뜨겁지?"

"네. 뜨거웠습니다."

"이렇게 한기에 한기를 더하고 또 더해서 극음까지 끌어내렸을 때 오히려 뜨거움을 느끼게 된다. 정확히는 동상이지만 그 동상이 심해지니 화상이라고 느끼는 거지."

"그렇군요."

"그리고 불의 성질 역시 뜨거움이다. 즉, 뜨거움에 뜨거움으로 승부하는 것이지."

"즉, 심상이라는 겁니까?"

"그런 거지!"

내 말에 조사님은 흡족해하셨다.

"하지만 이는 빙검이기에 그 자체로 축융궁의 화공에 대한 방책이 되기도 하지."

"그러니까 앞에서 치고 뒤에서 깐다는 거군요."

내 요약에 조사님이 고개를 끄덕였다.

"그리고 이는 빙궁의 사람을 상대할 때에도 큰 도움이 될 것이다."

확실히…… 그렇겠군.

내가 볼 때 설풍궁의 무공이 뛰어나긴 해도 북해빙궁만큼은 아니었다.

그런데 두 궁의 관계가 대등하다고 해서 왜인가 했더니…… 이유가 있었다.

"시간 없다. 검을 들어라."

어느새 은무검은 내게 돌아와 있었다.

스릉.

나는 검을 빼어 들었다.

그나저나 이번에는 대체 얼마나 걸리려나?

벌써부터 막막해지는 건…… 이번 수련도 길고 고될 게 예상되기 때문이겠지.

아, 왜 눈물이 나지?

.

.

.

나는 눈을 떴다.

내 시야에 보이는 건 책이 빽빽하게 꽂혀 있는 서가.

돌아왔구나.

나는 손을 내려다보았다.

아까의 그 서책은 사라지고 없었다.

극빙견을 익히기 위해 수없이 데인…… 얼음에 덴다는 말이 이상하긴 하지만.

아무튼, 수없이 덴 곳은 아주 멀쩡했다.

찢긴 옷도 멀쩡했고.

하긴…… 내 몸이 안배의 장소로 가는 게 아니라 내 영혼이 가는 것이니까.

생각은 했지만, 이번에도 진짜 힘들었다.

내 체감상 거의 삼 년은 걸린 것 같은데?

내가 길고 고된 수련으로 투덜거리자, 조사님께서 '그럼 이 절기를 고작 세 시진 안에 배울 수 있을 것이라고 생각했느냐?'라고 일갈하셨었지.

후…….

나는 가볍게 한숨을 내쉬며 주저앉았다.

그나저나 조사님의 안배를 통해 무언가를 배우면 꼭 쓸 일이 생기던데…….

설마?

아냐, 침착하자. 아무 일도 없을 거야.

그렇게 마음을 진정시키고 서책을 정리한 후 서고를 나왔다.

피곤한 몸을 이끌고 나오자, 의자에 앉아 있던 여응암 무사와 창운 무사가 얼른 일어나 나를 맞이했다.

삼 년 만에 보는 얼굴이 무척 반가웠다.

두 무사는 이 마음을 모르겠지만.

"나오셨습니까?"

"네. 이제 돌아갑시다."

나는 처소로 돌아가 간단히 저녁을 먹었다.

"오늘 성과는 좀 있으셨나요?"

빙해린 소궁주의 말에 나는 고개를 끄덕였다.

"네. 나름 의미 있는 날이었습니다."

나는 말을 이었다.

"내일이 회담인데, 개인적인 사정 때문에 자리를 비워서 송구합니다."

"개인의 일이라니요."

빙해린 소궁주가 고개를 부드럽게 저었다.

"정말 개인의 일이었다면, 은 소궁주가 하루 종일 자리를 비우지 않았겠지요. 아닌가요?"

"……."

쓸데없이 예리하네.

나는 피식 웃으며 화제를 돌렸다.

"그럼 이제 회담에 관해 이야기를 나눌까요?"

"네."

그때 저녁을 먹고 있던 서향 소저의 눈빛이 멍해졌다.

저건?

잠시 기다리자 다시 눈빛이 원래대로 돌아온 그녀가 나를 보며 말했다.

"저기…… 하나 말씀드려야 할 게 있는데요."

.

.

.

다음 날 아침.

식사를 한 후 회담을 위해 예복을 입었다.

북해빙궁에서 맞춰 준 옷인데, 하얀 비단에 은실로 화려한 자수를 한 옷이다.

북해빙궁 소속임을 확실하게 드러내기 위함이기도 하고, 회담에 걸맞은 품위를 유지하기 위해 이런 옷을 입는 것이다.

예복을 입고 나오자, 팔갑이 감탄했다.

"와우! 역시 우리 도련님! 신수가 훤하시니 옷도 빛이 납니다요."

"내가 좀 잘생기긴 했지."

내 말에 팔갑이 정색했다.

"도련님, 제가 칭찬할 땐 그냥 가만히 있는 겁니다요."

나, 왜 혼나는 거지?

나는 뺨을 긁적이고는 처소를 나섰다.

반각 정도 마당에서 기다리고 있자 빙해린 소궁주가 나왔다.

백색의 예복을 입은 그녀 역시 아름다웠다.

또다시 마주하다 〈245〉

"갑시다."

"네."

우리는 마중 나온 이들의 뒤를 따라 회담장으로 향했다.

그리고 마련된 의자에 앉았다.

잠시 후 문이 열리고 축융궁 궁주님이 들어오셨다.

"미안하게 되었네. 사실 본궁의 소궁주에게 일이 생겨서 이 자리에 참석하지 못하게 되었네. 하여 내가 대신 참석하게 되었네."

그러나 나와 빙해린 소궁주는 당황하지 않았다.

어젯밤, 서향 소저가 이에 대해 미리 말해 주었으니까. 그리고 서향 소저가 말해 준 한 가지가 또 있었다.

그건…….

아…… 지금 오고 있군.

내가 알아차린 것을 축융궁 궁주님께서도 알아차리셨는지 미간에 주름이 생기셨다.

"잠시, 실례하겠네."

그리고 자리에서 일어난 그 순간 밖에서 들려오는 목소리.

"아버지! 저는 이 시간 부로 더 이상 축융궁의 사람으로 살지 않겠습니다!"

이에 축융궁 궁주님은 문을 열고 나가셨고, 우리 역시 그를 따라 나갔다.

마당에는 맹현 소궁주가 서서 회담장을 향해 외치고 있

었다.

"아버지께서 제 소궁주 자격을 박탈하셨지만, 착각하지 마십시오! 저는 제 발로 나가는 겁니다."

후…….

서향 소저에게 들었을 땐 그러려니 했는데, 막상 내 귀로 들으니 어처구니가 없네.

끝까지 자존심은 버리지 못하는구나…….

힐끔 축융궁 궁주님을 보니, 손으로 이마를 짚은 채 한숨을 내수고 계셨다.

축융궁 궁주님의 깊은 빡침이 느껴졌다.

그나저나 맹현 공자에게서 흑도의 기운이 느껴지는군.

이미 흑도의 이들과 접촉했다는 의미다.

그러니까 저렇게 당당하게 나오는 거겠지.

축융궁의 소궁주가 흑도라…….

거참, 볼만하겠군.

흑도의 기운에 북해빙궁만큼이나 민감한 곳이 축융궁이다.

그럼에도 거부감을 느끼지 못했다는 건 이미 정상이 아니라는 뜻.

그건 그렇고, 일단 저자를 처리해야 한다.

축융궁도 걱정이지만, 내 안위와 직결될 수 있는 문제다.

내가 설풍궁의 소궁주로서 이 회담에 참여한 것은 이곳이 폐쇄적인 곳이기 때문이다.

내가 어제 서고 안에 들어가 있을 때 흑도와 접촉한 것 같은데.

시간상 아직은 많은 것을 말하지 못했을 거다.

그는 내가 선협미랑이라는 것도, 은해상단 사람이라는 것을 전혀 모르는 눈치였다.

그건 다행이군.

나는 그에게 물었다.

"그래서, 흑도의 이들이 무엇을 제시했습니까?"

"……!"

"빙해린 소궁주를 반려로 맞이할 수 있게 해 준다고 했나 봅니다? 아니면 축융궁의 궁주 자리를 준다고 했습니까?"

"…….''

그의 눈동자가 부릅떠졌다.

"대충 던져 봤는데, 맞나 보네요."

그 모습에 축융궁의 궁주님은 분노를 터뜨리셨다.

"이노오오옴! 네가 지금 제정신이냐? 감히! 갈 곳이 없어서 흑도에 몸을 의탁하려 해?"

그럼에도 맹현 공자는 코웃음을 치며 반발했다.

"하! 아버지가 버린 자식입니다! 그런 제가 어딜 가든 아버지께서 무슨 상관이십니까?"

와…….

싸가지 물 말아 먹었네.

화르륵!

축융궁 궁주님의 몸에서 불꽃이 피어올랐다. 그만큼 단단히 화가 나셨다는 의미겠지.

에휴, 저 새끼 저거…….

반은 죽도록 맞겠네.

그런데 과연 그걸 저자가 모를까?

그럼에도 저러는 건 뭔가 믿는 것이 있다는 의미다.

"그리고 아버지. 의탁하려 한 것이 아니라 이미 의탁했습니다."

그때였다.

"우와아악!"

"막아라! 적이다."

멀리서 들려오는 소리에 궁주님은 이를 악무셨다.

"이 자식이!"

역시…… 흑도 무리들의 습격이 시작된 모양이다.

맹현 공자가 믿는 구석이 이거겠지.

사실 서향 소저가 이에 대해서 말했을 때는 이를 막고 싶었다.

하지만 그녀가 말했다.

그들이 쳐들어오게 하는 것이 미래를 생각했을 때 훨씬 나은 결정이라고.

그리고 모두 잘 해결되니 걱정하지 말라고.

그래도 다음 놓고 있을 수는 없다.

미래라는 건 언제든지 바뀔 수 있는 거라서 말이지.

그래서 빙해린 소궁주를 통해 북해빙궁의 정예들에게

싸울 준비를 하게 했다.

하지만…… 그래도 의문은 남았다.

맹현 소궁주는 빙열회담을 위해 북해빙궁의 정예들이 이곳에 와 있다는 것을 알고 있다.

그리고 그에 대한 정보도 흑도의 무리에게 말했을 터.

그런데도 이렇게 습격을 감행한다고?

이거 분명 뭔가 더 있다.

그때 맹현 공자에게서 강대한 기운이 흘러나오기 시작했다.

이를 축융궁의 궁주님이 알아차리지 못할 리가 없지.

"너! 대체 무슨 짓을 한 것이냐?"

"아, 이거 말입니까? 저와 손잡기로 한 자들이 아주 좋은 선물을 주더군요. 단번에 화경의 고수로 만들어 주는 영약입니다."

절정 고수를 단번에 화경의 고수로 만들어 주는 영약이라고?

그런 영약이 없는 건 아니다.

기연을 접한다면 말이지.

하지만 그런 기연을 통해 얻은 영약으로 경지가 올라간다면 그 기운은 맑디맑다.

저렇게 역겨운 기운이 아니라!

즉, 흑도의 이들이 해서는 안 될 짓으로 만든 영약을 먹었다는 의미다.

그리고 나는 그런 영약에 대해 알고 있다.

그중 가장 효과가 좋은 게 있지.

그게 벌써 나오다니?

이전 삶에서는 몇 년 후에 등장했었는데?

당시 흑도 문파 하나가 운남과 귀주와 광서 쪽을 중심으로 악명을 떨친 적이 있었다.

그들이 만들어 낸 영약 덕분인데, 그 이름은 극무각환(極武覺丸)이다.

"으아악!"

"미, 밀리고 있어!"

"막아! 막으라고!"

들려오는 소리를 보니 우리 쪽 전황이 좋지 않은 듯했다.

극무각환을 복용시킨 자들이 저기도 있나 보군.

만들기가 쉽지 않다 보니 몇몇만 복용시킨 듯했다.

그때 축융궁의 제자 하나가 달려왔다.

"궁주님! 전황이 좋지 않습니다. 습격자들 중에 초절정 이상의 고수들이 여럿 있습니다!"

이에 축융궁 궁주님께서 갈등하는 것이 보였다. 축융궁과 아들…….

둘 다 쉽게 포기할 수 없는 것이니까.

그 아들이 비록 망나니에 엇나간다고 해도 말이지.

그러니까…….

"궁주님, 저 망나니 자식은 제가 맡겠습니다."

"그게 무슨 소리인가?"

또다시 마주하다 〈251〉

"저곳에는 지금 궁주님이 필요합니다. 이대로 축융궁이 무너지게 놔두실 겁니까?"

"……."

"저 자식은 제가 두들겨 패서라도 정신 차리게 하겠습니다. 그러니 어서 가 보십시오."

"크윽!"

축융궁 궁주님은 주먹을 꽉 쥐고는 말씀하셨다.

"염치가 없지만, 부탁하네."

"걱정 마십시오. 최선을 다해서 두들겨 패 놓죠."

그리고 고개를 돌려 빙해린 소궁주를 보았다.

"소궁주님도 빙궁의 무사들과 같이하십시오."

"정말 그대 혼자 이곳에 두고 가도 되는 겁니까?"

"네."

나는 자신 있게 고개를 끄덕였다.

"……."

빙해린 소궁주는 잠시 나를 바라보다가 한숨을 내쉬며 고개를 끄덕였다.

"알겠습니다. 부디 몸 조심하십시오."

"제 걱정은 하지 마시고 두 분 모두 얼른 가 보십시오."

"부탁하네."

"죽지 마십시오."

두 사람은 내게 당부의 말을 남기고는 다급히 자리를 벗어났다.

그리고 내가 있는 곳으로 달려온 호위무사들과 팔갑에

게 말했다.

"서우 구사님께서는 서향 소저를 지켜 주십시오. 그리고 다른 분들은 이곳에서 조금 떨어져 주십시오."

"주군!"

"이건 명령입니다. 반론은 듣지 않습니다."

내가 그리 명한 데는 몇 가지 이유가 있다.

첫째로, 화경의 고수는 다 대 일로 상대하는 것이 오히려 힘들기 때문이다.

동료들이 오히려 방해되지.

그러니 나 혼자 싸우는 게 낫다.

둘째로, 나에게는 저자를 깨부술 방법이 있다.

문제는 주변에 미치는 여파가 제법 크다는 거지.

"하긴, 대책이 없으면 가장 먼저 도망치실 분이긴 하시죠."

팔갑이 가장 먼저 움직였다.

역시 팔갑이야. 나를 너무 잘 안단 말이지.

그제야 다른 호위구사들도 팔갑을 따라 움직였다.

나는 고개를 돌려 맹현 공자를 보며 말했다.

"저희 둘만 남았네요."

"훗! 상관없다! 네놈을 죽인 후 마저 처리하면 되는 일이니까."

스릉.

나는 검을 뽑으며 말했다.

"하지만 그 전에 저를 꺾을 수 있을지부터 생각하는 게

또다시 마주하다 〈253〉

맞지 않겠습니까?"

"그렇군."

그는 나를 보며 이죽거렸다.

"처음부터 네놈이 마음에 들지 않았지. 빙해린 소궁주와 내 사이를 방해한 것부터 해서 말이야."

슉!

그 순간, 그의 신형이 쏜살같이 날아왔다.

샥-!

그리고 내 팔에서 배어나오는 핏물에 나는 입술을 깨물었다.

편법이긴 하지만 확실히 강해졌군.

나는 심호흡을 하며 은무검을 꽉 쥐었다.

상대를 얕보는 마음 따위는 버렸다.

지금 상대는 불완전하지만 어쨌든 화경.

사부님보다는 약하겠지만, 대신 훨씬 더 위험하다.

사부님께서는 내 성장을 위해 검을 휘두르시지만, 상대는 오로지 나를 죽이기 위해 검을 휘두를 뿐이니까.

탓-!

다시 그의 신형이 나를 향해 쏘아졌고, 나는 필사적으로 상대의 공격을 막아 냈다.

챙챙챙챙챙-!

검과 검의 연격음이 사방에 울려 퍼졌다.

내 몸 곳곳에 상처를 입었지만, 치명상은 아니다.

그렇게 수십 합을 겨뤄 보니 내 예상이 맞다는 것을 알 수 있었다.

 확실히 사부님보다는 훨씬 약하다.

 검에 담긴 힘도 약하고, 속도도 훨씬 느리다. 검술과 내공이 따로 노는 게 확실하다.

 당연하지만, 내공만 많아서는 진정한 화경이라 할 수 없다.

 그에 걸맞은 깨달음과 수련이 갖춰져, 신검합일을 이루어야 진정한 화경이라 할 수 있지.

 덕분에 생각보다 어렵지 않게 그를 상대할 수 있었다.

 물론 생각보다 어렵지 않다는 거지, 쉽다는 건 절대 아니다.

 화륵! 호-르륵!

 불꽃으로 둘러싸인 검의 위력이 엄청났으니까.

 덕분에 옷은 곳곳이 그을리거나 타서 엉망이었다.

 빙공을 익혀서 아무리 덥더라도 땀이 나지 않는 내가 땀이 날 정도.

 그 말은 즉, 극빙검을 사용할 때가 되었다는 의미다.

 조사님이 마련하신 안배를 마주한 후 생각했다.

 이번에는 제발 아무 일이 없기를 바란다고.

 아무 일도 없기는 개뿔.

 봐. 다음 날 바로. 이렇게 쓸 일이 생기잖아.

 아이고…… 내 신세야.

 하지만 신세타령은 나중에 하고, 지금은 저놈을 두들겨 패서 제압해야 한다.

또다시 마주하다 〈255〉

후우…….

나는 검을 들었다.

극빙검은 땀이 날 일이 거의 없는 내가 땀이 나야 했다. 내 몸의 땀이라는 물을 이용해서 내 내공의 온도를 극한까지 내려야 하니까.

"후……."

나는 숨을 들이쉬며 맹현 공자를 보았다.

탓!

그가 다시 나를 향해 달려들었다.

눈동자가 조금 풀린 것을 보니 이성이 조금씩 사라지고, 본능적으로 움직이는 듯했다.

즉, 나에 대한 열등감과 몸에 남아 있는 본능이 그 신체를 조종하는 거다.

차악!

나는 차분히 기수식을 취하며 집중력을 끌어 올렸다.

극한까지 집중하자 그의 움직임이 느려진 것처럼 느껴졌다.

그리고 푸르게 빛나기 시작하는 은무검.

맹현 공자의 검 끝이 내 가슴에 닿기 직전.

바로 지금이다.

나는 극빙검의 기운을 분출했다.

콰아앙!

상극인 기운이 서로 충돌하며 그 여파가 사방으로 퍼져 나갔다.

극빙검의 뜨거움은 맹현 공자의 화공에 대항하는 맞불이 되어, 화공의 기세를 확 줄였다.

동시에 극빙검의 한기가 사방을 에워쌌고, 주변을 얼려 버렸다.

스윽.

모락모락 하얗게 피어나는 냉기 안에서 나는 은무검을 내렸다.

바스스슥.

내 몸의 얼음이 딱딱하게 얼어 버린 땅에 떨어지며 산산이 깨졌다.

나는 내 앞을 내려다보았다.

그곳에는 맹현 공자가 믿을 수 없다는 표정을 한 채, 반쯤 얼어 버린 몸을 검으로 지탱하며 나를 바라보고 있었다.

"어, 어, 어떻게? 어떻게 화경인 나를…… 너도 화경이었냐?"

"아닙니다."

내가 이기 화경에 올랐다면, 저자는 일격에 제압했겠지.

"그, 그럼? 어떻게?"

"당신의 경지가 완벽한 화경이 아니었으니까요."

"뭐? 나는 틀림없는 화경…… 커헉!"

그는 갑작스럽게 손으로 입을 막더니 피를 토해냈다.

"역시, 한계에 다다라서 부작용이 나타나나 보군요."

"부작용?"

"네. 당연한 일이지요."

나는 고개를 끄덕였다.

"저들이 준 단환을 먹고 단번에 화경이 되셨다고 했지요? 그런데 화경이란 경지를 맞이할 준비가 되지 않은 육체와 정신이 그걸 견딜 수 있겠습니까?"

나는 무심한 표정으로 말을 이었다.

"보아하니 그 영약의 한계나 부작용에 대해서는 듣지 못하신 듯하군요."

"그, 그게 무슨…… 그, 그럼 나는 어찌 되는 거지?"

"제 짐작대로라면, 온몸의 혈맥이 터지고 근육이 파열되며 단전 역시 깨지며 내공이 흩어져…… 다시는 내공을 익히는 것은 물론이고 쓰는 것 역시 불가능한 몸이 될 겁니다."

"……!"

"다시 걸을 수 있으면 다행이지요."

내 말에 그의 눈이 커졌다.

"아, 아니야! 그럴 리가 없다! 내가 지금 이 경지까지 오르기 위해서 얼마나……."

안타깝지만, 내가 말한 건 내 짐작이 아니다.

내 이전 삶에서 실제로 있었던 일이다.

강한 무공을 쓸수록, 그리고 더 많은 무공을 쓸수록 그 한계는 빨리 찾아오고 부작용도 심해진다.

그렇기에 그 흑도 문파가 극무각환을 가지고 있음에도

금세 한계에 부딪혔지.

처음에야 거침없이 승리하고 성장해 나갔겠지만, 저 부작용을 보고도 덕고자 하는 이들이 얼마나 될까?

그러니까 뭐든, 급하게 먹으면 탈이 나는 거다.

당시 저들에 대한 일을 해결하기 위해 무림맹이 나섰고, 운남 지역에서의 영향력이 꽤 커졌었지.

내가 이번 사건을 빠르게 정리하면 그 무림맹의 영향력이 커지는 것도 막을 수 있을 터.

서향 소저의 말대로 일은 잘 해결되겠군.

뿌득, 뿌드득.

맹현 공자의 몸의 근육이 뒤틀리기 시작했고, 그 고통에 그는 괴성을 질러 대었다.

"으악! 으아아악! 사, 살려 줘! 으아아악!"

나는 혀를 차며 그의 아혈을 점했다.

괴성을 질러대니 귀가 아파서 말이지.

"쯧쯧, 그러니까 왜 아무거나 주워 먹은 겁니까?"

맹현 공자의 경우 극빙검에 대응하느라 내공을 과하게 쓴 탓에 부작용이 더 빨리 온 것도 있다.

그나저나 대체 무엇이 이자를 이리도 망가트린 걸까?

갑자기 입맛이 쓰네.

습격자들이 정리되자마자 축융궁 궁주님께서는 급하게 달려오셨다.

나는 바닥에 쓰러진 맹현 공자를 가리키며 달했다.

또다시 마주하다 〈259〉

"다행히 목숨에는 지장이 없습니다."
"부작용인가?"
"네. 아시는군요."
"짐작은 했네."
그리고 한숨을 내쉬며 마른세수를 하셨다.
"나는 본궁의 미래를 위해 저 녀석을 소궁주의 자리에서 폐했네. 그런데 그 결정이 오히려 본궁을 위험하게 만들 뻔했군."
"아닙니다. 잘하셨습니다. 소궁주의 자리에서 폐해졌다고 흑도를 축융궁으로 불러들인 자입니다. 그런 자가 궁주가 된다면 어찌 될 것 같습니까?"
"어…… 그렇군."
말씀드리지는 못하지만, 축융궁을 거하게 말아먹었습니다.
하지만 이제 그런 미래는 오지 않는다.
그리고 지금은 이렇게 우울해할 시간이 없다.
"궁주님, 이러실 때가 아닙니다."
"응?"
"축융궁의 소식을 흑도에 전한 놈들을 족치셔야지요."
내 말에 축융궁 궁주님은 고개를 끄덕이셨다.
"자네의 말대로네. 소궁주 폐위에 대한 건 아직 공식적으로 공포하지 않은 일. 그리고 저 녀석이 홧김에 흑도에게 접근했다면 이렇게 빨리 습격을 해 왔겠나?"
궁주님의 말대로다.

그 말은 즉, 저들은 언제라도 축융궁을 습격하기 위해 준비를 하고 있었다는 거다.

그 와중에 맹현 소궁주의 폐위 소식을 듣고 재빨리 접근한 거지.

그 말은 즉, 이 일을 저들에게 알린 자가 있다는 거다.

"자네 생각에는 누구라고 생각하는가?"

짐작 가는 곳이 있긴 하다.

하지만 이 축융궁의 사정은 나보다 궁주님이 더 잘 아시겠지.

"그걸 왜 저에게 하문하십니까? 궁주님이 더 잘 아시지 않겠습니까?"

"……그렇군. 본궁의 일을 외부인에게 묻는 것도 웃긴 일이지."

잠시 고민하던 궁주님이 고개를 들어 해달만 외총관을 보았다.

"지금 즉시, 현이의 처소에서 일하는 이들을 모두 잡아들이도록 하라."

"명을 받듭니다."

이에 나는 그에게 물었다.

"맹현 공자의 처소에서 일하는 자 중에 쥐새끼가 있다고 보시는 겁니까?"

"내 모든 자녀는 개인적인 호위가 없기에 외출을 위해서라면 반드시 개인 호위를 요청해야 하네. 당연히 내게 보고가 들어오지. 하지만 나는 보고를 받지 못했네."

"그 말은 즉, 몰래 호위 없이 나갔다는 의미군요."

"맞네. 현이의 처소에서 일하는 자 중에 쥐새끼가 있어야 그게 가능하지."

"해홍이라는 자도 있지 않습니까?"

"아, 그 녀석일 가능성도 잠시 생각해 봤는데 아닐 걸세. 그랬다면 해 외총관이 눈치채지 못할 리가 없지. 무심해 보이지만 생각보다 아들 교육에 엄격하거든."

"그렇군요."

"그리고 결정적으로, 그 녀석은 지금 저지른 죄로 인해 강제로 폐관수련 중이라네."

아…… 그러면 그자는 아니겠군.

그런데 이상하네?

내가 저번에 둘러봤을 때는 흑도의 기운을 지닌 자는 없었는데?

"……!"

순간 떠오른 한 가지 생각.

"혹시, 맹현 공자의 처소에서 며칠 동안 외출했다가 어제 돌아온 자가 있습니까?"

이에 궁주님은 뒤를 돌아보았다.

내총관으로 보이는 자가 즉시 대답했다.

"옥군이라는 자가 있습니다. 집안에 일이 있어서 잠시 외출했다가 어제저녁에 돌아왔습니다."

그 대답에 궁주님은 고개를 끄덕였다.

이후의 일은 일사천리였다.

우리는 즉시 맹현 공자의 처소의 모든 이들을 싹 다 잡아들인 후 심문을 시작했다.

그중 가장 핵심은 옥군이라는 자.

"첫째 공자님께서 깨어나시면 모든 것을 말씀하실 겁니다. 그러니 그 전에 스스로 죄를 실토한다면 조금 경감해 주도록 하죠."

"……."

"하지만 그때까지 입을 꾹 다물고 있으면, 무척 잔혹한 형벌을 받게 될 겁니다."

축융궁의 형벌이 잔혹하긴 하지.

그리고 이를 옥군이라는 자 역시 잘 알고 있는지 결국 이에 대해 실토했다.

"사실은 제가 공자님을 꾀었습니다. 저희 아버지가 흑련방이라는 곳에 거액의 빚을 지는 바람에……."

그의 입에서 내가 예상하고 있던 곳의 이름이 나왔다.

흑련방.

운남 지역에서 활개를 치는 자들로, 무척 악랄한 곳이다.

교활한 방법으로 수입을 얻어, 이를 토대로 극무각환을 만들었지.

그들의 목표는 흑련천하.

자신들을 흑련의 후예라 자칭하는 곳으로, 약간 종교적

인 면도 섞인 곳이다.
 그들은 극무각환을 흑련의 자비라 칭했다.
 자비는 개뿔.
 아무튼, 그 끝은 좋지 않았지.
 이번 삶에서 그들의 실수는 맹현 공자와 축융궁을 건드린 것이다.
 궁주님은 축융궁의 미래를 위해서 아들을 소궁주의 자리에서 폐했다.
 그러나 그게 아들을 사랑하지 않는다는 말은 아니다.
 솔직히 나를 귀찮게 하고 축융궁에 망신을 주었지만, 그게 죽을죄를 지은 건 아니다.
 하지만 그 아들을 꼬드겨 극무각환을 먹게 하고 폐인으로 만든 것은 이야기가 다르지.
 그리고 축융궁은 다른 누구보다 복수에 진심인 곳인 만큼 궁주님은 반드시 그 대가를 받아내실 분이다.

 다음 날,
 궁주님은 즉시 모든 중진들을 소집하셨다.
 그리고 그 자리에서 흑련방에 대한 전쟁을 선포하셨다.
 말이 전쟁이지, 사실상 토벌이다.
 그 바람에 회담은 뒤로 미루어졌고, 하여 나는 조금 더 축융궁에 머무르게 되었다.

 궁주님과 제자들이 흑련방을 향해 출정하시는 것을 배

응한 후 나는 내 처소인 빈객당으로 왔다.

그리고 사부님에게 서신을 썼다.

그간 사건이 정신없이 진행되었기에 미처 사부님께 내가 알아낸 것들을 보고드리지 못했기 때문이다.

보통 사람이라견 이곳에서 서신을 보낼 수는 없지만, 나에게는 금령이가 있지.

"금령아."

"꾸이!"

"이거 사부님께 전해 드려."

"꾸이!"

금령은 얼른 꼬리를 내밀었다. 역시 돈 버는 일에 진심이란 말이지.

금령은 즉시 서신을 꼬리에 매달고 쏜살같이 달려 사라졌다.

눈 깜짝할 사이에 저 멀리 점이 되어 사라지는 금령이를 보며 둔득 그런 생각이 들었다.

과연 사부님께서는 금령이의 저 속도를 따라잡으실 수 있으실까.

나는 불가능하거든.

그때 팔갑이 들어오며 말했다.

"도련님, 저기……."

팔갑이 살짝 망설이는 듯했다. 뭐지?

"무슨 일이야?"

"맹현 공자님의 처소에서 사람이 왔습니다요. 도련님

을 만나 뵙기를 청합니다요."
 팔갑이는 내가 그를 만나는 것이 탐탁지 않은 모양이다.
"내가 맹현 공자를 만나지 않았으면 좋겠어?"
"도련님을 골탕 먹이려고 했고, 이번에는 죽이려 한 놈입니다요. 게다가 도련님도 그자와 싸우느라 다치시고……."
"내가 말이지, 세상에서 가장 속이 좁은 놈이거든."
 내 말에 팔갑이 피식 웃었다.
"진심으로 하시는 말씀입니까요? 제가 본인이 속이 좁다고 하는 사람 치고 진짜 속 좁은 자는 못 봤습니다요."
"말이 그렇다는 거야."
 나는 말을 이었다.
"하지만, 상인이란 자고로 어제의 원수라고 해도 오늘은 웃으며 대할 수 있어야 한다고. 그리고 솔직히 불구대천의 원수도 아니고 말이지."
"음, 그건 그렇습니다요."
 불구대천지수(不俱戴天之讎).
 그건 하늘을 같이 이고는 살지 못할 원수라는 의미로서 예기의 곡례편에 나오는 말이지.
 나에게는 그런 원수가 바로 백천상단과 무림맹이다.
 그런데 요즘 백천상단이 조용하단 말이지?
 나는 팔갑에게 말했다.
"그러니까 걱정하지 말라는 거야."

나는 자리에서 일어나 밖으로 나갔다. 그러자 앞에서 기다리고 있던 자가 얼른 고개를 숙였다.

"나를 찾는다고 들었습니다. 갑시다."

"네, 공자님의 청을 들어주셔서 감사합니다."

잠시 후,

나는 명현 공자의 처소에 도착했다.

그는 경치가 잘 보이는 곳에 앉아 차를 마시고 있었다.

그는 흑도를 축융궁에 끌어들인 장본인인 만큼 사형을 당해도 쌌지만, 목숨은 부지할 수 있게 되었다.

옥군이라는 자를 통해 이용당한 것이기 때문이다.

또한, 축융궁 궁주님의 아들이기도 했으니까. 이래서 수저를 잘 물고 태어나야 하는 건가?

하지만 극무각혼의 부작용으로 인해 온몸의 근맥이 끊어지고 기혈이 뒤틀렸으며 단전까지 부서졌다.

다행히 걷거나 씻는 정도까지는 가능했지단······.

치아가 많이 흔들려서 부드러운 음식이나 죽 정도밖에 먹을 수 없다.

아마 몸 상태가 엉망이기에 그리 오래 살지는 못할 거다.

그사이 퀭해진 안색이나 거무스름해진 눈 주변이 그걸 증명하고 있다.

"저를 불렀다고 들었습니다."

"아! 어서 오십시오."

그는 나를 맞아 주었다.

"일어나 인사를 드려야 마땅하지만, 보시다시피 그럴 수가 없어서 양해를 부탁드립니다."

"바라지도 않습니다."

나는 그리 말하며 앞에 앉았다.

"그래서, 무슨 말을 하고자 저를 보자고 하신 겁니까?"

내 물음에 그는 입술을 깨물었다가 잠시 뒤 입을 열었다.

"어쩌다가 일이 이렇게 되었을까요?"

그건 내가 묻고 싶은 말이었다.

내 이전 삶에서는 축융궁의 궁주가 되었고, 비록 축융궁을 말아먹긴 했지만 그래도 나름 운남에서 호령하며 살던 자였다.

하지만 지금의 그는 소궁주의 자리에서 폐해지고, 촉망받던 기재라는 것이 무색하게 폐인이 된 채였으니까.

"몸이 이리되니, 생각만 많아지더군요."

"……."

"그리고 저를 되돌아보니, 이 모든 일은 저로부터 시작되었음을 깨달을 수 있었습니다. 북해빙궁의 법도로부터 자유롭지 못한 소궁주에게 일방적으로 구애하고, 그 법도를 무시하고……."

"북해빙궁의 제자들을 모욕한 건 기억 안 나십니까?"

"제가 말입니까? 저는 그런 적이 없습니다."

"그때 분명 '공식적으로 혼인하지 않을 뿐이지. 다른 남자들과 마음이 맞으면 뒹구는 것을 내가 모를 줄 알고 그리 말하는 것이오?'라고 하셨습니다."

"컥!"

그 반응을 보니 이제야 기억이 나나 보네.

말했잖다.

내가 기억력이 엄청 좋다고. 그리고 속 좁고 뒤끝도 있다고.

그런데 어디서 오리발이야?

"그, 그건, 정말 죄송하게 되었습니다."

그는 민망해하며 사과했다.

"저만 들었으니 망정이지 그거 빙해린 소궁주가 들었으면 난리 났습니다."

"……정말 죄송합니다."

뭐, 북해빙궁에 대한 사과는 이쯤하면 되었고, 내가 들어야 할 것은 다른 거지.

"저에게도 잘못한 거 많으시죠?"

"그것 역시 죄송합니다."

"하지만 저나 북해빙궁보다 더 죄송해야 할 분들이 있습니다."

내 말에 그는 한숨을 내쉬며 고개를 끄덕였다.

"알고 있습니다. 아버지와 어머니께도 씻을 수 없는 불효를 저지르고 말았습니다."

"아시나 모르겠지만, 지금 궁주님께서는 제자들을 이끌고 공자틀 이용한 흑련방으로 향하셨습니다."

"……."

또다시 마주하다 〈269〉

"혹시 그것이 축융궁이 당한 모욕을 씻기 위해서라고만 생각하시는 건 아니겠지요?"

"저를 위해서이십니까?"

"그것 말고 또 무슨 이유가 있겠습니까?"

"저는 참 한심한 아들이었군요."

"그걸 이제야 아셨습니까?"

나는 그를 위로하거나 하지 않았다. 위로도 받을 자격이 있는 자가 받는 거다.

내가 보는 그는 위로받을 자격이 없다.

본인이 저지른 짓에 대해서 분명하게 후회하고 반성해야지.

어쭙잖은 위로로 그 죄책감을 덜어 줄 순 없지.

"사람이 잘못된 길로 가는 건 아차 하는 순간입니다. 순간의 감정을 억누르지 못하거나 혈기를 억누르지 못하고 일을 저지르는 것이죠."

나는 그에게 말을 이었다.

"본인이 무슨 결론을 내렸는지 모르겠지만, 제가 본 공자는 그 혈기가 지나쳤습니다. 그것이 이번 일의 원인이자 이유입니다."

"……."

내 말에 그는 한숨만 푹푹 내쉬었다.

"아픈 곳만 찌르시는군요."

"그게 제 특기입니다."

"하지만 그 덕분에 제 마음이 편안해지니, 참으로 모순

적이군요."

그는 쓴웃음을 지었다.

그에게는 이전에 보았던 고집이나 혈기 따위는 찾아볼 수 없었다.

혈기를 부려 봤자 소용없음을 아는 것일까?

아니면 그 고집이나 혈기를 부려 봤자 자신의 몸만 아프니까 그런 것일지도.

혈기를 부릴 때 올라오는 화기가 혈도를 건드려 고통이 엄청 심할 테니까.

그러니까 진작에 혈기를 좀 줄이지.

이렇게 지금은 강제로 혈기를 부릴 수 없게 되었다.

"제가 소궁주를 만나자고 한 이유는, 사과를 위한 것도 있지만 부탁을 드리고 싶은 것도 있습니다."

"부탁이라고 하시면?"

"제 동생, 천이를…… 설득해 주십시오."

"무엇을 말입니까?"

"아버지께서는 천이를 소궁주로 삼으실 겁니다. 제가 봐도 그 녀석이 궁주가 된다면 아주 잘 해낼 겁니다. 그건 제가 확신합니다."

그는 말을 이었다.

"그 녀석에게서 궁주의 자질을 봤기에, 그 녀석을 틈만 나면 몰래 괴롭혔습니다. 하지만 이를 아버지에게 고자질도 하지 않은 녀석입니다."

"……."

"그냥 저를 피해서 서고에 처박혀 있을 뿐이죠."

그래서 맹천 공자가 서고에 있었던 거군.

"지금 생각하니, 제가 참 많이 치졸했습니다. 그래서는 안 되었는데…… 저도 모르게 위기감이 느껴졌나 봅니다."

"……."

"그런데 아까 천이가 병문안을 와서 말하더군요. 자신은 소궁주가 될 생각이 없다고."

그는 말을 이었다.

"부디 그 녀석이 소궁주가 될 수 있도록 설득해 주십시오. 이게 제가 할 수 있는 속죄입니다."

나는 빈객당으로 돌아와 마당을 거닐며 투덜거렸다.

나에게 그런 부탁을 하다니! 진짜 치사하잖아.

차라리 그전처럼 혈기를 부리거나 나를 깔보거나 했으면 이렇게까지 마음이 불편하지 않을 거다.

하지만 그는 나에게 정중하게 부탁을 해 왔다.

게다가 내 이전 삶에서, 맹천 공자 덕분에 우리 은해상단이 성장할 수 있었던 것도 사실이다.

나는 원한을 잊지 않는 것처럼, 은혜 역시 잊지 않는다.

그리고 내가 아는 맹천 공자는 그릇이 넓은 사람이다. 즉, 영도자의 자질이 있었다.

게다가 단호할 땐 엄청 단호하지.

그런 맹천 공자가 축융궁의 궁주가 된다면 나는 이곳에 아군을 심어 놓는 것과 마찬가지가 된다.

무림맹이 이 운남에서 활개 치지 못하게 되는 것이지.
그리고 어려울 때 도움도 받을 수 있고.
운남은 변방이지만, 동(銅)의 산지인 만큼 중요한 곳이다.
이전 삶에서도 흑련방에 의해 문제가 생겼을 때, 한동안 동의 수급이 어려워져서 고생했었지.
우리 은해상단 역시 동을 통해 이런저런 물건을 만드는 만큼 이곳이 평안해야 한다.
어차피 결론은 하나뿐이다.
맹천 공자를 설득하는 것.

나는 곧바로 서고로 향했다.
아직 서고 출입패를 반납하지 않았기에 아무 제재 없이 들어갈 수 있었다.
나는 곧 서책을 읽고 있는 맹천 공자를 발견했다.
"여기 계셨군요."
"아! 은 소궁주님."
"잠시 이야기 좀 할 수 있을까요?"
내 말에 그는 나를 물끄러미 보더니 말했다.
"제 형님의 부탁을 받고 저를 설득하러 오신 모양입니다."
"눈치가 빠르시군요."
"제가 어릴 적부터 눈치가 좀 빠릅니다. 그리고 저는 큰형의 부탁을 받아 소궁주가 될 생각이 없습니다."
그는 피식 웃었다.

응? 저렇게 웃을 수 있는 사람이었나?

하지만 그런 내 생각은 그의 다음 말에 저 멀리 사라지고 말았다.

"제 형을 죽게 만든 자의 부탁을 제가 왜 들어줘야 합니까?"

나는 순간 말문이 막히고 말았다.

응? 형을 죽게 만들어? 도대체 저게 무슨 말이지?

맹천 공자의 말이 이어졌다.

"제가 본 소궁주님께서는 입이 무거우신 분입니다. 그리고 사실대로 말하지 않으면 포기하지 않으실 분이기도 하니…… 말씀드리는 겁니다."

"경청하겠습니다."

"사실 저는 쌍생아 중 동생 쪽입니다. 그리고 쌍생아로 태어난 자 중 한쪽은 본궁에서 자라지 못합니다."

아…….

그러고 보니 전에 빙해린 소궁주에게 교육을 받을 때 이에 대해 들은 적이 있다.

일설에 의하면 쌍생아는 두 개의 불이라는 의미.

불이 두 개면 염(炎)이다.

이는 큰불을 의미하기도 하지만 고통스러움을 뜻하기도 한다.

그래서인지 축융궁에서는 쌍생아가 태어나면 입이 무거운 이들을 선발하여 한쪽을 밖에서 키우도록 했다.

보통 밖에서 키워지는 쪽은 동생 쪽이지.

"제 형은 무척이나 다정한 사람이었습니다. 그래서 종종 저를 찾아와 놀아주곤 했습니다."

"……."

"하지만 칠 년쯤 전부터였나? 형의 안색은 점점 좋지 않아졌습니다. 저는 몇 번이나 캐물었지만, 형은 절대 말해 주지 않았습니다."

"……."

"그러다가 오 년 전, 정확히는 큰형이 회담을 위해 북해빙궁에 갔을 때. 저는 갑자기 본궁으로 불려갔습니다. 그리고 아버지께 청천벽력 같은 소식을 듣게 되었습니다. 형이 죽었으니…… 이제 제가 형을 대신하라는 것이었습니다."

그렇다면, 형을 죽였다는 말이 혹시…….

"자살입니까?"

"네."

그는 고개를 끄덕였다.

"아버지께서는 그에 대해 말씀해 주지 않았지만, 제 처소의 아이들을 통해 알게 되었습니다. 누구 때문에 그런 선택을 했는지도요."

"……."

도저히 위로의 말이 나오지 않았다.

그 어떤 위로의 말도 가식이나 기만으로 느껴질 테니 말이다.

"큰형의 괴롭힘이 작은형을 죽인 겁니다. 그리고 아버

지는 이를 비밀로 하기 위해 저를 부르신 거죠. 아시다시피 본궁에서 자살이란 무척이나 치욕스러운 일이니까요."

"혹시 아버지를 원망하십니까?"

"그건 아닙니다."

그는 고개를 저었다.

"본궁에서 살지 못하고 바깥에서 지내야 했지만, 제 삶은 여유롭고 풍족했습니다. 아버지와 어머니도 자주는 아니지만, 가끔 찾아와 저를 예뻐해 주시며 살뜰히 살펴 주셨습니다."

"……."

"그리고 제 형이 자살했다는 그 불명예를 형에게 안기지 않기 위한 선택인데, 제가 왜 그걸 싫다고 하겠습니다. 저도 오히려 바라는 바입니다."

"그런데 왜 소궁주의 자리에 앉고 싶지 않다고 하시는 겁니까?"

"말씀드렸잖습니까? 저는 그자의 부탁을 들어주고 싶지 않다고요."

"그럼 소궁주의 자리 그 자체가 싫다는 건 아니시군요."

"네."

"그럼 해결 방법은 간단하군요."

내 말에 그는 나를 보며 고개를 갸웃했다.

"아버지가 명하면 따르시겠군요. 그건 맹현 공자의 부탁이 아닌 아버지의 명이니까 말입니다."

내 말에 그는 눈을 깜박였다.

"어……."

"제 말이 맞죠? 아버지께는 감정이 없으시다면서요?"

"그건 그렇지만……."

"솔직히 말해서, 제가 맹천 공자…… 음, 이렇게 불러도 됩니까?"

"네. 상관없습니다. 본궁의 쌍생아에게는 이름이 하나뿐이니까요."

"그렇군요. 아무튼, 제가 맹천 공자를 설득하겠다고 한 건 그자를 위한 것이 아니라 이 축융궁을 위한 것이었습니다."

사실 나 이득도 있지만, 그걸 말하는 건 좀 그렇지.

"북해빙궁의 호적수가 축융궁 아닙니까? 호적수를 잃는 건 슬픈 일이니까요."

"……그렇군요."

"그나저나 저는 맹현 공자가 여러 잘못을 하긴 했지만, 죽을죄를 지은 건 아니라고 생각했는데……."

나는 쓰게 웃었다.

"죽을죄를 짓긴 했군요."

그나저나 첫째의 괴롭힘 때문에 둘째가 자살했음을 그 아버지인 궁주님이 모르셨을까?

다 아셨을 거다.

그럼에도 이를 비밀에 부치고 넘어간 건, 이를 밝혀 봤자 둘째의 불명예만 들춰지기 때문이겠지.

즉, 맹현 공자를 소궁주의 자리에서 폐한 건 즉흥적인

결정이 아니라는 거다.
 궁주님도 참 많이 참으셨구나.
 나는 그에게 말했다.
 "아마 맹현 공자는 그리 오래 살지는 못할 겁니다. 그래도 본인이 저지른 죄에 대해서는 알고 죽어야 한다고 생각합니다."
 내 말에 그가 고개를 끄덕였다.
 "저 역시, 같은 생각입니다."

 다음 날.
 나는 사부님께 답신을 받았다.
 사부님께서는 내가 알아낸 것들에 대해 기뻐하시면서 동시에 많은 감정을 보이셨다.
 축융궁 궁주님에 대한 미안함과 그리움.
 흉수가 혈교라는 것을 밝혀낸 것에 대한 안도감과 분노 등등…….
 하지만 혈교가 어떤 세력으로 둔갑해 있는지, 또 어느 세력과 붙어 있는지 모르는 상황이니만큼 계속해서 주의하라고 하셨다.
 그리고 조만간 축융궁에 들르신다고도 하셨다.
 두 분의 만남이 기대되네.

 ·
 ·
 ·

며칠 후.

축융궁 궁주님께서 돌아오셨다.

당연히 대승이다.

해달만 외총관이 든 창에는 흑련방 방주의 수급이 꽂혀 있었다.

이렇게 내 이전 삶에서 운남 지역을 공포로 몰아넣었던 흑련방은 사라졌다.

"고생 많으셨습니다."

나와 빙해린 소궁주의 인사에 그가 고개를 주억였다.

"배려해 줘서 고맙네. 최대한 빠른 시일 내에 회담을 시작할 수 있도록 하겠네."

"네."

그리고 며칠 후.

나는 맹천 공자가 소궁주가 되었음을 전해 들었다.

잘됐네.

.

.

.

사월의 준순.

드디어 오늘 회담이 시작되었다.

내 앞에는 맹천 공자, 아니 맹천 소궁주와 해홍 공자가 앉아 있었다.

해홍 공자 역시 그동안 마음고생이 심했던 듯, 살이 쏙 빠져 있었다.

강제로 폐관 수련을 한 데다가, 그간의 일을 전해 들은 것이 마음 아팠겠지.

"소궁주님. 오늘 회담 내용입니다."

그런데 생각보다 침착하게 맹천 소궁주를 챙기는 것을 보니, 맹현 공자에 대한 의리는 별로 없었나 보군.

"그럼 회담을 시작하죠."

빙해린 소궁주의 말에 맹천 소궁주가 답했다.

"우선 첫 번째 안건에 대해……."

회의는 물 흐르듯이 진행되었다.

아마 맹현 공자가 저 자리에 있었다면, 이렇게 순조롭게 진행되지 않았겠지.

빙해린 소궁주는 무척 만족스러운 표정이었다.

이번 회담을 통해 북해빙궁과 축융궁 양쪽은 다시금 서로의 영역을 확인하고, 휴전 양해 각서도 그대로 진행했다.

하긴, 별다른 일이 없으면 바뀔 일이 없긴 하지.

회담이 끝난 후, 나와 빙해린 소궁주는 처소로 향했다.

"이렇게 부드러운 진행이라니! 너무 좋네요."

"그렇습니까?"

"네."

그녀는 고개를 끄덕였다.

"오 년 전의 회담은, 말도 안 되는 트집을 잡으면서 참 힘들었거든요. 솔직히 그거 어떻게든 제 얼굴을 더 보려고 회담을 지연시킨 것이지만…… 진짜 짜증 났죠."

"하하하. 그랬군요."

"그나저나 그 공자도 참 안 되었네요."

빙해린 소궁주의 말에 나는 대답하지 않고, 그냥 웃을 뿐이었다.

안 되었다라…….

나도 그런 생각이 들긴 했지만, 맹천 공자의 말을 들은 후로는 그런 생각이 싹 사라졌다.

본인의 업보를 그대로 돌려받는 거라는 생각이 들었으니까.

어느새 우리는 처소에 당도했다.

"그럼 이따 뵙겠습니다."

"네. 쉬세요."

저녁에 이번 회담이 잘 끝난 것을 기념하는 연회가 열릴 예정이었기 때문이다.

"갸릉?"

"꾸이!"

"크릉……."

내 방에서 들려오는 동물, 아니 영물들의 소리.

나는 한숨을 내쉬며 문을 열었다.

"너희 여기서 뭐 하냐?"

예상대로 내 방 안에…… 응? 저건 뭐지?

새끼 호랑이?

나는 순간 당황했지만, 새끼 호랑이의 기운에서 저 녀

석이 화식이라는 것을 알아차렸다.

평소에는 새끼 호랑이의 모습으로 있나 보구나.

듣기로 이번 흑련방 토벌에서 화식이가 엄청난 활약을 했다고 들었다.

그나저나 금령이가 화식이에게 뭔가를 설명해 주는 것 같은데?

"꾸이! 꾸이!"

"크릉?"

"꾸이!"

금령이는 화식이에게 자신이 지금까지 본 것들에 대해 자랑하고 있었다.

하긴 화식이는 이곳 축융궁에서만 있었겠지만, 금령이는 나를 따라 제국 곳곳을 누볐으니까.

그건 그렇고…….

"너희는 왜 하필이면 이곳에 있는 거냐?"

"꾸이!"

"여기가 가장 안전하고 편하다고?"

틀린 말이 아니라서 할 말이 없네.

나를 본 화식이는 얼른 배를 보이며 헥헥거렸다.

나는 피식 웃고는 화식이를 들어 무릎에 올려놓고 배를 쓰다듬어 주었고, 화식이는 좋아서 자지러졌다.

강아지냐?

그리고 금령이는…….

훗, 이제는 질투하지 않는…… 건 아니군.

질투하지 않는 척해도 금령이는 모를 거다. 본인의 꼬리가 차분하지 않다는 것을 말이지.

나는 품에서 은자를 꺼내 주었다.

"자, 먹어라."

"꾸이!"

이제야 꼬리가 좀 얌전해졌군.

.
.
.

저녁이 되었다.

나는 연회를 위해 축융궁 앞에 마련된 후원으로 향했다.

북해빙궁에서 온 일행 모두와 축융궁의 중진들이 모두 참석하는 연회인 만큼 넓은 장소가 필요했으니까.

나는 빙해린 소궁주와 서향 소저와 함께 상석에 앉았다.

"본궁과 북해빙궁의 우호적인 관계가 앞으로도 영원히 지속되길 바라네."

축융궁 궁주님의 축사와 함께 연회가 본격적으로 시작되었다.

각자의 앞에는 운남성의 별미인 보이차가 준비되어 있다.

원래 축융궁은 술을 금한다.

왜냐고?

본인들의 성격이 급하다는 것을 아니까.

술 먹고 취해서 사고를 치면 크게 치니, 애초에 술을

금하는 거다.
 그리고 더운 지역인 만큼 술도 빨리 취하고.
 북해빙궁과는 좀 다른 것 같다.
 설풍궁과 북해빙궁은 빙련주처럼 자체적으로 술을 담글 만큼 술을 좋아한다.
 아마 북해의 혹독한 추위를 이기기 위해서가 아닐까?
 금주령 때문에 요 몇 년간 힘들어하고 있지.
 그래도 조만간 흉년이 끝나고, 금주령도 풀릴 테니까.
 나는 배부르게 음식을 먹고 즐겼다.
 물론 이 자리에 맹현 공자는 참석해 있지 않았다.
 음?
 아까 회담에서도 느꼈지만, 맹천 소궁주와 해홍 공자의 사이가 좋아 보이는군.
 자신의 형을 죽게 만든 자와 동무인 만큼, 해홍 공자 역시 싫어할 거라고 생각했는데.
 연회 자리가 파하고 돌아갈 때 나는 맹천 소궁주에게 슬쩍 물었다.
"아…… 해 공자는 고마운 사람입니다."
"네?"
"큰형님에게 구박을 받으면서도 저를 신경 써 주더군요. 그리고…… 제 형도 도움을 받았다고 하더군요."
 그래서 감정의 골은 없었던 거군.

 다음 날.

우리는 돌아갈 채비를 마쳤다.

그리고 축융궁 궁주님과 대부인, 그리고 많은 이들의 배웅을 받으며 축융궁을 떠났다.

드디어 북해빙궁으로 돌아가는군.

하지만 나는 북해빙궁이 아닌 호북성 본단으로 향할 생각이다.

이제 곧 외국과의 교역을 위해 선단이 출항하는 만큼, 해야 할 일들이 많으니까.

* * *

은서호 일행이 돌아간 후.

축융궁은 빠르게 일상으로 돌아갔다.

그리고 댕천이 정식으로 소궁주에 임명되었다.

빠른 회담 진행을 위해 소궁주의 자격으로 열빙회담에 대표로 나섰지만, 정식 임명은 지금이었다.

"앞으로 본궁을 지탱하는 그런 멋진 소궁주가 되어 즈길 바란다.'

대부인의 말에 그는 대답했다.

"네. 어머니."

"너에게는 항상 미안하구나."

축융궁 궁주의 말에 맹천이 고개를 저으며 말했다.

"그런 생각은 하지 마십시오. 저는 아버지를 원망하지 않습니다."

"그것만으로도 고맙구나."
맹천은 문득, 은서호가 자신에게 했던 말을 떠올렸다.

"아버지가 명하면 따르시겠군요. 그건 맹현 공자의 부탁이 아닌 아버지의 명이니까 말입니다."

맹점이었다.

"북해빙궁의 호적수가 축융궁 아닙니까? 호적수를 잃는 건 슬픈 일이니까요."

그리고 그가 보인 진심.
결국, 그는 아버지의 명에 따라 소궁주가 되기로 결심했다.
'이상한 사람이었지.'
소궁주 즉위식을 마친 그가 곧바로 향한 곳은 맹현의 처소.
"어? 왔냐?"
맹현이 웃으며 그를 반겼다.
하지만 맹천은 그 모습이 가증스러웠다.
'이제 와서 웃어 준다고? 무슨 염치로?'
그리 생각하며 대꾸했다.
"네. 형님."
"들었다. 오늘 소궁주 즉위식이었다면서? 그 예복 잘

어울린다."

"감사합니다."

그는 그 앞에 앉으며 말했다.

"그런데 형님. 그거 아십니까?"

"……?"

"저는 형님의 첫째 동생이 아니라 둘째 동생입니다."

"그게 무슨 소리야?"

"흔한 이야기입니다. 축융궁에 쌍생아가 태어났고 동생 쪽은 외부에서 길러졌다는……."

맹천이 말을 이었다.

"그리고 저는 외부에서 길러진 쪽입니다."

맹현으로서는 처음 듣는 충격적인 이야기였다.

"그, 그거 무슨…… 그럼, 다른 한쪽은?"

한쪽이 외부에서 길러졌다면, 본궁에서 길러진 다른 한쪽이 있다는 의미니까.

"형님이 죽였잖아요."

"그게 무슨 소리야? 내가 죽였다니?"

"형님의 괴롭힘을 견디다 못해서 자살했거든요. 아버지는 이를 비밀에 부치고 저를 본궁으로 불러오셨죠."

"……."

"제가 형님이 괴롭혀서 그거 피하려고 서고에 있었다고 생각하세요? 저는 제 정체를 들키기 싫어서 그랬을 뿐입니다."

"……."

또다시 마즈하다 〈287〉

"솔직히 계속 비밀로 할까 싶었는데, 누가 그러더군요. 죽더라도 본인이 저지른 죄에 대해서는 알고 죽어야 한다고요. 저 역시 같은 생각입니다. 그래서 말씀드리는 겁니다."

머리를 후려치는 듯한 충격에 맹현은 아무 말도 할 수 없었다.

자신이…… 동생을 죽였다니!

"나, 나는 그저 조금 괴롭혔을 뿐인데……."

"형님에게는 조금이었지만, 당하는 처지에서는 지옥인 겁니다."

"……."

"그러니까 형님. 자살할 생각 따윈 하지 마십시오. 평생 그 몸으로 제 형에게 용서를 빌며 사세요. 그게 형님이 할 수 있는 최선의 속죄입니다."

그는 자리에서 일어나 그곳에서 나왔다.

탁!

"으아아악!"

뒤에서 들려오는 처절한 울부짖음.

맹천은 왠지 모르게 가슴이 뻥 뚫리는 듯했다.

'형, 보고 있어?'

언제나 웃어 주던 자신의 쌍생이 형의 미소를 닮은 듯한 햇살이 비치는 사월의 어느 날이었다.

두 번째 출항

저 앞에 보이는 건물에 나는 미소 지었다.
은해상단 호북성 본단이다.
거의 반년만인가.
작년 늦가을 즈음에 정호 형을 구한 후 곧바로 북경으로 향했었지.
음, 나 진짜 바쁘게 살고 있구나.

나는 빙해린 소궁주 일행과 나루터에서 헤어졌다.
우리 일행은 장강의 배를 타고 동쪽으로 가야 하고, 북해빙궁은 북쪽으로 가야 하니까.
나는 그들과 헤어진 후 서향 소저에게 물었다.
"귀주성을 거쳐 갈 수도 있는데, 집에 들르시겠습니까?"
포정사 대인의 집에 잠시 들르겠냐는 의미였다.

하지만 그녀는 내 제안을 거절했다.
"괜찮아요. 지금은 아직 때가 아니에요. 그리고 가는 길이라고 해도 조금은 돌아가야 할 텐데, 저 때문에 시간을 빼는 것은 옳지 않아요."
"하지만……."
"저는 정말 괜찮아요. 그리고 혹시 오라버니들이 계시면 위험할 수도 있고요. 나중에 부탁드릴게요."
"알겠습니다."
그래서 포정사 대인의 집에 들르지 않고 곧바로 은해상단 본단으로 돌아온 것이다.

"오랜만에 본단을 보니, 새삼 반갑습니다요."
팔갑의 말에 나는 고개를 끄덕였다.
"나도 그래."
그리고 고개를 돌려 서우 무사와 여응암 무사를 보았다.
"이번에 나흘 정도 휴가를 드릴 테니, 가족들과 시간을 보내고 오세요."
"괜찮습니다. 주군의 곁에 있겠습니다."
여응암 무사의 말에 서우 무사가 고개를 저었다.
"여응암 무사께서는 가족들과 시간을 보낼 기회가 많을 것 같습니까?"
"네?"
"주군께서 여유를 주실 때 가족들과 시간을 보내십시

오. 이번 기회를 놓치면 또 언제 가족들과 시간을 보낼 수 있을지 모릅니다. 아시다시피 칼밥 먹고 사는 자에게 내일이란 불확실한 것이니 말입니다."

표국의 표두로 일했었고, 몇 년이나 누워 지냈던 적이 있는 서우 무사다.

그런 만큼 가족과 함께할 수 있는 일상이 얼마나 중요한지 잘 아는 거겠지.

"서우 무사님의 말이 맞습니다."

나 역시 이를 너무 잘 알고.

"그러니까 나흘 동안 푹 쉬다가 오시면 됩니다. 두 분의 빈 자리는 나머지 무사님이 채워 주실 겁니다. 애초에 상단 안에만 있을 생각이니 호위가 그리 많이 필요하지도 않고요."

"알겠습니다."

"기쁜 마음으로 명 받들겠습니다."

곧 우리는 호북성 은해상단 본단에 도착했다.

"어? 셋째 소단주님?"

"셋째 소단주님 아니십니까?"

내 등장에 모두 깜짝 놀랐다. 그도 그럴 것이, 연락도 없이 온 것이니까.

"어쩌다 보니 좀 들르게 되었습니다."

나는 말에서 내려 하인들에게 말을 맡기며 물었다.

"상단은 편안합니까?"

"물론입니다. 아주 편안합니다."

"다행이군요."

나는 즉시 내 처소로 향해서 씻고 의관을 정제한 후 가족들을 찾았다.
모두 놀라면서도 반가워했다.
아버지는 출타 중이신 탓에, 문안 인사를 드리는 것을 나중으로 미뤄야 했다.
나는 가족들에게 인사를 다 드리고 나서 처소로 돌아와 팔갑에게 물었다.
"만정 대협은 지금 숙소에 있어?"
"아닙니다요. 지금 수상 연무장에 계신다고 합니다요."
"수상 연무장?"
아, 예전에 고일평 외총관이 주장해서 만든 곳 말이군.
실전이 중요하다고 하시면서 실전처럼 연습할 수 있는 곳을 마련하신다고 했는데, 어떤 곳인지 궁금하네.
"가 보자."
"네."
수상 연무장은 은해상단에서 조금 떨어진 곳에 있었다.
정확히는 배를 정박해 놓은 강의 근처다.
본단에서 약 한 시진 정도 거리.
그곳에는 대나무로 만든 높은 방책이 서 있었다.
슈슈슈슉!
슈슉!
가까이 다가가자 활을 쏘는 소리가 들렸다.

"으악!"

첨벙!

비명어 물소리까지 들리는군.

진짜 실전에 가까운 훈련을 하는 모양이다.

내가 방책에 다가가자 문지기들이 나를 막아 세웠다.

"신분과 용건을 밝혀 주십시오."

어찌 보면 귀찮을 수 있지만, 나는 오히려 만족스러웠다.

그만큼 기강이 잘 잡혀 있고, 절차대로 일을 처리한다는 뜻이니까.

그리고 이런 절차는 귀찮더라도 윗사람이 잘 지켜야 유명무실해지지 않는 법이다.

윗사람이 절차를 무시하는데 그 어떤 아랫사람이 절차를 지키겠어.

"은해상단의 셋째 소단주, 은서호입니다."

나는 신분패를 보였다.

이를 본 그들이 한 걸음 물러나며 정중하게 말했다.

"실례했습니다. 들어가실 자격이 되십니다."

"이곳에 들어갈 수 있는 자격은 어디까지입니까?"

"그건……."

그는 목판 하나를 내밀었다.

"이걸 참고해 주십시오."

그 목판에는 아버지와 우리 형제들, 그리고 두 총관과 각주들의 이름만 적혀 있었다.

"참고가 되었습니다. 감사합니다."
나는 목판을 돌려주고는 열린 문 안으로 들어갔다.
"와……."
나는 나도 모르게 입이 떡 벌어졌다.
인공적으로 강의 물길을 일부 틀어서 만든 곳이었는데, 백여 명 정도가 탈 수 있는 배 한 척이 떠 있었다.
그리고 그 배에는 수십 명의 사람들이 타고 있었는데, 또 다른 배에 세워져 있는 과녁을 향해 활을 쏘고 있었다.
"조준!"
척!
"발사!"
슈슈슈슉!
파파파파팍!
그 화살은 보통 화살보다 훨씬 먼 거리를 날아가 과녁에 박혔다.
"와우! 대단하네!"
"진짜 대단합니다요. 그 화살들이 다 과녁에 박혔습니다요. 에고, 한 발은 아쉽게 빗나갔습니다요."
응?
팔갑의 말에 나는 과녁을 가리키며 말했다.
"저 과녁이 보여?"
"네. 보입니다요."
일반인이 볼 수 있는 거리가 아닌데…….

아무리 살왕의 재능을 가지고 있고 이를 수련한다고 했지만, 그 정도의 내공은 아니다.

그때 내 뒤의 진유 무사가 말했다.

"팔갑 소이는, 수련하기 전부터 눈이 상당히 좋았습니다. 그게 수련을 통해 더욱더 좋아진 듯합니다."

팔갑이 말했다.

"도련님께서 주신 서책에 의하면, 눈이 좋아야 멀리서도 도련님의 상태를 살피고 대처할 수 있다고 했습니다요. 하여 안력을 높이는 훈련 방법도 있습니다요."

"······그렇구나."

나는 피식 웃었다.

여전히 팔갑은 시종 일에 진심이란 말이지.

그때 내가 온 것을 발견했는지, 저 멀리서 만정 대협이 달려왔다.

"소단주님!"

"오랜만입니다. 훈련의 수준이 엄청나군요."

"당연합니다. 소단주님께서 저희 가문에 베풀어 주신 은혜에 보답하기 위해서라도, 제 임무를 소홀히 할 수는 없습니다."

"그리 생각해 주니 고맙습니다."

나는 말을 이었다.

"역시나 활의 사거리나 위력이 상당하군요."

내 말에 그는 고개를 저었다.

"제 눈에는 아직 부족합니다."

"첫술부터 배부를 수는 없습니다."

"하지만 출항이 얼마 남지 않았는데, 아직 제 눈에는 부족해 보입니다."

"너무 초조해하지 마십시오. 부족한 부분은 전술로 메우면 됩니다."

나는 이전 삶의 기억을 떠올리며 말을 이었다.

"배에 탄 궁사들을 세 조로 나누어 쏘게 하는 겁니다. 첫 번째 조는 기름을 먹인 화살을 쏘고, 두 번째 조는 불화살을 쏘며, 세 번째 조는 불을 끄려는 자들을 방해하는 식으로요."

"오! 좋은 방법입니다."

내 제안에 그의 눈이 커졌다.

"당장! 당장 실행해 봐야겠습니다!"

"그나저나 훈련장이 참 좋습니다."

"네. 상단주님께서 은풍궁대를 위해 전폭적인 지원을 해 주셨습니다."

아, 이 궁사 부대의 정식 명칭이 은풍궁대구나.

다른 사람들이 보기에는 이들을 육성하는 게 돈 낭비일 수 있겠지만, 절대 아니다.

바다를 통한 교역을 확대하게 된다면 필연적으로 해적과 맞부딪히게 된다.

그들을 물리칠 방도를 강구해 놓지 않는다면, 그 상단은 어마어마한 손해를 보게 될 거다.

게다가 육지의 전투와 해상의 전투는 엄연히 다르지.

이런 부대를 더 육성해 놓는다면, 해적들의 약탈을 물리칠 수 있지.

그런 걸 감안하더라도, 생각 이상으로 지원이 풍부한 것 같다.

우리 아버지…….

진짜 진심으로 밀어 주시는구나.

마치 그동안 밀어 주어야 하는 일에 제대로 밀어 주지 못하셨던 것에 대한 한을 푸시는 듯했다.

나는 내 소매 안에서 궁뎅이를 실룩이는 금령을 토닥였다.

이 녀석이 이런 반응을 보이는 것을 보니, 은풍궁대가 은해상단에 제법 큰 이득을 줄 것이 분명했다.

그날 저녁.

아버지가 돌아오셨고, 나는 아버지를 찾아뵈었다.

"네 집이니 연락도 없이 오는 게 이상할 것은 없다만, 무슨 일이더냐? 이래저래 바쁠 텐데 말이다."

아버지의 물음에 나는 피식 웃었다.

"가족들이 보고 싶어서요."

내 대답에 아버지는 미소 지으셨다.

"그리고 은풍궁대의 훈련을 참관하고 왔습니다."

"그래, 거길 다녀왔구나. 소감이 어떠냐?"

"놀라웠습니다. 그들의 실력도 실력이지만, 그 장비나 훈련 과정이 더 놀라웠습니다. 그렇게까지 투자해 주실 거라고는 생각하지 못했거든요."

내 대답에 아버지가 고개를 주억이셨다.

"내 의지도 있지만, 사실 조상님들의 의지이기도 하다."

"네?"

"일전에 말했던, 상단주에게 전해져 내려오는 서책에 대해서 기억하고 있느냐?"

"기억하고 있습니다."

"그 서책에는, 상단에서 상선을 운영할 때에는 반드시 해적들에 대항할 방법을 마련해야 한다고 적혀 있다."

"그렇군요."

"그래서 때가 온다면 전폭적으로 지원해야겠다고 마음먹고 있었지."

"그래서, 아버지. 행복하십니까?"

내 물음에 아버지가 씨익 웃었다.

"그래, 행복하다."

"더 밀어주셔도 됩니다. 소자가 돈 많이 벌어오면 됩니다."

"천하무적의 절대은풍궁대를 만들 생각이냐?"

"그것도 좋지요."

내 대답에 아버지가 크게 웃으셨다.

.
.
.

다음 날 아침.

나는 일어나자마자 운기조식을 한 후 마당으로 나왔다.
"좋은 아침입니다."
"사부님!"
나는 얼른 사부님께 달려갔다.
어제, 은해상단 본단에 도착하자마자 금령을 통해 사부님께 본단에 돌아왔음을 알렸지.
사부님의 얼굴을 보니 그간의 사정이 무척 궁금하신 모양이다.
다른 이들이 볼 때는 무표정이겠지만, 나는 알 수 있다.
"그간 별일 없으셨습니까?"
"네. 별일 없이 모두 평안했습니다."
"우선 축융궁에서의 일에 대해서 보고드리겠습니다."
내 말에 사부님께서 손을 드셨다.
"그 전에, 수련부터 하도록 합시다."
"사부님께서 제 성장을 걱정하는 바에 대해서 모르는 것이 아니지만, 이번에는 보고를 먼저 드려야 할 듯합니다."
내 말에 사부님께서는 살짝 의아한 표정이셨지만 이내 고개를 끄덕이셨다.
"말씀하십시오."
"네."
나는 사부님께 이번 축융궁에서 있었던 일을 차근차근 말씀드렸다.
서신으로 대략적인 내용을 전해 드리기는 했지만, 이번

일은 자세하게 알고 계시는 게 좋겠지.

처음부터 맹현 공자가 내 신경을 거슬렀던 일.

그와의 대련을 이용하여 축융궁 내부의 전각에서 궁주의 기록을 살펴본 일.

그리고 이를 궁주님에게 들켰고, 그와의 대화를 통해 축융궁이 범인이 아님을 알아낸 일.

서고의 출입을 허가받아, 그 안에서 도연문과 혈천문에 대한 다른 자료들을 찾아낸 일.

맹현 공자가 소궁주의 자리에서 폐위된 후 흑련방과 함께 축융궁을 습격한 일.

그리고 무극각환으로 인해 맹현 공자가 폐인이 되고, 둘째 공자인 맹천 공자가 소궁주가 된 일 등등.

하지만 맹천 공자의 정체에 대해서는 말하지 않았다.

나를 믿고 말해 준 비밀을 다른 사람에게 말하는 것은 예의가 아니니까.

"그랬군요."

사부님께서는 내 모든 이야기를 들으신 후 고개를 주억이셨다.

"진이 녀석이 참 고생이 많군요."

"네."

그리고 마지막으로 전해 드릴 게 있다.

"이건, 사부님께서 보관하셔야 할 듯합니다."

"이것이 바로 그 숫돌이군요."

이전에 금령을 통해 사부님께 보낸 서신에, 이 숫돌에

대한 이야기도 있었다.

그래서인지 사부님께서는 내가 건넨 숫돌에 대해 금방 알아보셨다.

"그렇습니다."

"알겠습니다. 이건 제가 보관하겠습니다."

사부님께서는 그것을 소중하게 다시 싸서 품에 넣으셨다.

"그런데 하나 의아한 게 있습니다. 그 무극각환이라는 것을 먹은 맹현 공자가 잠시나마 화경의 수준이 되었다고 했습니다. 소단주님은 아직 화경의 벽을 넘지 못하신 듯한데…… 어떻게 그자를 이긴 것입니까?"

역시 사부님이시군.

이에 대해 금방 알아차리셨다.

"사실, 그것이 제가 사부님께 제 이야기를 먼저 들어주십사 요청드린 이유입니다."

나는 말을 이었다.

"저는 그 서고 안에서 조사님의 안배를 마주할 수 있었습니다."

사부님의 눈썹이 꿈틀거렸다.

"그것이 정녕 사실입니까?"

"네. 사실입니다. 그래서 말인데 혹시 극빙검이라고 아십니까?"

내 물음에 사부님의 눈동자가 커지셨다.

"방금…… 극빙검이라고 하셨습니까?"

"네."

"그건…… 설풍궁의 실전된 절기 중 하나입니다……."

"네? 실전…… 되었다고 하셨습니까?"

사부님께서는 고개를 끄덕이셨다.

"그래서 아버지께서 무척이나 안타까워하셨습니다. 만약 극빙검이 실전되지 않았다면 북해빙궁의 궁주를 두들겨 패서라도 정신을 차리게 했을 거라고 말입니다."

아…….

그러고 보니 이전에 북해빙궁의 궁주님께서, 한기가 뇌수에 침범하는 바람에 마음을 잃으셨다고 했었지.

그 후 경지가 올라가며 그런 상태는 회복되었지만.

나는 이제야 조사님이 하셨던 말씀의 의미를 알 것 같았다.

설풍궁의 역할이 중요하다고 한 의미를.

설풍궁은 북해빙궁의 수호자이면서도, 북해빙궁과 대등한 존재인 것은 그 역할 때문이었구나.

나는 그렇게 속으로 이해하면서 말을 이었다.

"아무튼, 저는 극빙검으로 맹현 공자를 제압할 수 있었습니다. 그리고 제가 익힌 극빙검을 사부님께 알려 드리고자 합니다. 그런데……."

"왜 그러십니까? 무슨 문제라도 있습니까?"

"극빙검을 익히는 것이 아주 까다롭습니다."

조사님께서 안배하신 공간에서, 무려 삼 년이나 걸린 건 극빙검이 상당히 까탈스러운 검법이었기 때문이다.

"극빙검입니다. 그것 역시 감안해야지요. 다행히 오늘은 일정이 없습니다."

.
.
.

잠시 후.
나는 극빙검을 사용하는 사부님을 보며 쓴웃음을 지었다.
역시 호경은 화경이시구나.
후, 나는 대체 누굴 걱정한 거지?

.
.
.

나는 저자로 나가며 아침에 있었던 일을 떠올렸다.
사부님께서는 정말 빠르게 극빙검을 익히셨지.
이전에는 내가 조사님께 전수받았던 무공들을 익히시는 데 제법 시간이 걸리셨다.
하지만 점점 그 시간이 짧아지는 것을 보며 확신했다.
사부님께서는 이전보다 더 강해지셨다.
이에 대해 느끼는 내 감정은 뭘까?
'역시 사부님이시구나!'와 같은 감정이 반이고, '나는 아직 멀었구나'와 같은 감정이 반이다.
후, 사부님을 따라잡으려면 멀었네. 멀었어.
그때 팔갑이 물었다.

"그런데, 도련님."
"응?"
"왜 호위 분들을 다 데리고 저잣거리에 나오신 것입니까?"
그 물음에 나는 피식 웃었다.
"내 명대로 서우 무사랑 여웅암 무사가 시간을 잘 보내고 있는지 궁금해서. 그리고 선물을 좀 사 들고 가서 얼굴을 비추면 그들도 어깨가 좀 으쓱해질 거 아니야."
"아…… 그런 깊은 뜻이 있으셨군요."
그리고 나는 슬쩍 뒤를 돌아보았다.
다른 네 무사들에게는 해 줄 수 없는 일이니까.
명종 무사와 창운 무사는 아직 각 사문을 떠날 생각이 없으니 혼인 역시 생각이 없다.
하지만 진유 무사와 이필 무사는 혼인을 생각할 법도 한데…….
혼인할 생각이 없는 건가?
그러다가 이내 피식 웃고 말았다.
주군인 내가 자리를 잡지 않고 사방팔방 돌아다니는데 언제 여자를 만나서 마음을 나눌까 싶었기 때문이다.
내가 나쁜 놈이었네.

먼저 도착한 곳은 서우 무사의 집.
마침 서우 무사는 마당에 나와 있었다.
"주군! 여긴 어쩐 일이십니까?"

"제 명은 잘 따르고 계신지 확인하러 왔습니다."
서우 무사의 품에는 한 사내아이가 안겨 있었다.
"아! 그 아이가 윤이군요!"
"네. 맞습니다."
서우 무사가 호북성에서 제일 유명한 작경가를 찾아가 지은 이름이다.
내 소개장을 가져간 덕분에 작명가가 몇 시진을 고민해서 지어 주었다고 한다.
하여 지은 이름이 윤(瀇).
물이 깊고도 넓은 것을 의미한다.
재능과 지혜는 물론이고 심성 역시 깊고도 넓기를 바라는 이름이지.
물론, 돈도 그만큼 많이 벌면 좋겠고.
그나저나 사내 치고 제법 곱게 생겼다. 아직 아기라서 그런가?
나는 서윤에게 다가가 손을 흔들어 인사했다.
"안녕?"
내 인사에 서윤은 까르르 웃었다.
"어? 웃었다."
내 말에 팔갑은 한숨을 푹 쉬며 말했다.
"도련님을 보고 웃지 않는 아이는 없습니다요."
"그, 그런가?"
그곳에서 간단히 이야기를 나누고 선물과 금일봉을 전달하고는 여응암 므사의 집으로 향했다.

여응암 무사는 두 딸에게 무공을 알려 주고 있었다.
"아! 주군!"
그는 얼른 나에게 달려왔다.
"휴가는 잘 보내고 계십니까?"
"여, 여기까지 어인 일이십니까?"
"가족들과 시간을 잘 보내고 계시는지 궁금해서 왔습니다."
두 딸이 나에게 얼른 포권했는데, 제법 자세가 그럴듯했다.
지금 몇 살이더라?
여덟 살인가 아홉 살인가 그랬던 것 같은데?
"소단주님을 뵙습니다."
"소단주님을 뵙습니다."
"처음 보는 거 같은데 어떻게 알았어?"
내 물음에 두 쌍둥이 자매 중 붉은색 머리끈으로 머리를 묶은 소녀가 말했다.
"아까 아버지가 주군이라고 불러서요. 아버지의 주군은 한 분뿐이잖아요."
"아…… 우문이었네."
나는 피식 웃을 수밖에 없었다.
그리고 여응암 무사에게 물었다.
"무공을 가르치고 있었습니까?"
"아, 네. 그렇습니다."
그는 고개를 끄덕였다.

"제법 재능이 있어 보여서…… 가르치다 보니 시간 가는 줄 몰랐습니다."

그러고 보니 영경원의 원장에게서 보고를 받은 기억이 났다.

여응암 무사의 쌍둥이 아들은 학문에, 그리고 쌍둥이 딸은 무공에 재능이 있다고.

격세유전이 아니라면 아무래도 두 딸은 아버지를 닮은 듯하다.

"잠시 둘이서 놀고 있거라."

"네."

여응암 무사는 나를 방 안으로 안내했다.

그사이 여응암 무사의 부인도 나와서 우리에게 인사를 했다.

나는 간단히 이야기를 나누고는 저잣거리에서 산 선물과 금일봉을 전달하고 나왔다.

수하의 집에 오래 머무르는 것도 부담을 주는 일이니까.

그때 명종 무사가 말했다.

"사실, 여응암 무사님이 근처에 괜찮은 무관이 있는지 물어보곤 했습니다. 왜인가 했더니 두 딸을 위해서였군요."

하긴 좋은 무관을 찾고, 적당한 시기에 입관하는 게 중요하지.

너무 일러서도 안 되지만, 너무 늦어도 좋을 건 없다.

근골이 굳기 전에 본격적으로 수련을 시작하는 것이 가장 좋으니까.

그때 창운 무사가 말했다.

"여응암 무사님이 다니시던 무관도 있을 텐데 그걸 왜 물었는지 모르겠습니다."

내가 그 이유를 설명했다.

"모든 부모의 마음은 같습니다. 자신의 아이에게 더 좋은 것을 주고 싶어 하죠."

"그런 일반화는 좋지 않습니다요."

팔갑이 끼어들었다.

"모든 부모가 아이를 위해 희생하는 건 아닌 듯합니다요. 부모라는 이름이 아까운 자들도 많지 않습니까요?"

"그런 자들이 부모야?"

"네?"

"나는 그런 자들은 부모로 보지 않아."

내 말에 팔갑은 고개를 주억였다.

"맞습니다요. 그런 자들은 부모라는 숭고한 이름에 먹칠하는 자들입니다요."

나는 잠시 하늘을 보다가 말을 이었다.

"생각해 보니까, 우리 은해상단에 문인을 위한 학관은 있지만 무인을 위한 학관은 없네."

이로써 다음 행보가 결정됐다.

무인이 되고 싶어하는 아이들을 위한 무관을 만들어야겠군.

물론 그 전에…… 해야 할 급한 일부터 처리하고 말이지.

.
.
.

그날 오후.

나는 용 선장을 찾아갔다.

원래 호북성에 오자마자 찾아가고 싶었지만, 출타 중이었기에 오늘 찾아가는 거다.

내가 향한 곳은 우리 은해상단의 배인 은해호가 정박해 있는 선착장.

나는 우리 선단의 위용을 보며 감탄했다.

은해호도 은해호지만, 무려 배가 네 척이다.

이 정도면 이번 항해에서 상당한 이득을 볼 수 있다.

용 선장이 송죽 항해사를 비롯한 선원들과 무언가를 논의하고 있는 모습이 보였다.

제법 집중했는지, 내가 다가갈 때까지 아무도 나를 알아보지 못했다.

"뭔가 심각한 일이라도 있는 겁니까?"

내 물음에 그제야 그들은 깜짝 놀라며 나를 돌아보고 인사했다.

"소단주님을 뵙습니다."

"수고하십니다. 은해상단을 위해 애써 주시는 여러분들의 노고를 제가 항상 기억하고 있습니다."

"그리 말씀해 주시는 것만으로도 감격하여 몸 둘 바를 모르겠습니다."

용 선장의 말에 나는 하하 웃었다.
"아부가 많이 늘었습니다."
"아부가 아닙니다."
"네네, 압니다. 그나저나 무슨 일 때문에 심각하게 의논 중이신 겁니까?"

내 물음에 용 선장이 가볍게 고개를 저었다.

"그리 심각한 일은 아닙니다. 단지 어느 배에 어느 물건을 실어야 하는지와 그 인선에 대해 논의하던 중이었습니다."

"그렇군요."

용 선장이 무언가 깨달았다는 듯 말했다.

"아, 그러고 보니 소개가 늦어서 송구합니다. 여기 이 선원은 처음 보는 사람일 겁니다."

그러고 보니 다들 구면인데, 처음 보는 선원이 한 명 있었다.

건장한 체격의 중년인이었는데, 그 눈빛이 무척 깊었다.

누구지? 평범한 사람은 아닌 듯한데?

"이 어르신의 성함은 장월이라고 합니다."

장월……

설마 장월이라고 하면 그 구귀환(九歸還)의 장월?

이전 삶에서 그는 매우 유명한 선원이었다.

그에게 구귀환이라는 명호가 붙었는데, 배를 타고 나갔다가 아홉 번이나 행방불명되었지만 결국 아홉 번 모두 무사히 돌아왔기 때문이다.

보통은 아홉 번이나 실종되었다는 것을 불길하게 여기겠지만, 한 선단의 주인은 다르게 생각했다.

그만큼 풍부한 경험과 포기하지 않는 인내와 끈기가 있는 것이라고.

그건 나 역시 같은 생각.

그런데 용 선장 역시 나와 같은 생각을 한 모양이다.

"사실 이번에 제가 출타했던 이유가 장 어르신을 모시기 위해서였습니다."

"네, 아버지께 말씀은 들었습니다. 선단의 인선 때문에 출타하셨다고요."

그가 고개를 끄덕였다.

"맞습니다. 이제 저희 은해상단의 배가 네 척이나 되었습니다. 그러다 보니 저와 송 항해사만으로는 역부족이지 않을까 싶었습니다."

"그러셨군요."

나는 그 장월 선원에게 인사했다.

"만나서 반갑습니다. 은해상단의 소단주 은서호입니다."

"장월입니다. 선협미랑을 뵙게 되어 영광입니다."

"이렇게 그 유명한 구귀환 공을 만나게 도다니, 용 선장님의 발이 정말 넓나 봅니다."

내 말에 용 선장이 깜짝 놀라 물었다.

"장 어르신을 아십니까?"

"물론입니다. 이런 분을 모셔오느라 고생하셨습니다."

"그게……."

용 선장은 말끝을 흐리며 머뭇거렸다. 왜 그러는지 알 것 같았다.

"아버지와 저는 용 선장님에게 선단의 모든 인선을 맡겼습니다. 본인이 선택한 인선이면 확신을 가지고 당당하셔야지요. 그러지 않으면 다른 분들이 선장님을 신뢰하겠습니까?"

"그렇겠군요. 아둔한 저를 깨우쳐 주셔서 감사합니다."

나는 부드럽게 웃으며 고개를 끄덕였다.

"앞으로 잘하시면 됩니다."

그렇게 그를 격려하고는 장 선원에게 말했다.

"이렇게 우리 상단과 일하게 되셨으니, 앞으로 우리 상단에 큰 도움이 되겠군요. 앞으로 잘 부탁드립니다."

"여부가 있겠습니까? 그런데 제가 도움이 될 거라고 어찌 그리 확신하십니까?"

그의 태도는 공손했지만, 그 말에 담긴 것은 일종의 시험이다.

내 대답 여하에 따라 그는 우리 상단에 남을 수도 있고, 이번 일만 마무리하고 떠날 수도 있다.

자존심이 강한 선주라면 "감히 네가 뭐라고 나를 시험하는 것이냐!"라고 할 테지만, 나는 아니다.

자존심은 결코 돈을 벌어다 주지 않으니까.

그의 입장에서는 최소 몇 년의 향방이 결정되는 선택인데, 그 정도도 못 어울려 줄까?

나는 그 질문에 피식 웃었다.

"장 공이 도움이 될 거라고 확신하는 이유 말입니까?"

"네. 저는 아홉 번이나 실종되었던 자입니다. 다른 이들은 운수 드럽게 없는 자라고도 하죠."

"그런데 아홉 번이나 살아 돌아오셨으니 반대로 운이 억세게 좋은 거 아닙니까?"

"제가 만약 또다시 실종된다면, 귀 상단에 엄청난 손해를 입힐 수도 있습니다."

그의 우려도 이해가 간다.

물론 나는 미래를 알기에 그의 실종이 아홉 번으로 그친다는 것을 알지만, 이를 그대로 말할 수는 없지.

"다른 이들은 쉽게 얻지 못할 경험을 가지고 계시지 않습니까?"

"네?"

"억만금을 주어도 얻지 못할 경험을, 한 달에 금자 한 냥도 안 되는 돈으로 얻을 수 있습니다. 그런데 왜 이를 마다하겠습니까?"

"……."

"저만 그런 건 아니고, 다른 상단도 마찬가지입니다. 경험을 중시하는 건 그만큼 손해를 줄일 수 있기 때문이지요."

"하지만……."

"제 말이 이해되지 않으셔도 뭐, 그러려니 합니다. 하하하. 그래도 이거 하나만 아시면 됩니다."

나는 의미심장한 표정을 지었다.

"실종되셔서 우리 은해상단에 손해를 끼칠지도 모른다고요? 괜찮습니다. 저희 은해상단이 그 정도 손해에 휘청거릴 상단은 아니거든요. 대답이 되었습니까?"

"네. 충분히 되었습니다."

장월 선원의 눈에 만족감이 깃들었다.

"그럼, 선장님."

"네."

"출항하기 전에 선단의 간부들을 모아 조촐한 연회를 열고자 합니다. 출항 사흘 전에 시간 어떠십니까?"

출항 이틀 전에는 아버지가 모든 선원들을 모아 놓고 연회를 베푸실 예정이니까.

그는 송죽 항해사를 보았고, 그는 고개를 끄덕였다.

"시간 괜찮습니다."

"혹시 그 말을 전하시기 위해 직접 오신 겁니까?"

"네, 바빠서 어머니와 누이의 얼굴도 보기 힘들다고 들었습니다. 그런 분을 오라 가라 할 수는 없죠."

"어머니와 누이동생에게는 미안한 생각뿐입니다."

"이해하실 겁니다."

나는 말을 이었다.

"그리고 준비 상황을 제가 직접 보고 싶었습니다. 이렇게 보니, 이번 상행이 기대되는군요."

나는 다시 내 집무실로 돌아왔다.

"홍려 보고 싶다."

내 말에 팔갑이 피식 웃었다.
"그렇게 홍려 아가씨가 보고 싶으신 겁니까요?"
"그럼! 진호 형의 딸이라고!"
홍려는 올해 초 둘째 형수님께서 무사히 출산하셔서 태어난 아이다.
금령을 통해 아버지께 서신을 보냈을 때, 아버지께서 서신으로 알려 주시긴 했지만 직접 본 적은 없다.
출산 예정일이 되었는데도 진통이 없어서 걱정했는데, 진호 형이 상단에 돌아오자마자 진통이 시작되었다나?
그래서 아버지가 돌아오기를 기다린 효녀라고 칭찬이 자자하셨다.
아무튼, 홍려는 태어난 지 아직 두 달이 채 되지 않았다.
그리고 나는 저 운남에 다녀온 몸이다. 아기의 건강을 위해서라도 아직 만나면 안 된다.
그래서 최대한 둘째 형의 별당으로는 가지 않으려고 노력하고 있지.
그나저나 진호 형과 둘째 형수님의 아이라…….
어떤 모습인지 정말 궁금하네.
이전 삶에서 두 분은 맺어지지 못했으니까.
그런데 이번에는 무사히 혼인해서 아이까지 생겼다니!
이는 내가 바꾼 미래 중 하나다.
뭔가 뿌듯하네.

며칠 후.

나는 호북성의 한 주루로 향했다.

오늘 그곳에서 은해상단 선단의 간부들을 위한 연회를 베풀기로 했기 때문이다.

먼저 주루에 도착해야 이런저런 준비를 하고 그들을 맞이할 수 있을 터.

그래서 조금 일찍 출발해서 저잣거리를 걸었다.

그러다가 한 곳에서 걸음을 멈출 수밖에 없었다.

"……?"

주루로 가는 길에 어떤 다루에 앉아 있는 누군가를 보았기 때문이다.

"어? 저분은 우리 선단의 건 행수님 아니십니까요?"

팔갑의 말에 나는 고개를 끄덕였다.

"맞아. 건 행수야."

그런데…….

지금쯤 상단에서 출발해서 주루로 와야 할 자가 왜 여기에 있는 거지?

나는 조용히 기척을 감추고 몸을 날려 지붕을 올라가 그의 맞은편을 살폈다.

건 행수가 앉은 자리는 안에서는 모르지만, 밖에서는 그 모습이 보이는 자리.

덕분에 맞은편의 인물이 잘 보였다.

순간 나는 심각해졌다.

맞은편에 앉아 있는 자는 나도 잘 아는 자였으니까.

백천상단의 행수다.
건 행수가 백천상단의 행수와 함께 있는 모습에 내 촉이 말하고 있다.
이거, 간과하면 안 될 일이다.
나는 조용히 땅으로 내려왔다.
그러자 내 표정을 본 팔갑이 물었다.
"무슨 일입니까요? 건 행수가 만나지 말아야 할 사람을 만나기라도 하는 걸니까요?"
"응."
"네? 저. 정말입니까?"
"백천상단의 행수를 만나고 있네."
이에 반응한 자는 창운 무사다.
"허! 어, 어떻게…… 그럴 수가! 건 행수님! 그렇게 안 봤는데……."
창운 무사의 한탄에 나는 고개를 저었다.
"아, 지금 생각하시는 그건 아닐 겁니다."
"네?"
"건 행수님이 평소에는 좀 맹해 보여도 사실은 상당히 똑똑한 분입니다."
은밀히 만나야 하는 경우는 다루에서도 최대한 밖에서 보이지 않는 자리를 고르거나 폐쇄된 방을 쓰는 게 보통이다.
들키면 엿 되는 거니까.
그리고 건 행수가 앉아 있는 곳은 얼핏 보기에는 바깥

에서 보이지 않는 것 같지만, 사실 밖에서 아주 잘 보이는 곳이다.

건 행수님은 그런 곳을 일부러 고른 것이다.

내가 이 길을 통해 오늘 연회가 있는 주루로 간다는 것을 알고 있고, 내가 언제쯤 이곳을 지난다는 것도 알고 있으니 일부러 저곳에 앉아 내 시선을 끈 것.

즉, 그는 지금 나에게 신호를 보내고 있다.

도와 달라고.

그렇다면 그 신호를 무시할 수 없는 법.

나는 내 호위무사에게 지시를 한 후 팔갑에게 말했다.

"안에 들어가서, 점소이에게 저 주변의 자리를 달라고 해."

"알겠습니다요."

나는 잠시 뒤에 기척을 죽인 채 다루로 들어가 이 층으로 올라갔다.

그리고 팔갑이 미리 잡아 놓은, 건 행수의 뒤쪽 자리를 잡았다.

두 사람의 대화가 들려왔다.

"그러니까 이는, 건 행수에게 아주 좋은 기회입니다."

"저는 드릴 말씀이 없습니다."

"허! 건 행수. 지금 은해상단이 잘 나가니까 판단력이 흐려지신 듯한데, 백천상단의 저력을 무시하면 안 됩니다."

"제가 언제 귀 상단의 저력을 무시했습니까?"

"내 제안을 거절하는 것이 백천상단을 무시하는 것이 아니면 무엇입니까?"

"저는 저희 상단을 배신할 수 없습니다. 그리고 솔직해지십시오. 나에게 이직을 제안하는 건 내가 가진 은해상단의 정보를 원하기 때문이 아닙니까?"

"물론…… 아니라고는 말 못하겠지만, 귀하의 능력을 더 높게 평가해서입니다."

그 대화를 들으며 치솟는 분노를 애써 가라앉혔다.

백천상단…….

이런 × 같은 새끼들!

요즘 조용하다 싶더니, 물밑에서 이런 짓을 저지르고 있던 거야?

원래 그런 새끼들인 건 알고 있었지만…….

나는 상단끼리의 경쟁은 당연하다고 생각하고, 다른 상단의 방해나 견제도 이해한다.

하지만 이런 식으로 인재를 빼 가는 것은 용납하지 못한다.

뛰어난 인재는 영입하는 것도 어렵지만, 키우는 것이 더더욱 어렵다.

돈도 돈이지만 그동안의 시간과 정성과…….

그렇게 쓸 만하게 키워놨는데 인재를 홀랑 빼 가면 그 자가 맡고 있던 일에 공백이 발생하는 건 물론이고, 보안상 그에 관련된 일을 싹 다 바꿔야 한다.

이를 위해 또다시 들여야 할 돈과 시간과 정성과…….

후. 그걸 생각하니 더 빡치네.

그래서 나는 비정상적인 경로로 우리 상단의 인재를 빼 가면 그에 대한 대가를 톡톡히 받아 냈다.

잔혹하다고 할 정도의 내 모습에 은해상단을 배신했던 이들이 싹싹 빌며 다시 돌아온다고 해도 나는 그들을 다시 받아들이지 않았다.

한 번 배신한 자들은 다시 배신할 확률이 높거든.

그리고 그자 때문에 피해를 봤던 은해상단의 다른 사람들이 그를 좋게 볼까?

그자 때문에 분위기를 망칠 바에는 다들 조금씩 더 고생하면서 새로 인재를 키우는 게 낫다.

그렇게 몇 번 하니, 은해상단을 배신하는 자들은 사라졌지.

나는 계속해서 그들의 대화에 귀를 기울였다.

"저는 은해상단에 뼈를 묻을 생각입니다."

"저런! 고리타분한 생각을 하시는군요. 자고로 뛰어난 사람일수록 자신의 가치를 높이 쳐 주는 곳으로 옮겨야 하는 겁니다."

"그래 봤자 뿌리가 없는 부평초 신세밖에 더 되겠습니까? 그나저나 백천상단이 제법 다급한가 봅니다."

"그게 무슨 소리요?"

"이렇게 경쟁 상단의 사람에게 매달리듯 이직을 제안하니 말입니다."

"……오늘의 제안을 거절한 것을 두고두고 후회하게

될 것이오. 밤길 조심하시오."

이제 내가 나설 때군.

나는 자리에서 일어나 그들이 앉아 있는 다탁 앞으로 나아가며 말했다.

"밤길은 왜 조심하라는 겁니까?"

"히익!"

나를 본 백천상단의 행수는 깜짝 놀랐다.

"왜 그리 놀라십니까?"

"……."

"그나저나 건 행수에게 관심이 많으시군요. 분명 건 행수는 싫다고 한 것 같은데…… 그저 집착이고 짝사랑입니다."

"풋!"

내 말에 건 행수가 웃음을 터트렸다.

나는 백천상단의 행수에게 물었다.

"이는 상단주의 의지입니까?"

"……."

역시 대답을 못 하는군.

저번에 황궁에서 배를 가진 이들을 모아 무역을 시작하려 할 때 백천상단은 모청 행수를 이용해서 되지도 않는 수작을 부렸지.

당시 그 증거를 창해상단에 넘겨서 남경의 도지휘사인 악영경 대인에게 고발하게 했다.

그로 인해 백천상단은 다시금 망신을 당했고, 남궁강

상단주도 자숙 중이라고 들었는데?

저번 백대상단 회합에 다녀온 정호 형의 말에 의하면 이번에 남궁강 상단주는 회합에 참석하지 않았다고 했다.

대신 참석한 자는 남궁강 상단주의 동생인 남궁석.

하긴, 백천상단의 상단주라는 자리는 쉽게 포기할 수 없는 것이니 남궁강이 물러나는 모양새를 취하며 대신 동생 남궁석을 상단주 자리에 세운 것이다.

제법 머리를 썼군.

그렇다고 해서 내가 백천상단에 대한 복수를 멈출 일은 없다.

남궁강 상단주는 뱀과 같이 음험하고 끈질긴 자니까.

결국, 다시 상단주의 자리에 복귀할 거다.

그리고 남궁석 신임 상단주 역시 내 복수의 대상 중 하나기도 하고.

그날, 내가 죽었던 그때 마지막까지 남아 있던 청각으로 분명히 들었다.

"석이에게 온 연락인가?"
"네. 지금 남궁석 대주께서는 은해상단이라고 합니다."

남궁석이 왜 그곳에 있었는지, 굳이 그 뒤를 생각할 필요는 없겠지.

생각하고 싶지도 않고.

아무튼, 남궁석 신임 상단주는 이제 막 상단주에 올랐다.

아무리 그 전부터 일을 해 왔다고 해도 아직 상단에 대해 파악도 안 되었을 텐데, 벌써 이런 수작을 부리는 건 말도 안 되지.

 즉, 내 앞의 행수가 독자적으로 행동하고 있다는 뜻이다.

 그 이유는 뻔하지.

 신임 상단주가 취임했을 때, 눈에 띄는 공적을 세우면 평소보다 훨씬 평가를 좋게 받기 때문이다.

 그렇다고 이런 짓을 독단적으로 벌이다니…… 나 같으면 즉시 쳐낸다.

"이에 대해 백천상단에 정식으로 항의하겠습니다."

"그, 그건……."

 그때, 그 행수가 찻주전자를 들어 나에게 던졌고, 재빨리 밖으로 몸을 던졌다.

 콰직!

 얇은 창문이 부서졌고, 그는 바닥에 내려섰다.

 탁!

"기다리고 있었습니다."

 챙-!

 채챙-!

"이, 이게 무슨……! 크억!"

 그는 내 명을 받고 주변을 지키고 있던 흑위무사들에 의해 제압되었다.

 무공을 익혔다는 것쯤은 알고 있었고, 내가 그리 허술

하게 일을 처리할 리가 있나.

"내가 혼자서 온 줄 아시오?"

"아, 호위무사를 찾는 겁니까? 이미 당신과 똑같은 신세니 걱정하지 않아도 됩니다."

"……!"

나는 내 호위무사들에게 명했다.

"현청으로 끌고 가세요."

"네!"

백천상단의 사람이 은해상단 안으로 들어오게 하고 싶지 않거든.

"팔갑아."

"네. 도련님."

"다루의 루주에게 창문값은 나에게 청구하라고 해."

"알겠습니다요."

팔갑은 잽싸게 공중에서 낚아챈 찻주전자를 살포시 내려놓으며 대답했다.

"그런데 저희가 그것까지 부담해야 합니까? 저자가 부수지 않았습니까?"

건 행수의 말에 팔갑이 대답했다.

"그건 걱정하지 않으셔도 됩니다요. 저희 도련님이 누구십니까요? 동전 한 푼이라도 손해를 보는 일이 없으신 분입니다요. 그러니 마음 놓고 계셔도 됩니다요."

칭찬 같은데, 왜 묘하게 욕처럼 들리지?

뭐 그건 그렇게 넘어가고…….

나는 건 행수에게 물었다.
"저자는 언제 접근했던 것입니까?"
"연회장으로 가던 도중에 갑자기 다가오더니…… 대화를 하자고 하더군요."
그는 한숨을 내쉬었다.
"몇 번이나 거절했는데 끈질기게 붙들기에 어쩔 수 없었습니다. 다행히 장소는 제가 고를 수 있어서……."
"그래서 일부러 이곳에 앉으신 겁니까?"
"역시 알아보셨군요!"
건 행수가 웃으며 말했다.
"제가 인생 경험이 많은 건 아니지만, 저런 자들은 뒤끝이 좋지 않습니다. 제가 거절하면 뭔 짓을 할지 모르니……."
"맞습니다. 잘 대처하셨습니다."
"셋째 소단주님이시라면 분명 저를 발견하실 테니까요. 하하하."
그는 멋쩍게 웃으며 뺨을 긁적였다.
역시, 내 눈은 틀리지 않았다.
건 행수는 인재다.
"으……."
그는 갑자기 오한이 드는지 몸을 떨었다.
"어디 아프십니까?"
"아닙니다. 괜찮습니다. 그냥 단순한 오한일 뿐입니다."
감이 좋군.
나는 부드럽게 웃으며 그에게 말했다.

두 번째 출항 〈327〉

"그럼 연회에 갑시다."
"네."

.

.

.

잠시 후, 연회장에는 내가 초대한 이들이 모두 모였다.
음식들이 풍성하게 차려졌고, 나는 자리에서 일어나 그들에게 인사했다.
"많이들 드시고, 이번 교역도 잘 부탁드립니다."
"최선을 다하겠습니다."
그들은 즐겁게 음식을 먹기 시작했다.
그렇게 분위기가 무르익을 때, 나는 잠시 자리를 비웠다.
지금은 저들을 위한 연회다.
적당히 자리를 비켜 줘야 더 흥이 날 테니까.
오늘 연회의 목적은 잠시 후에 있으니까, 그전까지 신나게 연회를 즐기게 해 줘야지.
그런데 그런 나를 붙잡는 목소리가 있었다.
"소단주님."
상선의 행수 중 하나인 인 행수다.
"부르셨습니까?"
"네."
그는 나에게 다가왔다.
"소단주님께서는 빙빙 돌려 묻는 것을 싫어하시니 단도직입적으로 묻겠습니다."

"말씀하시죠."

그는 무언가 결심한 얼굴로 내게 물었다.

"이 연회의 저의가 무엇입니까?"

"저의라니, 무슨 의미인지 모르겠습니다."

"은해상단의 상선 부분은 참으로 먹음직스러운 부분이지요. 그리고 곧 첫째 소단주님께서 은해상단의 상단주가 되시면 소단주였던 셋째 도련님께서는 더 이상 소단주가 아니게 됩니다."

"그렇겠죠."

이는 이미 알고 있는 수순이다.

"그러니, 미리 상선 부분에 공을 들인 후 이 부분을 떼어 독립하실 생각이시냐고 묻는 겁니다."

"……네?"

나는 어처구니가 없어서 반문할 수밖에 없었다.

아직도 이렇게 생각하는 사람이 있어?

"저는 그런 꼴은 못 봅니다. 만약 그러신다면 저는 목숨을 걸고 끝까지 막을 것입니다."

"저, 저기, 잠시만요."

나는 손을 들어 그의 말을 막았다.

"그러니까 제가 상선 부분을 떼어먹으려 한다고요?"

"네."

나는 피식 웃으며 물었다.

"제가 왜 그래야 합니까?"

"그건 방금 말하지 않았습니까? 소단주의 직위에서……."

"상관없는데요?"

"네?"

"소단주든 뭐든 상관없다고요. 그리고 상선 부분을 떼 먹으면 은해상단이 천하제일상단이 되지 못하는 거 뻔히 아는데 제가 왜 그럽니까?"

"그리 말하고 첫째 소단주님이 방심할 때 뒤통수를 치시겠죠."

에휴, 이런 꽉 막힌 사람 같으니.

내가 한숨을 내쉬고 뭐라고 말하려 할 때, 누군가가 다가왔다.

"거, 소단주님의 능력을 너무 과소평가하시는군요."

옅은 미소를 띠며 다가오는 이는 금 행수다.

원래 비단 쪽을 담당했었다가 이번에 상선 쪽으로 지원을 온 인물이다.

그리고 정호 형의 든든한 지지자이기도 하다.

저번에 정호 형이 열심히 준비했던 황실 비단 납품을 내가 대신하게 되었을 때, 나에게 날을 세웠었지.

그 후, 내 진심을 알게 되었고.

"그게 무슨 말입니까?"

인 행수가 미간을 찌푸리며 물었다.

"내가 이런 말을 하면 뭐라고 생각할지 모르겠지만, 현재 은해상단에서 가장 능력 있으신 분이 셋째 소단주님이십니다."

금 행수는 담담히 말을 이었다.

"늦게 합류해서 잘 모르는 모양인데, 상선 쪽은 대부분이 셋째 소단주님의 작품입니다. 셋째 소단주님이 없었다면 은해상단의 상선 쪽은 아예 시작도 못 했을 겁니다."

저벅, 저벅.

그는 계단을 내려와, 말을 이어 갔다.

"애초에 셋째 소단주님이 만든 부분인데, 떼어 가면 또 어떻습니까?"

"금 행수!"

인 행수가 소리쳤지만, 금 행수는 태연하게 말했다.

"하지만, 셋째 소단주님은 그리하지 않으실 겁니다. 왜냐하면 셋째 소단주님의 목표는 은해상단이 천하제일 상단이 되는 것이니 말입니다."

그리고 나를 보며 빙긋 웃었다.

"그렇지 않습니까? 소단주님."

"맞습니다."

나는 말을 이었다.

"그러니 그런 억측은 좀 삼가셨으면 합니다. 그리고 제가 이렇게 연회를 베푼 건 상선 부분을 담당한 중진들에게 호감을 얻기 위함이 아니라 경고와 충고를 하기 위함입니다."

"네? 경고와 충고라고 하셨습니까?"

나는 고개를 끄덕였다.

"그렇습니다."

마침 아래에서 한 무리가 올라오는 게 보였고, 나는 그들을 보며 말했다.

"도착했군요."

그들 중 행색이 평범하지 않은 다섯 명이 있었다.

귀가 잘린 사람과, 팔이 잘린 사람, 그리고 몸에 흉측한 화상이 있는 사람도 있다.

그들을 본 인 행수가 움찔하며 물었다.

"저들은…… 누굽니까?"

나는 씨익 웃으며 대답했다.

"전직 해적입니다."

"네?"

"오늘 여러분들을 위해 특별히 준비했습니다."

희망은 사람이 끝까지 나아갈 수 있도록 한다.

하지만 '안전하게' 나아가게 하는 건 두려움이니까.

그런 의미에서 두려움은 무의미한 것이 아니다.

두려움이 있기에 용기가 의미 있는 것이며, 희망이 더 빛나 보이는 것이니까.

그렇기에 나는, 저들에게 두려움을 심어 주려고 한다.

내가 준비한 전직 해적들은 한때 악명을 떨치던 해적단의 일원들이다.

약 삼 년 전, 하북성의 작은 마을에 해적들이 들어와 지현과 결탁하여 마을 사람들을 납치하려던 적이 있었다.

행화학당의 만숙 관생의 일 때문에 이에 대해 알게 되었지.

그때 토벌되었던 해적의 일부다.

당시 생포되었던 해적들은 대부분 뇌옥에서 죽었는데, 이곳에 온 다섯 명은 아직 살아남은 자들이다.

그만큼 다른 이들에 비해서 죄가 덜하다는 의미.

인근 공사현장에서 노역 중이었던 것을 내가 황제에게 요청해서 데려온 것이다.

자고로 도둑의 길은 도둑이 잘 아는 법.

전직 해적들을 활용해 해적들을 상대하는 법을 알고자 함이었다.

그들로서도 나쁜 일은 아니다.

노역 기간을 줄여 주기로 했으니까.

잘 협조하면 십 년 정도 줄여 주기로 했다.

그런데 저들은 아직 모른다.

저들의 노역 기간이 백 년이라는 것을.

황제께 요청해서 받은 자들인 데다가 노역 대상자였기 때문에 내가 직접 데리고 남경으로 향하기로 했다.

그 전에 이렇게 우리 상단의 이들과 만날 수 있는 시간을 살짝 낸 것이다.

그만큼 더 자세하고 다양한 이야기를 들을 수 있을 터.

다른 이들이 이걸 보고 비겁한 거 아니냐고 할 수도 있겠지만 상관없다.

이자들을 데리고 고생하는 것을 생각하면 이 정도야 뭐.

잠시 후.
나는 그들을 데리고 이 층으로 올라갔다.
"그자들은 누굽니까?"
그들을 보고 어리둥절하거나 고개를 갸웃하는 이들이 대부분이었다.
"......!"
하지만 일부 선원들은 그들의 정체를 유추하거나 알아본 듯 경악했다.
"그 문신은!"
"켈켈켈! 알아보는군!"
"우리가 바로 그 적골단이었지!"
그러나 그들의 기세는 곧 수그러들었다.
"후, 그것도 옛말이군."
"에휴."
짝짝!
나는 손뼉을 쳐서 그들을 주목시켰다.
"그럼 지금부터 교육을 실시하죠."

전직 해적들의 교육은 제법 유용한 시간이었다.
"저, 정말 그렇게까지 한단 말인가?"
"허……."
"정말 잔인하군!"
"내 수적에 대해서 잘 안다고 생각했는데, 수적보다 더 한 놈들이군!"

해적들에게 잡히면 얼마나 험한 꼴을 당하는지에 대해서 알게 된 이들이다.
 사실 선원들도 이에 대해서 자세히는 모른다.
 잡혀 보지 않았으니까.
 그리고 선원 출신이 아닌 이들은 그냥 해적들이 무서운 존재라는 것이라고만 알 뿐.
 그런 상황에서 나는 저들에게 아주 확실하게 두려움을 심어 준 것이다.
 "이번 항해에 대해 자신이 있었는데, 갑자기 가기 싫어지는군요."
 금 행수의 말에 모두 고개를 끄덕였다.
 나는 자리에서 일어나 그들을 다독였다.
 "제가 이런 자리를 마련한 것이 여러분들에게 경고를 하기 위함만은 아닙니다."
 그러고는 고개를 돌리며 씩 웃었다.
 "이를 상대할 방법도 있습니다. 그렇지 않습니까?"
 내 물음에 전직 해적들이 헛기침을 했다.
 "험험, 그렇긴 하지."
 "우리가 모든 배를 다 잡았다면, 이런 신세는…… 후."
 "그럼, 협조 좀 해 주시죠?"
 그날, 연회에 참석한 중진들의 집중도는 최고였다.

 ·
 ·
 ·

다음 날.

나는 전직 해적들을 데리고 은풍궁대의 훈련장으로 향했다.

물론 안대를 씌우고 마차에 태운 상태였다.

이곳은 보안을 철저히 해야 하는 곳이니 말이다.

훈련장에 도착한 나는 호위들에게 말했다.

"저들의 안대를 벗기세요."

"네."

그들은 전직 해적들의 안대를 벗겼다.

갑자기 밝아진 시야에 잠시 눈을 감았던 그들은 다시 고개를 들었고 이내 깜짝 놀란 표정이었다.

"여, 여긴 어딥니까?"

"여기는 이번에 대월국으로 향할 배를 지키는 이들이 훈련하는 곳입니다. 이곳에 여러분을 데리고 온 이유는 혹시라도 우리가 준비한 것에 미흡한 것이 있는지 그대들의 고견을 듣기 위해서입니다."

내가 은근히 그들을 높여 주자, 그들은 이내 기분 좋은 표정이 되었다.

단순하네.

이 정도 높여 줘서 그들의 도움을 받을 수 있으면 좋은 거지, 뭐.

"오셨습니까, 소단주님."

만정 대협이 곧바로 달려왔다.

"수고 많으십니다. 이들에게 훈련 모습을 보여 주고자

합니다. 일전에 말했던 것처럼 준비해 주십시오."

"알겠습니다."

곧 만정 대협은 북을 쳐서 궁사들에게 신호를 보냈다.

배 위에 올라간 궁사들은 흔들리는 배 위에서도 안정적으로 자세를 잡았다.

"조준!"

"발사!"

그들은 까마득히 멀리 보이는 과녁을 향해 활을 쏘았다.

파바바바바박!

수십 개의 화살이 저 멀리 날아가 순식간에 과녁에 꽂혔다.

그리고, 뒤이어 쏘아지는 수십 개의 화살의 화살촉에서는 불길이 타오르고 있었다.

파바바바박!

화르르륵!

순식간에 과녁이 타올랐다.

나는 빙긋 웃으며 전직 해적들에게 물었다.

"어떻습니까? 혹시 미흡한 거라도 있나요?"

그들은 눈을 휘둥그레 뜨고 입을 떡 벌린 채 멍하니 그 모습을 바라보았다.

이내 정신을 차린 그들이 헛웃음을 지으며 말했다.

"하! 미흡한 거라고 하셨습니까?"

"이거 우리를 농락하는 겁니까?"

"저 공격에서 버틸 수 있는 배가 있을 거 같습니까?"

그들은 입에서 불을 뿜으며 나를 향해 성토했다.

"그렇게 위력이 대단한 겁니까?"

해적들은 한숨을 내쉬며 설명해 주었다.

"아시다시피 해적들은 갈고리를 걸어 배를 붙인 후 백병전을 겁니다."

"그런데 그렇게 접근하기도 전에 배가 불타 버리면 답이 없지요."

"으…… 제가 해적이었을 때 저런 궁사 부대를 만났다면 생각만 해도 끔찍합니다."

"그럼 보완할 것은 없는 겁니까?"

"굳이 보완하자면 해적들이 불을 끄지 못하도록 방법을 생각해 내는 건데……."

나는 그들과 몇 가지 이야기를 주고받았다.

"그렇군요. 많은 도움이 되었습니다. 그럼 이제 남경으로 갈 준비를 하도록 하십시오."

"네."

"그나저나 지금 뇌옥에 머무르고 계신 데, 계실 만합니까?"

현재 그들은 은해상단의 뇌옥에 머물고 있다.

죄인의 신분으로 노역 중이었으니까.

그래도 뇌옥치고는 깨끗한 편인 데다가, 밥도 잘 챙겨 주고 있다.

그래서 그런지 그들의 반응은 꽤나 좋았다.

"물론입니다!"

"전에 지내던 곳보다 백배는 낫습니다!"

"밥도 맛있습니다!"

"무엇보다 일을 안 해도 되지 않습니까?"

"만족하시니 다행이네요. 그럼."

나는 눈짓을 했고, 호위무사들은 다시 그들의 눈에 안대를 씌웠다.

그리고 호위무사들이 그들을 데리고 훈련장 바깥으로 나갔다.

나는 그들의 뒷모습을 보며 만정 대협에게 말했다.

"생각보다 반응이 격합니다. 조금은 안심해도 될 듯합니다."

"그래도 방심할 수는 없습니다."

"그건 그렇죠."

사실 내가 전직 해적들에게 보여 준 것은 실제로 준비한 것의 십분지 일 정도밖에 되지 않는다.

화살의 위력과 사정거리를 모두 줄여서 보여 주었고, 궁사들도 훨씬 적게 동원했다.

또한, 그들이 말한 불을 끄는 것을 방해하기 위한 준비도 되어 있었다.

다만 보여 주지 않았을 뿐이지.

방심은 금물이니까.

그리고 내가 이전 삶에서 듣기로, 해적들은 언제나 바다를 꿈꾼다고 했다.

죽어도 바다에서 죽고 싶다는 낭만을 가지고 있다나?
 그런 자들이다 보니 지금이야 순순히 내 말을 따르고 있지만, 도망치지 않는다는 보장이 없다.
 그들이 도망쳐서 어디로 가겠는가?
 불 보듯 뻔하다.
 물론 도망쳐 봤자 금방 다시 잡혀 오겠지만.
 저들의 몸에는 이필 무사가 만들어 준 추종향이 묻어 있다는 것을 모르겠지?

* * *

 은해상단의 뇌옥.
 그곳에 돌아온 전직 해적들은 밖을 슬쩍 살피더니 이내 모였다.
 "에휴……."
 그들은 한숨을 푹푹 내쉬었다.
 "단지 화살인데, 그런 위력이라니!"
 "형님은 어찌 보십니까?"
 "꿈에 나올까 끔찍하군. 그런 자들을 마주했다면 나는 지금 살아 있지 못하고 물고기 밥이 되었겠지."
 "아니! 은서호 소단주는 대체 궁사들에게 무슨 짓을 한 거야?"
 "그런 무기가 있는데, 대체 왜 어제 그들에게 잔뜩 겁을 주라고 한 건지 모르겠네!"

"그러니까!"

그렇게 성토를 이어 가던 그때, 그들은 갑자기 조용해졌다.

"……."

"……."

그리고 그들 중에 가장 서열이 높고 형님이라 불리는 이가 바닥에 대자로 드러누우며 말했다.

"에라이! 난 탈출 포기다!"

"네?"

"형님! 그런 게 어디 있습니까요?"

그들은 그 말에 난색을 표했다.

사실 그들은 이번에 남경으로 가는 길에, 기회를 봐서 탈출하기로 모의한 상황이다.

그래서 지금은 고분고분 말을 잘 듣는 척하며 지내고 있는 것.

그래야 저들의 방심을 이끌어 낼 수 있기 때문이다.

탈출한 그들은 다시 해적 일을 할 생각이었다.

"아니! 형님! 한 번 바다 사나이는 죽어도 바다 사나이로 죽어야 하는 거 아닙니까?"

"그래, 바다 사나이로 죽는 거 좋아. 하지만 냉정히 생각해 보자. 과연 은서호 소단주가 단순히 조언만을 얻기 위해 우리에게 그 훈련을 보여 주었다고 생각하냐?"

그 말에 다른 네 명의 전직 해적들이 고개를 갸웃했다.

"네?"

"그게 무슨 의미입니까요?"

"어휴…… 이런 돌대가리들! 이 새끼들아? 아직도 저 은서호 소단주가 어떤 사람인지 모르는 거냐?"

"……."

그 물음에 모든 이들은 꿀 먹은 벙어리가 되었다.

그들이 노역하고 있는 곳까지 전해지는 은서호의 활약은 '인간이 맞나?' 싶을 정도.

그제야 한 사람이 깨달은 듯 얼굴을 굳혔다.

"설마? 경고라는 것이오?"

"그래, 이 새끼들아. 그걸 이제야 알아차렸냐? 탈주해서 다시 해적질을 하다가는 산 채로 불에 타 죽을 거라는 경고라고!"

"……."

"아무리 바다 사나이로 죽는 게 낭만적이라고 해도, 나는 타 죽는 건 사양하고 싶다. 게다가 이번 일에 협조를 잘 해 주면 감형까지도 해 준다고 했고."

그는 말을 이었다.

"너희들은 탈출하고 싶으면 해라. 나는 안 할 거니까."

그러자 그들이 눈치를 보더니 하나둘 드러누우며 투덜거렸다.

"에라이, 형님이 그리 말씀하시는데 내가 왜 탈출하겠습니까. 나도 관두렵니다."

"저도요."

"이렇게 노역하다가 죽거나 칼이나 화살에 죽는 게 낫

지, 불에 타 죽는 건 사양입니다."

그렇게 전직 해적들은 도주를 단념했다.
그건, 은서호도 예상하지 못했던 결과였다.

* * *

나는 평소처럼 이른 아침에 눈을 떴다.
드디어 우리 은해상단의 선단이 출항하는 날이다.
그간 동분서주하며 준비한 덕분에 제때 출항할 수 있게 되었다.
나는 가볍게 몸을 풀며 마당으로 나왔다.
상쾌한 공기를 마시며 운기조식을 했고, 자리에서 일어나니 사부님께서 내 별당의 마당으로 들어오고 계셨다.
"좋은 아침입니다."
"그렇군요. 좋은 아침입니다. 그럼, 수련을 시작하겠습니다."
역시 사부님이시다.
오늘이 출항인데도 사부님은 그런 거 전혀 상관없다는 듯이 훈련을 진행하셨으니까.
후, 어째선지 얼마 전부터 수련이 빡세진 거 같다.
조사님께 배워 온 극빙검을 알려드리고, 설혼검법은 사실 형에 얽매인 검법이 아니라는 말도 전해 드렸다.
그로 인해 깨달음을 얻으신 듯했는데.

그래서일까?

.

.

.

나는 선착장에서 선단을 멍하니 보며 서 있었다.
"왜 그렇게 힘이 없어 보여?"
뒤에서 들려오는 정호 형의 목소리.
"그냥…… 뭐……."
오늘 사부님의 수련이 빡세서 힘들다고 말할 수는 없어 그냥 웃었다.
"매실은?"
"작년에 저장해 놓은 매실도 싣고, 식수랑 식량도 다 실었다."
정호 형도 배를 타고 남경으로 함께 가기로 했다.
차기 상단주인데 정호 형이 이런 일에 빠질 수 없지.
우리는 배에 실어야 하는 물건들의 목록을 살피며 혹시라도 빠진 물건이 있는지 다시금 검토했다.
"고양이도 실었어?"
"물론이지."
항해에 있어 고양이, 즉, 함재묘(艦在猫)는 필수였다. 쥐를 잡기 위해서다.
배에 쥐가 있으면, 그 쥐로 인해 많은 곤란을 겪게 되기에 고양이에게 쥐의 퇴치를 맡기는 것.
그래서 선장들은 쥐를 잘 잡는 고양이가 있다고 하면

정성 들여 그 고양이를 구해 오곤 했다.
"꾸이! 꾸이!"
응?
어디선가 금령이의 목소리가 들리는데?
그 목소리를 따라가 보니, 식량 창고 안에 금령이가 있었다.
그런데 그 앞에는 함재묘가 기합이 잔뜩 든 채 쭈그려 있었다.
"꾸이! 꾸!"
"냥."
아…… 지금 함재묘를 교육하는 거였어?
쥐를 제대로 잡지 않으면 무시무시한 일이 있을 거라는 협박도 하고 있었다.
나에게는 귀여워 보였지만.
함재묘가 눈도 못 마주치고 있는 것을 보면, 금령이의 교육 효과는 확실할 듯하다.
좋네.
배에 쥐가 있으면 정말 좋지 않으니까.
그런데, 금령아. 너 그거 아니?
우리 은해상단의 배는 네 척인데…….
교육 다 하고 나면 수고했다고 은자 좀 줘야겠네.

얼마 후 아버지께서 도착하셨다.
아버지께서 오신 이유는 제를 올리기 위해서다.

이런 대형 선단이 출항할 때는 으레 상단주가 제를 올려 사기를 높이곤 했기 때문이다.
아버지께서는 축문을 다 읽고, 그걸 불에 붙여 태웠다.
화르륵!
아주 높이높이 날아가는 것을 보며 모두가 기뻐했다.
"길조네!"
"길조야! 길조!"
내가 기운을 움직여 축문이 높이 날아갈 수 있도록 한 보람이 있군.
곧 배에는 타야 할 사람들이 다 올랐다.
그리고 은풍대 복장을 한 궁사들도 배에 올랐다. 그간 열심히 키운 자들이다.
이번에 그 성과가 있었으면 좋겠군.
"그럼 잘 다녀오너라."
"네. 아버지."
"저와 서호랑 잘 다녀올 터이니 걱정하지 마십시오."
정호 형의 말에 아버지는 고개를 끄덕이셨다.
"조심해서 다녀오십시오!"
이제 정말 떠나야 할 시간이다.
"형."
"응."
정호 형이 외쳤다.
"출항하라!"
그러자 목청이 큰 이가 형의 말을 그대로 복창했다.

"출항하라!"
"출항하라!"
뿌우우우우우!
둥둥둥둥둥!
뿔 나팔 소리와 북 소리가 울렸다. 그리고 서서히 배가 움직이기 시작했다.
목적지는 남경이다.

(은해상단 막내아들 24권에서 계속)

환상이 숨쉬는 공간 파피루스 blog.naver.com/gnpd17

서생, 제갈현몽은 꿈을 꾸었다
무와 협이 아닌, 마법과 모험이 공존하는 신세계를!

『무림 속 마법사로 사는 법』

제갈세가 방계 중의 방계로서
표국의 문사로 일하던 제갈현몽

꿈에서 깸과 동시에 마법을 깨우치고
비범한 활약을 통해 명성을 떨치며
감당하기 힘든 별호를 얻게 되는데

"무후재림께서 오셨다! 무후재림 만세!"
"아…… 아아……."

세상은 영웅을 원하고, 출사표는 던져졌다
고금제일의 마법사, 제갈현몽의 행보를 주목하라!

무림속 마법사로 사는 법

김형규 신무협 장편소설